西野　喬

玉川上水傳

江戸を世界一の百万都市にした者たち

前編

郁朋社

玉川上水傳　前編／目次

装画／高取順一
題字／森田　穣
装丁／宮田麻希

玉川上水傳

前編

――江戸を世界一の百万都市にした者たち――

第一章　水騒動

（一）

慶安五年（一六五二）五月、江戸城内奥屋敷の一室に松平伊豆守信綱《のぶつな》が座していた。
部屋から広い庭が望める。庭には低木が植えられていて、そのどれもがきれいに刈り込まれていた。庭の奥にはこれも形を整えた松が五本、等間隔で並んでいる。そのはるか後方に巨石で築いた天守台。

信綱は天守台の上方に目を移す。五層六階の天守が覆い被さるような威圧を信綱は受ける。首が痛くなるほど顔を上向け目を細めて最上階の屋根に据えられた鯱《しやちほこ》を見る。鯱は陽光に映えて金色に輝き、今にも雲一つない天海へ泳ぎ出そうとしているかのようだった。

鯱から目をそらした信綱は、

――家光さまの御崩御からまる一年経つことになる。わたしは家光さまの生涯四十七年の間、かた時もお側から離れずお仕え申した。長いようで短い歳月であった――

呟いて深く息を吐いた。

信綱は八歳のとき、誕生間もない徳川家光付きの小姓となった。家光が二十歳で三代将軍に就くと信綱は幕政に参画。以後、家光を支え続け、家光から絶大な信任を得る。四十二歳のとき武州川越藩六万石の領主に任じられた。しかしほとんど川越には赴かず江戸で幕政に辣腕を振るい続けた。そんな信綱を巷では〈知恵伊豆〉と呼んだ。

慶安四年（一六五一）四月二十日、家光は死去する。享年四十七歳、信綱は五十四歳になっていた。

「待たせたかな」

背後から声がした。信綱は座したまま身体《からだ》を反転させ、

「保科《ほしな》さま。お待ちしておりました」

言って深く頭をさげた。

保科正之は徳川二代将軍秀忠の九子で家光の異母弟に当たる。会津二十三万石の藩主で今年四十二歳になる。

昨年、死を覚った家光は正之を枕頭に呼び、次期将軍家綱の補佐をするよう遺命した。

「変わりはないようだの」

一瞥した正之は信綱と正対して座した。

「はあ、なんとか……」

信綱はうかぬ顔で言葉を濁した。

「異母兄上《あにうえ》（家光）が逝去して一年が過ぎた。伊豆どのへの世間の風当たりは依然冷たいようだが、なにあと一年もすればその風も収まろう。堪えなされ」

「そのお言葉、なによりも心強うござります」

「十二歳の将軍を補佐するには秀でた幕閣に政《まつりごと》を委《ゆだ》ねるしかござらんでのう。伊豆どのにはわしの片腕になってもらいたい。そう思って追い腹を切らせるわけにはまいらなんだ」

家光が崩御すると幕閣であった六名のうち二名が殉死した。寵愛を受けた信綱が殉死するのは当然と誰もが思った。しかし信綱は追い腹（殉死）を切らなかった。次期将軍の補佐役となった保科正之が止めたからである。幕政を家光から託された正之にとって幕閣（老中）経験者である信綱は欠かせぬ人材であった。とは言え追い腹を切らなかった信綱に幕臣の目は厳しかった。

「わしに会いに参ったのはなにか内密に話したいことがあるからであろう」

正之はうかぬ顔の信綱を気遣うように柔らかな声を出した。

「今日、お話申したかったことは私事でなく、町民らが起こした水騒動についてでございます」

信綱は一瞬で、幕閣としての切れ者、〈知恵伊豆〉と世間が呼ぶ顔つきになった。

「水騒動？　それはなんのことだ」

「一昨日、南町奉行所に百姓、町人ら三百余名が『飲み水が足らぬ。なんとかせよ』と談判に及びました」

「穏やかならぬこと。で、奉行はどのように応じたのか」

「神尾《かんお》奉行は押しかけた者らの話を聴くだけ聴いて『これは町奉行が扱えるような事柄ではない。上に伝えて対処していただく』そう申し渡して引き取らせたとのこと」

「このような騒動は此度がはじめてなのか」

「いえ、家光公在世の頃よりしばしば町民、百姓らは飲み水が足りぬ、と騒ぎ立て奉行所に押しかけておりました」

「奉行所ではその苦情を取り上げなかったのか」

「何度か老中の机上にのせられましたが、ほかに取り上げるべき事柄が数多《あまた》ありましたので手つかずのまま」

「つまり手をつけなくとも政《まつりごと》にさし障りがない、と老中らは判じたのだな」

「そうではありませぬ。水騒動と重なって島原・天草の事、寛永の大飢饉、さらには昨年の慶安の変事など天下を揺るがす騒動が次々に勃発し、町民や百姓の申し立てまで手が回らなかったのでございます」

島原・天草の事とは寛永十四年（一六三七）、島原・天草に起こった百姓とキリシタンさらには商人や小西行長《ゆきなが》の旧臣らが組んだ一揆を指す。幕府は板倉重昌に指揮を執らせ一揆軍が籠もる原城を攻めさせたが堅固で落とせない。見かねた幕府は重昌の許に老中松平伊豆守信綱を上使《じょうし》として遣わした。

〈上使〉とは将軍の意向である上意を伝えるために派遣する使いのことである。

上使を送られるということは幕府（家光）から重昌は総大将の器にあらずと烙印を押されたに等し

い。重昌はこの屈辱を晴らそうと自陣に信綱軍が到着する前に原城に猛攻撃をかけるが落とせず、多数の戦死者を出したうえ自身も討ち死にする。

知恵伊豆と呼ばれた信綱は重昌の二の舞を踏まぬように、十二万余の兵で原城を取り囲んで兵粮攻めにし戦力を弱らせる作戦をとる。その一方で信綱は、長崎平戸のオランダ商館に出向き、館長に寄港停泊している商船レ・ライブ号で有明海から原城を砲撃するよう強要した。

包囲すること二十余日、陸からは信綱軍、海からは艦砲射撃が原城を襲った。一揆軍の反撃はすさまじく、幕府軍は二千の兵を失ったが辛くも原城陥落に成功した。

この功によって信綱は一万五千石の加増となり、川越藩は六万石から七万五千石となった。

寛永の大飢饉とは寛永十八年から十九年（一六四一～一六四二）の旱魃による大凶作に農民への過度な年貢取り立てが重なって米価が異常に高くなり、数万人の餓死をだした惨事を指す。

慶安の変事とは昨年の慶安四年（一六五一）七月に起きた由井正雪《しょうせつ》の幕府転覆事件のことである。正雪は幕閣への批判と旗本救済を掲げて丸橋忠弥《ちゅうや》らと謀叛を企てた。駿河久能山に眠る家康の遺金を奪取して軍資金とするため駿河に下る。しかしこの企ては事前に発覚し、駿府の梅屋旅館に投宿中に駿府奉行所の手に取り巻かれ、自刃する。この事件が起こる三か月前の四月二十日に家光が死去している。信綱にとってもまだ生々しい事件として胸中に残っている。

「たしかに伊豆どのが申された諸々から比べれば江戸の町民らが騒ぎ立てる飲み水騒動が後回しになったのも頷《うなず》ける」

「神尾奉行が昨日、わたしの許に参り、『上に伝えて対処していただく、と申し渡しましたが、その折、町民らは、上の者とはどのような方々なのか』と迫ったとのこと」

「で、神尾はなんと応じたのか」

「神尾どのが『上の者とは老中。老中に申し上げて対処していただく』と応じると押しかけた者らは『十日経っても梨の礫なら城下の住人を募って江戸城に参り、将軍に直談判する』と息巻いた由」

「城下の住人を募ったとてその数は知れたこと。せいぜい一千ほどか。ならば町奉行所の者どもを増やして事に当たれば押さえ込むことは容易《たやす》かろう」

「千人どころか一万、いや二万を超えましょう」

「二万とな。幼君（家綱）の御代はまだその緒についたばかり。その膝元で騒動などが起これば徳川幕府の威光に傷がつく。前もって首謀者を捕縛し騒ぎが大きくならぬようせねばならぬ」

「この騒動に首謀者はおりませぬ」

「奉行所に押しかけるよう先導した者が居ろう」

「押しかけるひとり一人がみな首謀者。江戸の水事情は深刻でございます。飲み水に困っているのは町民、百姓ばかりでなく、旗本をはじめ参勤交代で江戸詰になった大名らからも飲み水を何とかしろとの申し立てが縷々《るる》届いております」

「わしの耳にはそのような苦情は届いてはおらぬ。それにわが屋敷で水が不足しているという話は聞いたことがない」

「保科さまのお屋敷は雉子《きじ》橋御門内の一郭にあります。ここには十分な給水があります。しかしながら城内でも外堀に近い一郭に建つ大名方の屋敷では給水も滞りがちで屋敷を預かる女性《にょしょう》らは食器を洗う水にもこと欠くことはしばしば」

「江戸が水不足で困っているとは聞いていたがそこまで深刻であるとはのう。どうもわしは江戸の水事情がわかっておらぬようだ。なにせわしは三歳のとき、信州の高遠藩主保科正光の養子となって江戸を離れた。以来、高遠から出羽、さらに会津へと領国を替わり、江戸には参勤交代で隔年に訪れてはいたものの城下の水事情などは他人事であった。それが一年前、異母兄上《あにうえ》の遺命で江戸詰めとなった。だが水のことより新将軍補佐役として為さねばならぬ諸々が山ほどあった。そのこと伊豆どのには承知であろう」

「むろん存じております。幼君家綱さまを徳川四代将軍としてあまねく天下に知らしめるための様々な行事が目白押しでした」

「それもようやく終わり伊豆どのの申す事にも耳を傾けるゆとりが持てるようになった。ひとつ江戸の水事情について事を分けて話してはくれまいか」

「今、江戸の飲み水は二つの上水によって賄《まかな》われております。一つは神田上水。保科さまのお屋敷にはこの上水によって水が給されております。もう一つは溜め池上水でございます」

「その前に確かめておくことがある。府内にはたくさん井戸があると聞くが、そのどの井戸も飲み水に使えないというは真《まこと》か」

「真でございます。府内はご存じのように江戸湾を臨む地。また日比谷のように浅い海辺を埋め立てた地も多くあります。そうした府内であってみればどこを掘って井戸を作っても湧き出る水は塩辛くとても飲めるような代物ではありませぬ」

「相わかった。してその二つの上水はいつ頃作られたのか」

「神田上水は東照大権現（家康）さまが江戸入りに先立って御家臣の大久保藤五郎忠行さまに命じて作らせたと聞いております」

「祖父（家康）の江戸入り前となれば、天正十八年（一五九〇）頃のことか」

「今から六十年余も前になりましょうか。それから今日《こんにち》に至るまでの間に神田上水は何度も改修され、今の形に落ち着いたというわけです」

「今の形？」

「当初の神田上水は目白台下を流れる小石川と呼ぶ小川を市中に引き込んで江戸の飲み水に給したようです。これを当時の町民らは小石川上水と呼んだとのこと。東照大権現さまが江戸に入り数年経つと江戸は多くの人であふれるようになります。そうなると小石川上水、溜め池上水だけでは増えた人々への給水は賄《まかな》え切れませせぬ。それでもなんとか三十年間ほどは二つの上水で江戸の飲み水を凌いできましたがとうとう立ちゆかなくなりました。そこで寛永六年（一六二九）のことですから今からおよそ二十数年前ということになりましょうか、三代将軍家光公のご英断で新たな上水を江戸市中に引くことになったというわけでございます」

「それが神田上水であると申すか」

「いかにも」

「神田上水の水源《みなもと》は？」

「池でございます。井の頭《いかしら》、と呼ぶ池から流れ出た水は近隣の百姓らが平川と呼ぶ小さな流れとなって江戸城下の北部を東に流れて大川に注ぎ込みます。この平川を関口という地で分水し、そこから掘り割り（水路）を作って平川の水を神田、日本橋界隈に流れ込ませ人々の飲み水として今にいたっております。いつの頃から人々は、関口から神田界隈までの掘り割りを神田上水と呼ぶようになりました」

「それでは今、江戸は小石川、溜め池、神田の三上水によって賄われておるのだな」

「いえ、そうではありませぬ。神田上水の掘り割りを作った節、小石川上水も取り入れて神田上水の助水として加えました。それゆえ小石川上水は神田上水の一部となり、小石川上水という呼び名は使われなくなった次第」

平川とは神田川、大川とは隅田川の旧称である。

「その井の頭と申す池はどこにあるのだ」

「ここより西におよそ七里（二十八キロ）ほどの地にあります」

「伊豆どのはその池に赴いたことがあるのか」

「先君家光公の供をして何度も赴いております。家光公は鷹狩りをことのほか好まれ、お狩り場として井の頭近辺によく出向かれたものでした。池のあたり一帯には小さな集落があるだけで池から離れると茅が生い茂った武蔵野と呼ばれる荒地が茫々と広がっております」

「池の涌き水とあらば、水量はそれほど多くはあるまい」

「池より流れ出た平川は途中、善福寺《ぜんぷくじ》池を水源とするせせらぎ、桃園《ももぞの》川と申す小さな川、さらに落合

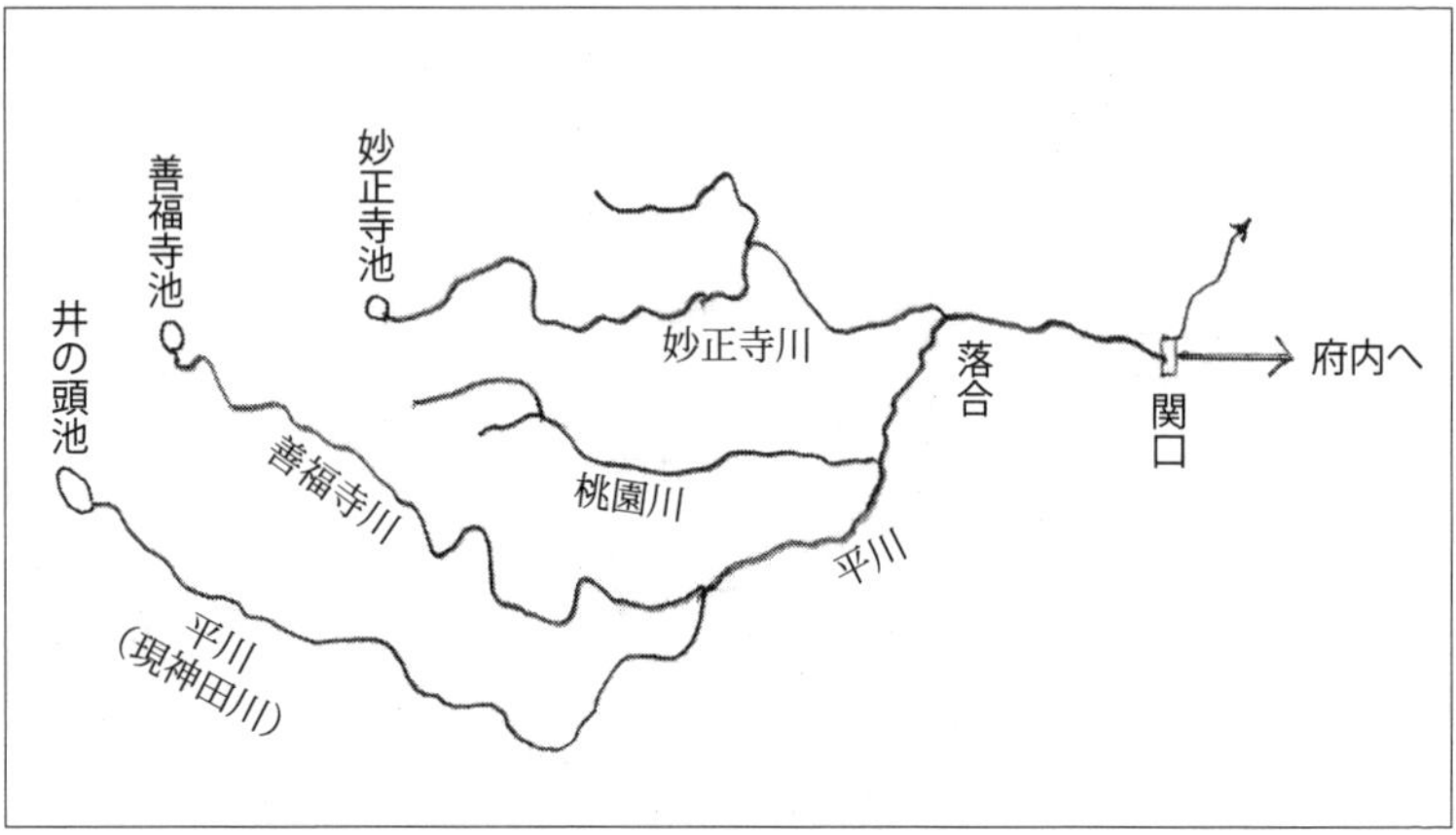

図—1　神田上水系図

と申す地で妙正寺池《みょうしょうじ》を水源とする清流（妙正寺川）を併せ呑んでそれなりの水量となります」

「井の頭池、善福寺池、妙正寺池どれもこれもはじめて耳にする池の名じゃ」

正之にはそれらの池がどこにあるのか、池の広さはどれほどなのか、そこから流れ出る小川の長さがどれほどなのか信綱の話だけではっきりとは飲みこめなかった。しかし江戸の飲み水の大半が神田上水で賄われていて、その水源は池からの湧き水であることは理解できた。

「もう一つの溜め池上水について聞かせてくれ」

「神田上水で潤う地区は神田、日本橋それに浜町、蠣《かき》殻《がら》町、さらに小川町あたりのいわゆる城東、城北。それに対して溜め池上水は赤坂の谷から涌き出す水を虎ノ門近くで堰き止めて溜め池となし、これを江戸市中の南西地区の住民に飲み水として給しております」

「南西地区とは」

「江戸城を築くに当たって日比谷の入り江を大々的に

埋め立てて新しくできた地区でございます。この埋め立てた地には今、武家屋敷をはじめ旗本衆、町人らの住まう家が建ち並んでおります」

「溜め池上水は日比谷地区だけなのか」

「いえ、この上水は外堀の水にも供しております。さらに城内に引き込んで江戸城内の飲み水の一部となっております。しかしながら南西地区の住民に十分に行き渡っているとは仮にも申せませぬ。まして外堀の水に給するなどは微々たるもの。それゆえ江戸城内への給水も途絶えがち」

「なるほど江戸の給水状況のおよそはわかった」

「さて話はこれからでございます。家光公在世の寛永十二年（一六三五）、わたくしが老中に就いて三年目のことです。保科さまもご存じのようにこの年に幕府は武家諸法度《はっと》第二条を強化し、施行しました」

法度とは今流に言えば法令のことである。

「第二条とは外様大名の参勤交代に関してのことだな」

「そのとおりでございます」

第二条には、〈外様大名は隔年交代で江戸に出向き、徳川将軍に奉仕しなければならない〉という条文が記載されている。

外様大名とは関ヶ原の戦《いくさ》以後に徳川家に従臣した大名のことである。

「この法度の施行で府内に住する人の数は一挙に増えました。これらの人々の飲み水も二つの上水で賄わなければならず、水不足は深刻となり水は売買の対象となり高価なものとなりました。さらにその七年後の寛永十九年（一六四二）、幕府は武家諸法度第二条をさらに強化し、譜代大名にも適用しました」

譜代大名とは関ヶ原の戦以前から徳川家に臣従していた大名のことである。

「そのことよく覚えている。わしはその折、出羽山形二十万石の領主であったからの。まさか譜代の者にまで法度が及ぶとは思わなかった」

「これにより江戸に入ってくる人々の数はさらに多くなりました。それゆえ民はさらに飲み水に困窮することに相成りました」

「たしかにことごとくの大名となればその数は二百数十家に及ぶ。江戸に屋敷を構えればそこに住まう側室や息男息女、家臣、下女、奉公人などで江戸の町がふくれあがるは道理」

「この参勤交代が施行される前の江戸は三十万人ほどが住まっていた言われております。それが参勤交代施行後今日にいたるまでに七十万とも八十万とも言われる人々が江戸市中にあふれかえっております。しかしその人々の飲み水といえば相も変わらず神田上水と溜め池上水の二上水に頼るのみ。府内では飲み水を売る水屋がひっきりなしに横行し、声をからして水を売っている始末。これでは皆が、飲み水をなんとかせよ、と訴えるのも無理からぬこと」

「聞けば聞くほど江戸の水事情が劣悪であることがわかったが、伊豆どのはそれをわしに訴えてどうせよと申すのか」

「早急に新たな水源を探し出し、それを江戸市中に引き込んでこの窮状を救《すく》わなければ江戸は住みにくい城下町として天下に流布されましょう。将軍の御城下がそのように噂されることは徳川家の恥でございます。そうならぬため保科さまのお力をお借りしてあらたな上水を江戸に引く算段をしていただければ、そう思って今日お目にかかった次第」

「わしにどんな算段をせよと申すのだ」

「保科さまから上様にわたくしが申したことを言上していただき、そのうえで上様から直々に上水を江戸市中に引く手立てをするよう幕閣（老中）にご下命いただきたいのです」

「伊豆どのが老中の方々に諮《はか》って上水を引くことを決め、それをもってわしに申し出れば、わしから家綱さまに言上する」

「その手順では幕閣が決めたことを上様がお認めになった、ということになります。それでは家綱公に政を行う力量がないと旗本や御家人らが思うに違いありませぬ。ここは上様の英断で老中らを動かし、江戸の窮状を救う上水を作る、という筋立てにしてほしいのでございます」

正之はしばらく考えていたが、

「たとえ家綱さまが命じたとて幕閣共はおいそれと賛意は示すまい。なにせ新たな上水を江戸市中に引くとなれば膨大な銭金がかかろう。わしは家綱さまの補佐役になって驚いた」

正之は、何に驚いたのかを信綱がわかっているのか試すように言葉を切った。

「はてなんに驚かれましたのでしょうや」

信綱は小首をかしげる。

「幕府の御用金がわしの思っていた額よりはるかに少なかった、そのことにだ。このこと伊豆どのは十分にわかっているはずだ」

「そのことでございましたか。家光公在世の砌《みぎり》、日光東照宮の大造営に幕府は多大な出費をいたしました。それればかりか江戸城完成後の改修、寛永の大飢饉、さらには家光公逝去での葬儀、それに続く家綱さま将軍お披露目にも莫大な出費はかさみ、幕府の台所は火の車」

「上水を引く普請費用などどこを探しても出てはこぬぞ」

「だからこそ上様の英断と申したのでございます。この困窮した財政の中から是が非でも上水を引くための銭を捻出しなければなりませぬ。それを為すためには保科さまのお力が欠かせませぬ」

「わしが力を貸すのはかまわぬ。しかしその前に幕閣の賛意を得ておくことが肝要。彼らへの説得は伊豆どのがなされよ」

穏和だった正之の目が鋭くなった。

（二）

江戸城奥御殿の最奥部に老中御用部屋がある。江戸幕府の政《まつりごと》を決める中枢部である。

二代将軍秀忠の時世からこの部屋に老中《ろうじゅう》と呼ぶ譜代大名四名から六名が集まり幕政を司ってきた。

その中で老中を統括する者を大老と呼んだ。

大老の権限は絶大で、時には将軍の命令も覆すことが出来た。将軍は大名を、筑前守、陸奥守、播磨守などと呼び捨てにするが、将軍以外で唯一大老も大名らを呼び捨てにすることを許されている。このことから見ても、その権限の絶大さが知れる。

また大老は徳川家の忠臣四家、すなわち土井、酒井、堀田、井伊の者しか就けない。

大老、老中の〈老〉は〈経験を積んで物事によく通じている〉という意味である。

余談であるが隠居後の水戸光圀を〈水戸の御老公〉と呼ぶが、これは年老いた人（老人）という意もあるが、そればかりでなく〈文武に優れた者〉という意も含まれている。

老中御用部屋に四名の幕閣（大老並びに老中）が顔を揃えていた。部屋の隅には座机が置かれそこに二名の奥右筆《おくゆうひつ》が硯《すずり》、筆、用紙を揃えて控えている。

「今日、方々に参集の声掛けをいたしたのは、緊急に詮議したき議が出来《しゅったい》したからでござる」

大老の酒井讃岐守《さぬきのかみ》忠勝が武張った顔で告げた。

「はて、緊急に詮議すべき議などあるとは思えませぬが」

井伊掃部守《かもんのかみ》直孝が忠勝を見返した。

「まだわしは詮議いたしたき議について何も申しておらぬ」

忠勝が目を細めて直孝をたしなめる。

「これはとんだご無礼を」

直孝はわずかに頭をさげた。

「昨日、上様よりのお呼びがあり、御殿に伺った。上様から『城下は申すにおよばず城内でも飲み水に窮しておるとか。そこでこれを解消する手立てとして府内に新たな上水を早急に普請せよ』との御下命をいただいた」

「幼君であらせられながら、そのように江戸の水事情にお通じなされているとはなんとご聡明な御方《おんかた》か。ゆくゆくは名君となられるでしょうな」

阿部豊後守《ぶんごのかみ》忠秋が感じ入った声をあげる。

忠秋は武蔵国忍《おし》藩五万石の領主である。九歳のときに家光付きの小姓となり、以後側近として仕えた。家光の晩年に老中に抜擢され、家綱の御代になっても老中としてとどまっている。

「上様と御大老は相対《あいたい》でお会いなされましたのか」

直孝が醒めた声で訊く。相対とはふたりだけ、という意である。

「相対でのお目見えなど大老になった今でもあったことはない」

それがどうかしたのか、と言いたげに忠勝は直孝に不機嫌な顔を向けた。

「将軍のお側に控えておられたのはどなたでしたか」

直孝は忠勝の機嫌などに頓着せず先を続ける。

「光国さまと保科さまが臨席しておられた」

光国とは徳川御三家の一つ水戸家の藩主徳川頼房（家康の十一男）の第三子のことである。後年、水戸藩の藩主になったとき光圀と字をあらためるが、この時の光国は若干二十三歳、独身であった。

「上様が光国さま、保科さまを控えさせたうえで自らのお言葉で忠勝さまにお命じなされましたのか」

「いや、保科さまが上様に代わってわしに申された。上様は保科さまが申されることにひと言も口を挟まず保科さまが話し終わったのち、ひと言『そういたせ』と仰せられた」

「なるほどそうでござりましたか」

「なにが、なるほどなのだ」

忠勝の顔がさらに不機嫌になった。

「真《まこと》、御大老は上様が江戸の水事情を憂えてこのような命をお下しになられたと思われますのか」

直孝が首を大きく捩じって忠勝に左頬《ほほ》が見えるようにした。

直孝の左頬には一筋の傷がある。徳川家が豊臣家を滅ぼした戦《いくさ》（大坂の陣）で負った刀傷である。戦は直孝二十四歳の時、それから三十五年近い歳月が過ぎているが刀傷は消えるどころか年を経るごとにはっきりと浮き出て見えた。

この刀傷は東照大権現（家康）さまをお守りした証《あかし》、と直孝は自負している。大老である忠勝より三歳下であるが彦根藩三十万石の藩主。小浜藩十一万三千五百石の藩主忠勝より石高ではるかに上である。そのこともあってか閣議の席上で直孝はしばしば忠勝に対抗意識を持つことがあった。

「むろんそう思っておる」

忠勝は尖った声で応じた。

「上様は鷹狩りをなさる御歳《おんとし》にも達しておらぬ。ましてや御城外に赴き、下々の世上を目になさるようなことはないと存ずる。江戸の水事情を誰ぞが上様のお耳に吹き込んだのであろう」

「過日、町民どもが飲み水を寄こせと奉行所へ押しかけた騒ぎは上様のお耳にも届いていたのでしょう。これを憂えた上様は捨て置くこと能わず、保科さま、水戸さま（光国）と相諮って老中に水不足解消の手立てをするよう御下命をなされた。わたしはそう思いますが」

忠勝をかばうような豊後守忠秋の言。

「わしが申したいのは、なぜ今、急に上様が新たな上水普請を仰せられたのかを申しておるのじゃ。豊後守どのが申されるとおり上様は聡明であらせられる。ならば幕府の金蔵が空っぽであることも御存知のはず。それを顧《かえり》みずに上水普請を仰せられる、どう考えても上様おひとりでお考えになられての御下命とは思えぬ。もし上様がご自身で熟慮なされたのであれば、『上水普請には莫大な銭がかかる。そこで上水普請に使える銭があるのか、また普請能《あた》うとなったならその時期はいつがよいのか、を老中で吟味せよ』と仰せられるはず。それがいきなり『上水普請を早急に』と仰せられるのはどう考えても上様に誰ぞが入れ知恵をしたとしか思えぬ」

直孝は忠秋にというより忠勝に向かって言葉を強めた。

「そのような詮索は無用。上様は江戸の水事情を改善するため新たな上水普請を早急に進めるよう御命じなされたのだ。老中は上様の御政道を進めるために設けられた役。わしらは財政が逼迫している中で新たな上水普請をいかに為すかの道筋を上様にお示ししなければならぬ」

忠勝の声は直孝を押さえつけるように強かった。

「さきほどより伊豆守どのはひとり口をつぐんでおるが、このこといかに思われる」

直孝は忠勝の咎めるような視線を避けると顔を振って松平伊豆守信綱を見遣った。するといやが上にも忠勝に直孝の刀傷があからさまに見えた。

「さればでございます。幕府の財政を考えれば上様の新たな上水普請御下命は時宜《じぎ》に叶っていると思われます。わたしは御大老のお考えと同じです」

「財政が逼迫しているこの節にもかかわらず時宜を得ているとな。そのようなこと伊豆どのはよう言われたものじゃ。わしにはそうは思えぬ」

「新たな上水普請はこれから先いつになったら時宜を得ることが能いましょうや。五年先、十年先さらに十五年先でございましょうか。その頃財政はさらに逼迫しているやもしれませぬ。今、江戸に住まう者はおよそ七十余万人と言われております。このまま新たな上水普請を先延ばしにすれば過日の町民らの水よこせ騒ぎは頻繁に起こり、起こるたびに大きくなっていきましょう。そこでお伺いいたしますが、掃部守《かもんのかみ》さまの江戸屋敷の飲み水は事足りておられるのでしょうか」

「飲み水が不足していることはないが顔を洗う水や炊事での洗い物などには極力節水している。風呂などは井戸の水を使うことにしているが海水に浸かっているようで湯浴み心地はよくない。それはわが屋敷だけでなく御城下に屋敷を構える大名はみなそのように節水に心がけておるやに聞く。しかしながらどのお屋敷もそれで日々の営みはなんとかなっておる」

　大名屋敷内は井戸を備えているがそのどれもが塩辛い水である。井戸といえば飲料水、という常識は江戸府内では通用しなかった。

「なんとかなっているのは江戸の良地（一等地）に大名屋敷が建っているからでございます。大名屋敷はかつて御家人、商人《あきんど》、町民らの家が建ち並んでおり申した地を立ち退かせて建てられたもの。言い換えれば大名屋敷が彼らの住むところを奪ったのでございます。幕府は立ち退く者らに新たな土地を用意しましたが、その地は神田、日本橋などより外側の水の便が悪い地がほとんど。そこに移っていった者らには神田上水からの水は届きませぬ。あの手この手で飲み水を工面しておるが、彼の者らの飲み水困窮はもはやなんともならないところにまできております。彼らをそこまで追い込んだのはほかならぬ幕府の配慮が足りなかったがため。ゆえに町民らが飲み水に困れば困るほど怨嗟の矛先は幕府と大名に向けられます。江戸城近傍の地から追い出された者らの数は三十万をはるかに超えておりましょう。此度の水よこせ騒動はそのうちのほんの一握りの者が奉行所に押しかけたもの。このまま上水普請に手をつけず放っておけば、〈水よこせ〉と叫んで奉行所に押し寄せる町民らは二万、三万とその数を増しましょう。昨年、由井正雪が老中の無策糾弾と旗本の待遇改善を旗印に世を騒がせたのもその根底に江戸の水不足があった、とわたしは思っております。このまま放っておけば、第二、第三の由井正雪が現れぬとも限りませぬ。そうなれば世上は老中を無能と罵《ののし》るでしょう。結句わたしども老中の総入れ替えとなるやもしれませぬ。ここはひとつどんなことをしても新たな上水を江戸市中に引き込む手立てを施さなければなりませぬ。それも上様が御下命なされたように、早急に、でございます」

信綱は誰にも目を合わさずに部屋の隅の一点を見たまま一気に話した。

「放っておく、などと申してはおらぬ。上様の御下命をなんで軽々しく受け流せよう。しかしながら、早急に、とはまいらぬのではないか」

直孝は苦々しげに呟いて、

「古来より〈ない袖は振れぬ〉と申すではないか、新たな上水普請となれば莫大な銭を用立てねばならぬ。まだ寛永の大飢饉の余波は収まったとは申せぬ。それが証には今年も一昨年、昨年に続き旗本、御家人への俸禄を減ずることをわれら幕閣は決めたばかり。ために彼らは食うにも汲々としている。新たな上水普請に掛ける銭があるなら、その前に彼らの俸禄を旧に復して支払う方が先ではないか」

直孝の言に忠勝は思わず頷きそうになる。たしかに寛永の飢饉以来、幕府は俸禄として旗本、御家人らへ支払う支給米を減じて下賜《かし》している。このことは幕府が旗本、御家人らに借金をしているということにほかならない。ことある毎に彼らは減じた支給米の精算をするよう幕府に迫っているが、幕府としては返せる目途は立っていないのが実状である。

余談だが旗本と御家人の違いは、旗本は将軍にお目通りが出来る身分の者、御家人はそれ以下の者のことで、両者とも徳川家の家臣であることには変わりない。

「幕府で新たな上水普請費用を出せぬなら、この普請を天下普請にいたせば如何《いかが》でござろうか。さすれば幕府の財布も傷まぬと思いますが」

忠秋は皆の顔色を窺いながら口ごもるように呟いた。

忠勝六十五歳、直孝六十二歳、信綱五十六歳の中で忠秋は五十二歳と一番若い。若いから三者に遠慮がちということもあるが、忠秋は信綱と同様家光の寵愛を受けた幕閣で、家光崩御の際に追い腹を切らなかった。そのことが忠秋の後ろめたさになっているためか老中のなかではとかく遠慮がちなもの言いになるのだった。しかし忠秋は信綱ほど世上から厳しい目で見られなかった。それは家光から老中の役を命じられたのが遅く、また信綱ほど世間で名が知られていなかったことにもよる。

「天下普請とは外様大名に普請させること。妙案だが外様大名も寛永の大飢饉で疲弊している。そのような理由《わけ》で外様大名に命ずることは容易《たやす》くはない。それに天下普請は天下の安寧のために行うもの。となれば此度の上水普請は天下普請の本旨にはそぐわぬ」

忠勝が首を横に振る。

「ならば旗本、御家人の次三男坊に上水普請を担わせるのはいかがか」

忠秋の声はさらにくぐもり小さくなった。

旗本、御家人の次三男坊は幕府に奉職出来なければ禄（給料）はもらえない。だが彼らが奉職出来るほど奉職口があるわけではない。次三男は就職もままならず家長のもとで暇を持てあましている者が多かった。

「旗本、御家人の次三男坊を市井《しせい》の人足より安い労賃で働かせれば、彼らの矜持《きょうじ》が許すまい。人足より高い労賃を払うことになれば上水普請費は高くつくことになる」

突き放すような直孝の口ぶり。忠秋は下を向いて口を固く結んだ。

「ともかく上水普請は上様の御意向に沿って行う、このことに異議ござらぬな」

忠勝が声を高めた。

「ございませぬ」

声を出して応じたのは信綱だけだった。忠秋は無言、直孝は首を横に振った。

「異議ありと申すか」

忠勝は厳しい顔を直孝に向けて不快げに質した。

「上水普請に異議ありと申すのではござらぬ。上水の普請費用が出せるなら、その銭を旗本や御家人への支払いに廻すべきだと申したいだけ」

「その伝でゆけば、旗本、御家人らの支給米を旧に復すまでは普請と名のつくものなど何一つ能《あた》わなくなる。府内に敷かれている街道の改修、補修もままならぬことになる。そうではないか掃部守」

「…………」

「掃部守に異があるのはわかった。だが伊豆守と豊後守は異議なしとの由。わしも両所と同じ。したがってこの議は上様の御下命とおりに進めることに決する」

大老の言は将軍の言に等しい。たとえ老中すべてが反対であっても大老が賛成ならば、それに従うことが掟として決められている。それほど大老は大きな権限を持っていた。

「従い申す」

直孝は大老の権限の強さを十分に心得ているのか、あっさりと頭をさげて賛意を示した。

「衆議は一決した。では次に進ませてもらう。まず上水普請をなにゆえ行うかの本旨を明文にして府内の民に広く知らしめなくてはならぬ」

「明文には上様が普請の施主であることを書き入れることが肝要かと」

信綱が言い添える。

「上様が上水普請を英断なされ、みずから施主にお就きになられたことを民が知れば、上様の御評判はいやがうえにも高まりますな」

媚びるように忠秋は言った。

「上様を軽々《けいけい》に施主になさることは控えねばならぬ」

直孝の声は変わらず低い。

「軽々になどとは申しておりませぬ。わたしは上様をおいてほかに適任者はおらぬと申しているのです。この上水は江戸に住まう者ことごとくが待ち望んでいたもの。その普請の施主に上様がお就きになられれば上様の名望はいやがうえにもあがりましょう」

「この上水についてはまだ何も決まっておらぬ。そうであろう。なのに施主だけ上様と決めてしまうのは早計と申しておるのだ」

「上様の名のもとに上水の普請を進めていくことをはっきりと世上に示すことが肝要と考えており申す」

自分《おのれ》の思いが三人の幕閣に受け入れられていないと思っている忠秋にはこれ以上引き下がれぬ、といった力みが言葉の端々《はしばし》ににじみ出ている。

「豊後守どのの考えなど聞いておらぬ。もし上様を施主にしてこの普請がうまくいかなかったとなれば、上様のお立場はどうなると思われるか。新将軍の名は地に落ちることになる」

「上水普請はかならずや成就いたしましょう」

信綱が声を高めて直孝を見据えた。

「ほう、普請のなにもかもがわかっておらぬのに伊豆どのはなぜ、成就すると言いきれるのでござるか。万が一成就しなかったならば伊豆守どのの切腹だけではことは収まらぬ。このわしも腹を切ることになるやもしれぬ。まあその折は潔《いさぎよ》く腹を切ってもよいがの」

直孝の心中には追い腹を切らなかった信綱への不信感が今でも残っている。

「両所は言葉を慎まれよ」

忠勝が一喝した。

「掃部守、お手前は上水の普請に賛意を示したのではなかったのか。先ほどから聞いておれば、ひとつ一つのもの言いにトゲがある。伊豆守になにか遺恨でもあるのか」

「他意はござらぬ。普請が始まってしまえば、普請の良し悪しを論ずること能わず。今だからこそ、上水普請に忌憚のない思いをぶつけたまででござる」

「普請の良し悪しを論ずるのは上様の御下命の良し悪しを論ずることに同じ。老中に良し悪しを判ずる権限はない。老中に託されたのは将軍御下命の上水普請をどのようにしてなすべきかを論ずる、その一点しかない」

忠勝の声は厳しかった。直孝の刀傷がひくひくと動いた。直孝はかしこまると忠勝に深く頭《こうべ》を垂れた。

「上水普請の本旨の明文作成は奥右筆らに申しつける。それでよいな。施主は幼君家綱さまとして、次に決めるべき事柄は幕府の誰に水源を探し出させるかである。お三方には何か妙案をお持ちか」

「その前にはっきりさせておきたい事柄がありまする」

信綱がひと膝前に進んだ。

「何をはっきりさせておきたいのか」

忠勝が訊く。

「さればでございます。この上水普請は幕府が銭を出すだけにして普請一切を市井のしかるべき組（土木業者）に丸投げし、幕府は普請が成就するまで口を出さぬ、という形。もう一つは従来のように幕府の主導の下《もと》で人足を雇い上水を作り上げる、その二つのやり方が考えられます。市井のしかるべき組に丸投げする方を採用いたせば、その組に水源を探させればすむこと。しかしながら幕府直轄となれば水源は幕府で探すことになりましょう。従ってどちらの形で此度の普請を行うかをまずこの席でお決めいただくのが先だと思われます」

「施主を上様と決めたのだ。ならば丸投げという形はあり得ぬと思われる。従来通りの形でよいのではないか」

直孝が言った。

「丸投げと申したのは言葉の綾でございます。むろん上様の名代として幕府から上水普請総奉行を選出し、この者が丸投げした組を差配することになりましょう」

「一体、そのような形で幕府が普請を行ったことがあるのか」

忠勝が訊いた。老中が政《まつりごと》を決めるに際して重きを置くことは先例があるかないかであり、似たような案件であれば先例に従うのを常道とした。

「ございます。ここでその詳細は申し上げられませぬが奥右筆らによれば二つほど先例があるとか」

「水源を幕府の手で探すのは難しいのか」

忠勝が訊く。

「水源は七十万余の人々の喉を潤せる水量がなくてはなりませぬ」

「江戸に流れ込む大河と申せば大川。あとはみな小川《しょうせん》ばかり。水源を探すのは難しそうだのう」

忠勝は小首をかしげた。大川とは今の隅田川のことである。

「難しいことはないと存ずる。今申された大川は水量も四季を通じて豊か。あの河水をなんとかすれば水源となろう」

直孝はよい思いつきだとばかりに三名を見まわす。

「ならばとうの昔に大川の水を飲み水としていたはずだ」

忠勝が素っ気なく応じた。

「江戸湾が満ち潮になると大川に海水が遡上し河水と混じります。とても飲めるような代物ではありませぬ。それに河水面の高さが人々の住まう地面の高さより低いため、市中に河水を引き込むことは能いませぬ」

信綱は教え諭すような口ぶりだ。

「ならば取水する場所を大川のずっと上流にすればよろしかろう。上流なれば江戸市中の地表の高さより取水口を高くとれるはず。また海水が混じることもなかろう」

一理あるような直孝の言い分である。

「大川の上流部は譜代大名が治める地で幕府直轄地ではありませぬ。譜代大名の地に幕府が手を出したという前例はありませぬ。たとえ上様が施主であっても譜代大名の地に取水口を設けることは能いませぬ」

「では利根川はどうじゃ」

「利根川から江戸市中に水を引くとなれば大川を横切らねばなりませぬ。大川を越せるほど利根の川面は高くはありませぬ」

信綱は首を横に振った。

「ならば水源をどこに求めると伊豆守どのは考えるのか。大川、利根川以外に思い当たる水源はわしには思いつかぬ。幕府直轄地内に水源を求めることなど所詮能わぬのではないのか。この普請、絵に描いた餅で終わらねばよいのだが。それに上水普請に充てる銭の工面も勘定方が渋るに違いない」

直孝が政を決めるに際し、第一に考えるのは旗本、御家人への配慮である。政はまず徳川の家臣らが最も優遇されなければならないと常々思っている。だから此度の上水普請の費用が出せるなら、その銭を家臣等から借り上げている支給米の返済に充てるべき、そのことに直孝は強く固執している。

それはそれで老中として一つの卓見であると酒井忠勝は認めていた。だがこの上水普請は大老の一決で行うと決まったのだ。それをこの期におよんでなお言いがかりに近い私見を述べる直孝に忠勝は怒りがこみあげてきた。

「絵に描いた餅とは上様を侮辱する言葉に聞こえるが」

小浜藩十一万三千五百石の藩主であるおのれが彦根藩三十万石の藩主に言うべきことではないように思いながら忠勝は直孝に鋭い目を向け高ぶった声をあげた。

「言葉が過ぎ申した。以後慎み申す」

再び直孝は深々と頭をさげた。だが心中では井伊家も大老を担える四家、それがどうしたことか酒井家に先を越されて中老の席に甘んじている、なんとも口惜しいという思いがあった。

「伊豆守にあらためて訊くが水源のアテはあるのか」

　忠勝の声は元にもどっている。

「城の南西に当たる江戸湾に注ぎ込む六郷川に水源を求めるのも一計かと」

「随分と市中から離れておる。それに六郷川の水面も江戸市中の地面より低いであろう。となれば江戸市中に河水を引き込むこと能わぬのではないか」

「六郷川の上流を江戸の者は〈タマ川〉と呼んでおります。この川の上流部のどこかに取水口を設けて水源となせば、高さは十分にとれるはず」

「上流に取水口を設け江戸市中まで引いてくるとなれば水路の長さは相当なものとなろう」

「おそらくは五里（二十キロ）あるいは七里を超えましょうか」

「そのような長い水路を作ること能うのか」

「これはわたしの思いつきに過ぎませぬ。ただ六郷川いやタマ川はどこまで遡っても幕府直轄地でございます」

「なるほど、そう言うことであったか」

「とは申せ幕府内の地のどこかにもっと適した水源を見つけられるかもしれませぬ」

「その水源を見つける役を幕府のしかるべき諸役に命じるか、はたまた上水普請を丸投げにした市井の組に探させるか、それを決めよと伊豆守は申すのだな」

「ほかにもっと良い普請のやり方があるならそうしたいのですが、わたしにはほかの手立ては思い浮かびませぬ」

「もし幕府で水源を探すと決まれば、その役を担える人物は居るのか」

「まずは関東郡代に命じてはいかがでしょう。郡代は水源となる川や池などについて精通しております」

関東郡代とは江戸幕府の関東地区の天領（幕府直轄地）の統治を任された地方行政官の職名である。

「郡代は伊奈どのであったな」

忠勝が奥右筆のひとりに確かめる。

「申されるとおり伊奈半十郎忠治《はんじゅうろうただはる》さま。武州足立郡にて七千百八十七石を領しております」

さすが幕閣の奥右筆とあって、幕府要人の石高がすらすらと口の端から発せられた。

ちなみに〈右筆〉とは貴人に侍して文を書く者のことである。また〈奥〉とは〈秘密〉という意である。従って奥右筆とは老中の閣議に侍って幕閣らが述べたことを文書化して残しておく者のことである。特に重要事項で秘密にすべき文書は奥右筆の手で厳重に保管された。奥右筆は老中近くに侍っているので大きな権限を持っている。

「どうであろう、まずは関東郡代に水源を探させてみては。その報告を待ってこれからのことを決めてもよいのではないか」

忠勝は、〈将軍を施主に据えたからには市井の者に丸投げするわけにはいかぬ〉という考えに傾いている。

「それでよいと存じまする」

忠秋が賛意を示した。

「わしも郡代に探させるのがよいと存ずる」

直孝が申し添えた。

「伊奈忠治どのに探させるにしても、ただ命じればすむというわけにはまいりますまい。老中が伊奈どのを手足として使う。ここはあくまでも老中主導で行うのが肝要かと存じます」

信綱が思うところを述べる。

「使うと申されても、わしら幕閣四名にそのような暇があるとは思えぬ。それに関東郡代を使えるほどわれらは江戸府外の川や池に精通しておらぬ。この話、随分と伊豆守どのがお詳しいように存ずる。そこで伊豆守どのに郡代を使っていただくのはいかがか」

直孝には郡代と組んで水源地を探す気などさらさらない。そこで信綱にその役を押しつけてしまえばおのれは免《まぬが》れる、と思った。

「わたしもそれがよろしいかと」

忠秋がいくらか気のひける感じで言い添えた。

「ふたりがそう申すのだ、わたしも伊豆守が適任だと思うがどうじゃ。もし不承なら籤《くじ》で決めてもよいのだぞ」

政治を司るのに籤とは随分と軽々しい手法のように思えるが、古来より籤で決めることは行われてきている。実力が同じ者の集まりで誰かひとりを選び出す時にしばしば政治の世界では行われた。籤であれば人の思惑や権謀術数が入り込む余地がないからである。

「それには及びませぬ。お引き受けいたします。しかしこのことは公にせず、しばらく内密にしておいてくだされ」

「内密とは穏やかならぬもの言い。別に隠し立てするほどの案件ではあるまい」

忠勝が首をかしげる。

「老中と郡代が組んで上水の水源となる所を探す、そのことが市中の町民らに知れわたれば、今水不足で汲々としている郊外の地の値は途端に跳ね上がると思われます。地価ばかりではありませぬ、上水普請に欠かせぬであろう木材なども木場商人《あきんど》らが先を見越して買いあさり、値をあげることは目に見えております。わたしと郡代が首尾よく水源を探せればよいのですが、探せなかった節はわたしばかりでなく方々幕閣の無能さを世に晒すことになりかねませぬ。まずは水源に目途が立つまで密かにことを進めるのが肝要」

「伊豆守さまに引き受けていただいたのですから、伊豆守さまの御意向を重んじてはいかがか」

忠秋の声は自分《おのれ》がその役から免《まぬが》れたという安堵感に満ちていた。

（二）

松平伊豆守信綱の江戸屋敷は江戸城呉服橋近くの一郭にある。三百坪ほどの土地に建つ屋敷の奥庭から西の方向を望むと江戸城天守が目に入る。信綱は暇ができるとこの奥庭に立って天守を遠望するのが習慣《ならい》となっている。

「お見えでございます」

江戸屋敷詰の小姓が奥庭でくつろぐ信綱に声をかけた。

「すぐに参る」

小姓にそう告げたが信綱はしばらく奥庭に佇《たたず》んだままだった。

——言い出しっぺは損を見る。しかし損となるか称賛を得るかはあの男の力量にかかっている——

信綱は心中で呟き、天守に向かって一つ大きく息を吸う。それから奥庭を出て縁側から屋敷内にあがると書院の間に向かった。

開け放たれた書院部屋の真ん中に男が信綱に背を向けて座していた。

「ご足労を願った」

信綱は努めて平明な声で呼びかけた。

男は振り向いて、信綱を認めると座を正して深く平伏した。

「関東郡代、伊奈半十郎忠治、参上仕りました」

緊張した声だった。

「初に目にかかる」

座した信綱は軽く頭をさげて正面から忠治を見た。初老のどこにでも居そうな痩せてやや背が丸くなった男である。

「お幾つになられるかな」

「五十九歳になります。来年こそは幕府に隠居願いのお許しを得られればと思っております」

「来年こそはとは、何度か隠居届けを幕府に出しておられたのか」

「五十五歳のみぎりから毎年出しておりますが、未だ受理されておりませぬ」

「郡代の役は伊奈どのをもって余人に代えがたし、と思っての不受理なのであろう」

幕府は高齢となった家臣が隠居願いを申し出れば受理することになっている。しかし役に精通していて業務に忠実な者は、隠居届けを受理せず続けさせた。

「失礼とは思ったが、伊奈どのの人となりを右筆に調べさせた。それによれば郡代としての評判はすこぶるよいとのこと」

「はてそうでしょうか。幕府重臣の方々からの評判は芳しいとは思えませぬ」

「たしかに重臣らからそのような声も漏れ聞いておる。わたしの申したのは郡代が治める地の領民らからの評判」

「領民にへつらうような政《まつりごと》はしておりませぬゆえ、そのお言葉はわたしへの世辞と受け取らせていただきます」

忠治はにこりともしないで応じた。

信綱は奥右筆に密かに忠治の素行と今までの経歴を調べさせて報告するように命じてあった。その調書が一昨日、信綱の許に届けられていた。

報告書では、職務に忠実で、政治の諸事に通じ、決して領民に無理強いをしないので彼の評判はすこぶるよい、とのことであった。また、そのために年貢の取り立てがやや甘くなり、それゆえ幕府の御蔵方からはあまり評判がよくないことも付け加えられていた。

「わたしの身辺を調べたのはいかなる所存でござりますか」

忠治の顔が厳しくなった。

「そのことだが」

そう告げて信綱は軽く咳払いをして喉の調子をととのえると、新たな上水普請について幕閣で話し合った事柄をこと細かに伝えた。

「わたしにその水源を探してこい、と申されるのですな」

聞き終わった忠治の丸い背が真っ直ぐに伸び、眼差しが鋭くなった。

「江戸府内に接する幕府直轄地について、そこもとは手のひらを指すように詳しいはず。新たな水源を探し出すには適任であると老中の評議で決まったのだ」

「御下命とあらば従いますが府内の方々七十万余の喉を潤す水源を求めるとすればタマ川」

「ほかに隠れた水源はないのか」

「江戸の西に広がる武蔵野は名にし負う荒地。そこのあちこちに水源があります。しかしながらその水源は荒地の一番低い崖地からわずかに湧き出す程度。その湧水量は畑の用水にもなりませぬ。水源を求めるならタマ川以外にはありませぬ」

「となればタマ川を調べてどこの地に取水口を設けるのがよいのかを伊奈どのに探ってもらうことになる」

「わかりました。さっそく家臣らに命じてしかるべき所を探させます」

「先ほど老中評議のやり取りを仔細に話したはず。これは隠密裡《おんみつり》に行わなければならぬ。そこで伊奈どののおひとりで探してくだされ」

「わたしは見てのとおりの老いぼれ。ひとりで探すなど能いませぬ」

「郡代どのをお世話する者をおつけいたす」

信綱はそこで話を切ると手を三度ほど叩いた。すると書院部屋と襖《ふすま》一枚を隔てた控えの間の襖が開いた。

「お呼びでございますか」

座して平伏したのは壮年の武士だった。

「この者はわが藩の者で川普請に長けている」

信綱が忠治に言った。

「安松《やすまつ》金右衛門でござる。以後、お見知りおきくだされ。伊奈さまの名はかねがね聞き及んでおります」

歳の頃は三十半ば、江戸言葉ではない。

「川普請を得手にしているとはめずらしい」

忠治がそう言うのはもっともで川の改修や整備、氾濫対策などの治水工事は江戸ではそれほど盛んでなかった。というのも大川が氾濫することは稀であったし、その外側（東）を流れる荒川は名の如く荒々しい流れでしばしば氾濫したが、江戸府内に濁流が押し寄せることはなかった。

河川改修、堤防などの治水工事は京や大坂など関西と甲斐などの暴れ川を持つ領国で盛んで、そうした地域には優れた河川治水術を有する者が多かった。

「御府内ではそのようでございますが、川越領内には新河岸川《しんがしがわ》と申す六里余（二十五キロ）におよぶ川がありまして、それがちょくちょく氾濫を起こします。江戸では無用のわたしですが川越藩ではそれなりのお役をいただいております」

「金右衛門にその新河岸川の整備と治水を任せている」

信綱の言に金右衛門は口の端をわずかに開けて笑顔を見せた。忠治はその笑顔に金右衛門の人柄を見たように思えて、思わず笑い返した。

「この者とふたりだけで水源を探してくだされ。わたしは御用繁多のためこれより登城せねばならぬ」

信綱はふたりを相互に見てゆっくりと立ち上がった。

第二章　タマ川

（一）

タマ川は多摩川とも玉川とも書く。

この川は甲州北東部の秩父山塊の一峰、笠取山の麓からしみ出た一滴の水からはじまる。南東に流れながら秩父連山の湧き水を集めて江戸と相模の領地境を作って江戸湾（現東京湾）に注ぐ。全長百三十八キロメートル、下流を六郷川と呼んだ。

古くは丹波《たば》川と呼び、時代を経るうち訛って玉川、あるいは多摩川と呼ぶようになった。

卯刻《うのこく》（午前六時）、日本橋に伊奈忠治と安松金右衛門の姿があった。ふたりとも裁着袴《たつつけばかま》と筒袖の上衣、菅笠《すげがさ》をかぶり、背に大きな荷を負うっている。

裁着袴とは袴の一種で動きやすく仕立てたものである。この時代、武士から庶民まで広く着用し、特に旅装用として穿《は》いた。

〈お江戸日本橋七つ（午前四時）発ち〉と謡われるようになるのは後世のことだが、卯刻ともなれば日本橋を渡る町民の姿はその数を増している。

日本橋の袂から甲州街道は始まる。

「何年か前に一度だけ江戸で数日過ごしたことがありました。久しぶりに日本橋に立ってみると、あらためて街道の立派さには驚かされます。わが藩にはこのように幅広の街道は見当たりませぬ」

金右衛門の偽らざる心境である。

甲州街道を含む五街道、すなわち中山道《なかせんどう》、東海道、日光街道、奥州街道の道幅は幕命で六間（約十一メートル）に統一された。自動車もない時代に六間もの道幅としたのは参勤交代で大名が江戸と領国を一年ごとに往き来するためであった。それと併せて泰平の世となったからでもある。戦国の世では城下を守る手段として狭小で曲がりくねった道を作って敵軍の侵攻を防いだ。それが徳川の世となって四十余年過ぎると、泰平が続き城を守らなくともよくなった。城に続く道は拡幅され、曲がりくねった道は真っ直ぐに作り直された。

幕府は五街道以外の主要街道の道幅も六間、それに準ずる街道は三間（五・四メートル）、横道は二間（三・六メートル）そして徒《かち》（徒歩）道は一間（一・八メートル）と決めた。

この規則はメートル法になった昭和の世まで連綿と踏襲され、現今でも六間道路、三間道路などと呼ばれ、いたるところに敷設されている。

「日本橋から甲州街道を下り、四谷大木戸まで行く。大木戸から先は江戸を離れ武蔵野と呼ばれる地となる」

武蔵野とは関東山地の東麓に広がる一帯を指す。北は入間《いるま》川、東は荒川、西は多摩川、南は東京湾周辺の山の手地区まで。東西約十里(四十キロ)、南北約五里(二十キロ)の長方形の台地である。

武蔵野を右記のように定義付けたのは明治期に入ってからである。

承応期、武蔵野を江戸庶民は〈茅が密生した中にエゴノキ、コナラ、エノキがまばらに生え、まれにアカマツ、クリ、クロモジ、マユミがまじる原野〉と言ってはばからなかった。

「荒れ野を切り開いて甲州街道を敷くに大層な苦労があったのでしょうな」

金右衛門は甲州街道を往還したことがない。八王子や甲府に行く用などなかったからである。

「江戸の庶民の中には、武蔵野を荒れ野と決めつける者も多い。だが崖などの裾《すそ》からはわずかではあるが湧水がある。このような地には古くから人々が集落を作り住み着いていた。そうした集落と集落は小道でつながっていた。甲州街道はそうした小道を改修して六間幅に作り直したところも多い。だから甲州街道の一部は荒れ野を切り開らかぬとも作ることができた。四谷大木戸を出て甲州街道をゆるり歩けば夕刻には最初の宿場町である高井戸宿に着く。今夜はそこに泊まることにしている」

余談であるが、後に幕府は大名の内藤家が四谷大木戸の近傍に所有していた土地を召し上げ、そこに新しい宿場町を作った。内藤家の敷地に新しく作ったので〈内藤新宿《しんじゅく》〉と呼ぶようになる。今の東京都新宿区新宿であるが承応期は人家もまばらな草深い地であった。

忠治は数え切れないほど甲州街道を上り下りしている。関東郡代にとってこの街道は最も親しみのある街道と言えた。

関東郡代の役目は関東に散在する天領(幕府直轄地)を将軍に代わって治めること。すなわち訴訟、民政、年貢取り立てなどを行う。

徳川家が有する領地は六百八十万余石である。この領地を四つに分けて四人の郡代が治める。四つの領地とは関東、美濃、飛騨、西国(九州)のことである。

郡代の許には多くの代官が配属され手足となって役務に専念する仕組みになっている。四郡代に仕える代官の数は総計で五十名ほど。したがって郡代ひとりに十人以上の代官が配属されている。

ちなみに郡代という制度が確立される前は〈代官頭《だいかんがしら》〉と呼ぶ職がこの役務を担っていた。

関東郡代が統轄する国は武蔵、相模《さがみ》、安房《あわ》、上総《かずさ》、下総《しもうさ》、上野《こうずけ》の六か国におよぶ。六か国の総石高数は百万石を超える。当時石高の最も高い藩は金沢藩の百万石である。それに等しい領地を伊奈郡代が統治しているのだが、郡代の俸禄は一万石にも満たない。そこが国持ち大名と郡代の大きな違いである。


「お忍びでの街道徒《かち》ははじめてではありませぬか」

金右衛門は話の糸口を探しているような訊き方をする。

「金右衛門どのはわしが馬にでも乗って幕府御領地を見回っておると思っておられるのであろうが、

この郡代という役は馬などに乗っていては務まらぬ。溝《どぶ》ネズミのように御領地をはいずりまわるのが役目。それより金右衛門どのこそこのような役回りははじめてではないのか」

「足腰にはいささか心得があります。伊奈さまの足手まといにならぬよう努めます」

「そのようなへりくだったもの言いは遠慮していただく。隠居したじじいが暇潰しに思いついた泊まりがけのタマ川遡上。その介添えに付き従っている男とのふたり連れ。そのようにわしは考えている。血眼になって取水口を探したとて見つけられるものではない。見つかる時は見つかる。見つからなければ見つかるまでタマ川を遡上するだけ。肩の力を抜かれよ」

百万石余の天領を統轄する男とは思えないくだけたもの言いに金右衛門の緊張していた気持ちはほぐれていった。

一刻（二時間）ほど甲州街道を下って、

「ほれ四谷大木戸が見えてきましたぞ」

忠治が指さす前方に街道を挟み込むように築かれた二つの石垣が見えてきた。石垣と石垣の間に大きな門が備えられている。開門しているので街道の往来に支障はない。だが門脇には番卒が六尺棒を構えて立ち、往来する人々の検問をしている。

「素知らぬふりで道の真ん中を通り抜けなされ」

忠治は言って大木戸を通り過ぎようとする。

「人体《じんてい》を改《あらた》める。笠を取られよ」

番卒が六尺棒を横にしてふたりを止めた。

「ご苦労様でございます」

忠治は腰を折って頭をさげ、それからおもむろに菅笠を取る。金右衛門もそれにならった。

「どちらの御家中の方か」

ふたりとも一見では武士に見えぬが菅笠を取れば髷《まげ》が現れ、それで武士と知れる。

「関東郡代の伊奈忠治と申す」

言って忠治は番卒に顔を近づけた。

驚いたのは番卒である。関東郡代の顔を知らないので通してよいものかどうか迷った。

「しばしおとどまりくだされ」

門内にある番所に駆け込む。大木戸は関所と違って人の往来を取り締まるところではない。番卒がこれはと思った通行人に声をかけ、行く先がはっきりしていれば通ってよいことになっている。ところが由井正雪の騒動があったのを機に検問が厳しくなった。大木戸が開いている時刻は卯刻《うのこく》（午前六時）から夕刻の酉刻《とりのこく》（午後六時）の間で、夜は閉門となり甲州街道から江戸市中に入ることはできない。

番卒が上司を伴ってふたりの前に戻ってきた。

「番頭《ばんかしら》を勤める大野と申す。わたしは郡代の尊顔を拝したことがござらぬ。卒爾《そつじ》ながら伊奈忠治さまともあろうお方が徒歩《かち》でたったひとりの従者だけでこの大木戸をお通りになるとは思われませぬ」

もし真の郡代であれば礼を失してはならない、と思ったのであろう、言葉付きは丁寧だが、郡代を名乗る偽者かも、という疑いをもった訊き方である。

「なるほど、そういうことでござるか」

忠治はさも愉快そうに顔を綻《ほころ》ばせる。

「なるほどとは、いかなることでございましょうか」

「僕《やつがれ》が馬に乗り供揃えしなければ伊奈半十郎忠治と認めぬ、そういうことかと思ったのだ」

「お忍びならいざ知らず、百万石の天領を差配する方がそのような下々《しもじも》が装《よそお》う姿でこの大木戸を通ることなどあり得ませぬ」

番頭は忠治を、郡代を名乗る偽者、と思いはじめている。

「そのお忍びでござる」

忠治はけろりと言ってのけた。

「まことに僭越でありますが郡代伊奈さまである証《あかし》となる書き付けなどお持ちではござらぬか」

「お忍びとは公儀の用ではないと申すこと。それゆえおのれを証する書き付けなど持ってはおらぬ」

番頭はしばらく考えていたが、

「では背に負うておられる籠の中をあらためさせていただく」

偽者であることがますます濃くなったと番頭は思ったのであろう、語尾の〈いただく〉がきつい言い方になった。

「あ、いや待たれよ。わたしなら書き付けを持っております」

たまらず金右衛門が口をはさんだ。

「お見せ願いましょうか」

番頭はきつい言葉付きのままで金右衛門に向き合った。

金右衛門は背負っていた籠をおろし、中から一枚の書面を取り出した。

「お見せいただこう」

番頭は横柄な態度で書き付けを受け取ると乱暴に開いて一気に目を通した。

「なんとこれは関所手形ではござらぬか。しかも書き付け人は老中松平伊豆守さま」

その書き付けには、

此安松金右衛門ト申ス者、生国者《は》武州川越ニテ、慥成《たしかなる》者ニ御座候、
此度為武州青梅罷出申候国々御関所無相違御通可被下候
武州川越藩
松平伊豆守信綱　花押

と認めてある。

この書き付けの形式は関所手形と同型であった。

譜代の武士であれ外様の武士であれ関所を通るには通行手形を持っていなければならない。この手形発行者は江戸から他国に出る場合は江戸屋敷留守居役が発給することに決められている。したがって留守居役でなく藩主が直々に手形の末尾に名を記すことはない。

番頭は何度も読み直し、伊豆守の花押を疑わしげに見ていたが、

「大変ご無礼をいたしました。どうぞお通りくださりませ」

深く頭をさげた。

「僕の疑いも晴れましたのか」

忠治は柔和な顔を番頭に向ける。

「おからかいはもうおやめくだされ。ご老体はこの安松さまの従者でございましょう」

聞いた忠治はいかにも嬉しそうに笑うと、

「ではご主人さま、大木戸を通り抜けることにいたしましょう」

と慇懃に頭をさげた。

ちなみに甲州街道の関所は駒木野（現小仏《こぼとけ》）の一か所しかない。ふたりの行き先はタマ川の上流で小仏には行かないのだから関所通行手形は必要ない。それをあえて信綱が持たせたのは何かの折に役立つとの配慮からである。こういう気の使い方が知恵伊豆守といわれる所以《ゆえん》でもある。

ふたりは街道の高低差に注意をはらいながら高井戸宿を目指す。

大木戸から千駄ヶ谷村、角筈《つのはず》村、代々木村を辿る。街道はゆるやかな上りとなっている。

ところが代々木村から幡ヶ谷村に向かった途端、街道は下り坂となった。

「甲州街道は大木戸から高井戸の宿までずっと上り道と思っておりましたが、ここでは下っておりますな」

金右衛門は立ち止まって街道の前方に目を遣る。けっこうな下り坂である。

ふたりは坂を下《くだ》って谷部に行き着く。

すると道は再び谷をはい上がるように上り坂となった。息が切れるほどの急坂ではないが、還暦間近の忠治には応《こた》えるのか息が荒い。

金右衛門が先に立って谷を登り切る。ほっとするのも束の間、街道は再び下り坂になった。しかも前の谷よりさらに低い谷である。谷底には街道を横断する川が見える。

「あの低い地を萩久保と呼んでいる」

忠治が荒い息で言う。

「あの小川《しょうせん》の水はどこに流れていくのでしょうか」

川面が陽光に輝いている。

「北に流れて幡ヶ谷村に広がる田の用水として使われている。そればかりでなく神田上水の助水にもなっている」

ふたりは萩久保の低地まで下り、小川に架かる橋を渡る。橋を渡り終えると街道は再び上り坂になって、谷を登り切る。

「もしこの街道沿いに上水堀を作るような仕儀になれば、この谷部をどのように越えるかという難問をかかえることになりますな」

金右衛門は渋い顔だ。

「まだタマ川の取水口も定まっておらぬ。先のことは案ずるな」

忠治は額に流れ出る汗を二の腕でぬぐった。

（二）

高井戸宿《じゅく》は武州多摩郡高井戸にある。四谷大木戸を出て甲州街道を下って出合う最初の宿《しゅく》である。この宿は甲州街道を往き来する旅人が利用する。

六間もの道幅をもつ甲州街道であるが往来する人は中山道や東海道と比べると極端に少なかった。だからといって道が荒れていることはない。街道沿いの集落の住民が関東郡代に命じられて維持管理に定期的に駆り出され整備しているからである。

五街道を含むいわゆる主要街道は一寸（三センチメートル）ほどの厚さで小石あるいは砂利を敷き詰めて踏み固めた上に砂をまいて整地されている。脇道や徒道《かちみち》の急坂部は通常、石段を施して雨水の浸食に備えた。それに対して主要街道の急坂箇所は石畳とした。石段では荷車や馬が通れないからである。東海道の箱根の急坂区間に石畳を敷いたのもそうした理由からである。

参勤交代で東海道や中山道を利用する大名の数は百数十家と多いが、甲州街道を利用する大名は三家しかなかった。従って高井戸宿は旅籠《はたご》の件数も少なかった。

「大木戸のやりとりはなんとも面白い顛末であったたな」

旅籠の一室におさまった忠治は疲れも見せずに板の間に胡座《あぐら》をかきながら言った。

「番卒をおからかいなさるのはよくありませせぬ」

「からかったのではない。番卒がわしの言うことを信じぬからだ。『伊奈だ』『ああ左様でござるか』『どこまで行かれる』『ちょいとそこまで』『そこまででござるか。ではお通りくだされ』それでよいではないか。それがわたしを疑うから老中の書き付けを見せられるハメにおちいり、頭をさげてわしらを通すことになる」

「由井正雪の騒動があってまだ一年しか経っておりませぬ。番卒らは奉行所から往還の者の吟味を厳しくするよう申しつけられているのでしょう」

「甲州街道は駒木野関で検問をしている。四谷の大木戸は夜の往還だけを取り締まれば事足りる」

「それよりもこの旅籠宿は伊奈さま御支配の地でございましょう。旅籠の者は伊奈さまにお気づきにならないのでしょうか」

「番卒とおなじ、まさか郡代が裁着袴《たつつけばかま》と筒袖の上衣、菅笠《すげがさ》をかぶり、背に大きな荷を負うっているなど思いもよらぬこと。似ているなと思っても他人のそら似、どこぞの隠居じじい、ぐらいしか思っておらぬであろう。わしは四谷大木戸の一件であらためてあることに気づかされた」

忠治はそう言って金右衛門にそれがなんであるかと問うように顔を前に出した。

「さて、なにを気づかされたと?」

「つまり人というのは身につけている装束や供を連れているか否かという見た目だけで相手を判じる、ということだ」

「それが人の世の常というものではありませぬのか」

「気づかなかったわしは人の世の常を知らなかったということか」

「伊奈さまのように恵まれた家系でお育ちになった方にはわからないことかもしれませぬ」

「金右衛門どのにはわかると申されるのか」

忠治はやや鼻白んで訊く。

「わたしの父は姫路池田家五十二万石に仕える貧乏武士でした。ですのでわたしの着るものはよれよれの木綿で仕立てたものばかり。その姿《なり》を見た町民は憐れんだ顔をわたしに向けたものでした。ところが絹仕立ての装束を着込んだ石高の高い武家の息子を見ると町民らは道をゆずり、頭をさげる。おそらくその息子はそのように扱われることになんの違和も感じないのでしょう。わたしも髪を整え絹仕立ての装束に着替えて町を歩けば町民らはわたしに頭をさげ、道をゆずったに違いありませぬ」

「わたしはさしずめその絹仕立て装束のバカ息子、というわけか」

「お気持ちを悪くしたのであればご容赦願います」

金右衛門の言に忠治は黙したままだ。

――言わぬともいいことを言ってしまった――

金右衛門は息を詰めて緊張する。もう一度謝ろうと口を開きかけたとき、耳元に寝息が聞こえてきた。

（三）

翌早朝、高井戸宿を発ったふたりは甲州街道を下《くだ》り、府中に着いた。府中は高井戸宿から比べると旅籠の数や人の出入りがずっと多かった。そのはずで府中は甲州街道を往来する人々だけでなく、青《お》梅《うめ》や福生《ふっさ》などのタマ川やその支流である秋川の上流域の五日市《いつかいち》などに住まう人々が江戸に出てくる際に必ず投宿する地であったからである。

「甲州街道を歩いたことがないなら、府中もはじめてであろう」

「川越の藩士であってみれば武州府中に出向く用などありませぬ。してあの森の手前に大きな鳥居が見えますが、森の中に神社が鎮座しておりますのか」

金右衛門は鬱蒼と茂る森を遠望する。

「武蔵大国魂神《おおくにたまのかみ》が祀られている。例年五月五日に行われる祭りはこの一帯の者たちの楽しみとなっている」

「五月五日と申せば、今から十日ほど前のこと。十日早く参れば見られたのですな。惜しいことをしました」

「詣でて水源が見つかるよう祈念したいが、先を急ぐ。今日中に日野《ひの》と申すタマ川縁《かわべり》の集落まで行き着かねばならぬ」

「ここからその日野と申す集落までの里程は」

「およそ二里（八キロ）余。夕刻までには着けるであろう。明日からはその日野の地からタマ川左岸を遡上し、水源となる取水口に適した地を探すことになる」

「日野より上流に取水口を求めるということでしょうか」

「日野より下流に取水口となる地はない」

忠治は断言した。

おそらく郡代としてタマ川やその下流となる六郷川の地勢について掌《たなごころ》を指すように知り抜いているからこその断定であろう、と金右衛門は思った。

「この府中から日野までは二里余、府中から江戸までは七里。となれば日野近辺に取水口を探せたとしても、四谷大木戸からだと実に九里（三十六キロ）もの上水堀を作らねばなりませぬな」

金右衛門は長すぎると思った。

「九里でおさまるとは限らぬ。九里が十里、いや十一里に及ぶかもしれぬ」

「上水堀が長くなればなるほど普請に銭がかかりましょう。殿（伊豆守）は幕府の金庫は底をついていると申しておりました。はたして上水普請費の捻出は叶うのでしょうか」

「金右衛門どのが案じることではない。人には持ち場、持ち場というものがあって、伊豆守さまら御老中方が上水普請費のことを考え、わしや金右衛門どのは江戸に上水を送るための取水口をいかにして探すかに専念すればよいのだ」

言われてみればもっとものことで、金右衛門は銭のことを持ち出したことを深く恥じた。

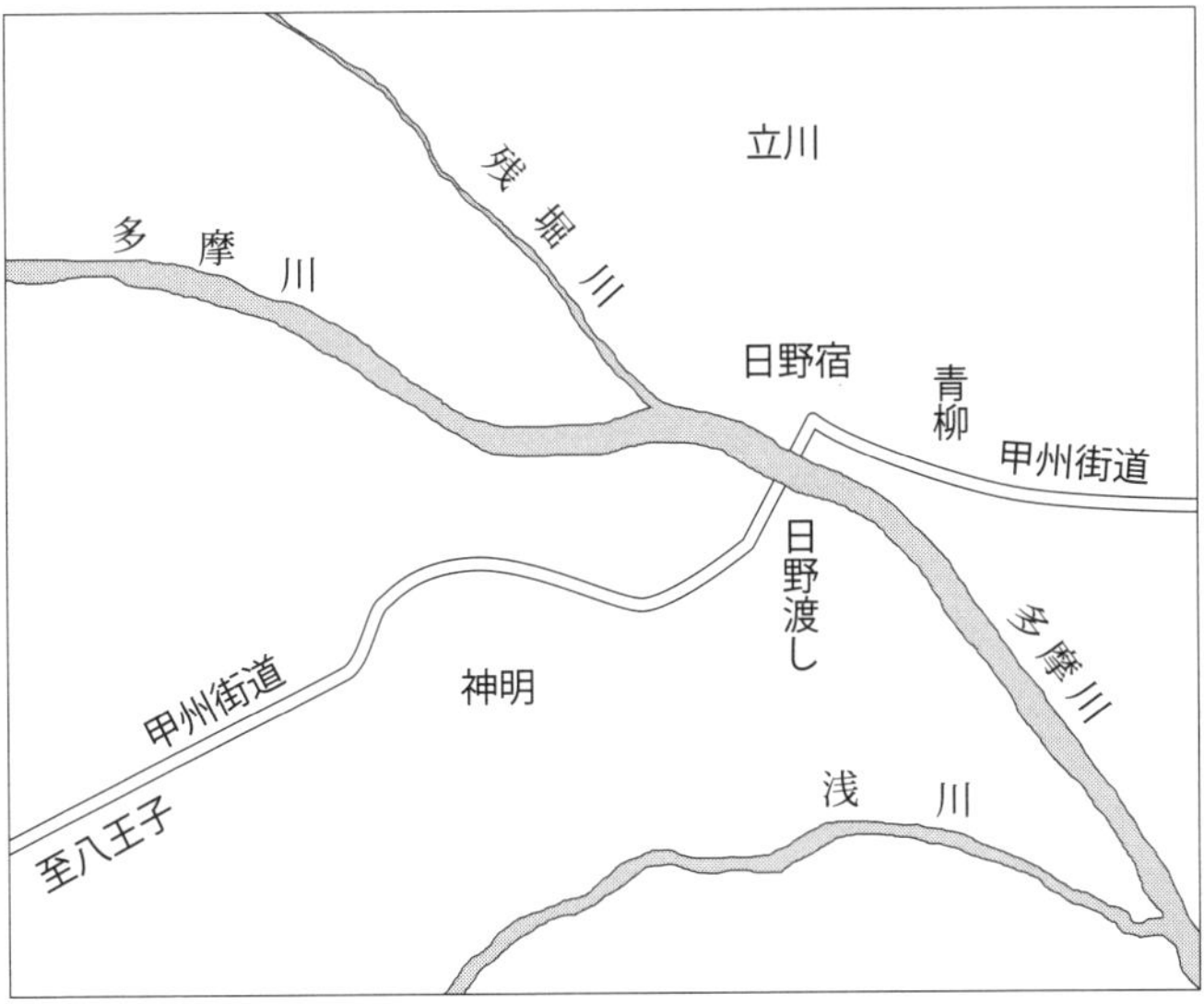

図―2　多摩川、甲州街道近隣図（日野渡し）

高井戸を発ったのが早朝、高井戸、烏山《からすやま》、仙川、金子、布多《ふた》、府中を過ぎ、保谷《ほうや》、青柳、柴崎を通り日野宿に着いたのは夕刻だった。

西に向かっていた甲州街道はここで南に向きを変え、西から東に流れるタマ川を渡り、八王子へと続く。タマ川に架かる橋はない。対岸へ行くには渡し舟に頼るしかない。

五月の中旬、梅雨直前で幸《さいわ》いにもタマ川の水量はそれほど多くない。旅人の中には渡し舟に頼らず徒歩で浅瀬を選んで渡る者もいる。

ふたりは日野宿で投宿することにして宿《やど》を探す。しかしここもそれほど大きな宿場町ではないので旅籠を選べるほど軒数は多くない。しかもほとんどが夕餉を出してくれない木賃宿ばかりである。ふたりは夕餉を用意できる旅籠を探した。一軒だけあったが、日野宿に着いた時刻が遅かったので旅籠の主から、先客で満室、泊める余地はないと断られてしまった。

「身分を明《あ》かして日野宿を差配する長《おさ》の屋敷に泊まってもかまわぬのだが、それはしたくない。今宵は木賃宿《きちんやど》に泊まろうではないか」

忠治は楽しそうだ。

「伊奈さまは自炊の心得がおありでしょうか」

「ない。しかしどうにかなろう。旅籠の主人に頼んで飯炊き女を世話してもらい、夕餉をつくってもらう。どうじゃいい考えであろう」

この時代、居酒屋や一膳飯屋《いちぜんめしや》などはまだ出現していない。旅人の食事は投宿先の旅籠が供してくれる夕餉や朝食、それに出立間際に持たしてくれる昼食用の握り飯くらいしかない。

「飯炊き女の手をわずらわすことはありませぬ。わたしが夕餉の用意をいたします。この背負い籠の中には米と干し野菜、それに塩も入っております」

「自炊はお手のものらしいの」

「播州を出奔して以来、川越にたどり着くまでの間、自炊はあたりまえ。木賃宿が決まりましたら薪を譲ってもらい炊飯にかかります」

木賃宿の名称は旅人が旅籠から炊飯用の薪を買い、それで旅籠に備えた釜（土鍋）と竈《かまど》を借りて食事の用意をする、その時わけてもらう薪（木）に幾らかの賃料を払うことからきている。ちなみにこの頃の木賃宿の宿泊費はひとり四文、木賃(薪の料金)は二文であった。釜と竈は無料で借りられた。二文の出費を惜しんで薪を持参すれば旅人は一泊四文で泊まれる。一泊もしくは二泊の短い旅では薪を携帯する者も多かった。

翌朝、忠治は早々と目が覚めた。金右衛門は隣でまだ眠っている、そう思った忠治は音を発てずに夜具をまくって上体を起こした。

——いやはや——

忠治はひとり言《ご》ちる。

「お眠りになれませんでしたか」

金右衛門が寝たままの姿で言った。

「ここに泊まって久しぶりに播州の我が家のことを思い出しました」

「起きていたのか」

「何を思い出したのだ」

「子供の頃の就寝のことです」

「わしは小さい頃、寝るのが楽しみだった」

「むろんわたしも楽しみでしたが夜具に入って身体が温まるとあちこちが痒くなったものでした。痒くて痒くてたまらない。とても心地よくなど寝ておれませぬ。その思いを昨晩ここで久しぶりに味わったというわけです」

「と申すことは金右衛門どのも昨晩は眠れるような態《てい》(状態)ではなかったのだな」

「木賃宿の夜具はノミ、シラミの住処《すみか》ですからな。とは申せ、四文で泊まれるのです。仕方ありませぬな」

「わしはほとんど眠っておらぬ」

「それではお体に支障をきたしますな。殿（信綱）は『此度の踏査は隠密裏に』と命じられましたが、今夜はタマ川縁《べり》にある集落の長《おさ》に伊奈さまのご身分を明かして宿の世話を頼んでみてはいかがでしょう」

「それも考えていたが、長《おさ》の手を煩わすのもきのどく。今夜は河原で野宿はどうじゃ」

「今の時節は寒からず暑からず。野宿には適しております。夜露を防ぐ油紙も背負い籠にふたり分入れておきました。炊飯も川の水があれば容易《たやす》きこと」

「神君家康公の下《もと》、大坂城へ攻めのぼった節、野営であったがそれ以来、露天で寝たことはない。なにやら今から野宿が楽しみになってきた」

五十九歳になる伊奈のことを考えると長《おさ》の世話を受けるほうが無難に思えたが、昔にかえったような伊奈の顔を見て金右衛門は今夜の宿は河原と決めた。

昨夜の夕餉で朝食も作っておいたので、それをふたりして食す。と言っても昨夜余分に炊いておいた飯を湯漬けにして、持参の塩菜を副食とした粗末な朝餉であった。

昼飯は宿の主に昨夜から頼んでおいたので、大きな握り飯を作ってくれた。むろん握り飯一個二文の銭は支払った。

宿を出たのは泊まり客がすべて旅立った後の卯刻（午前六時）であった。

宿から日野の渡しの桟橋まではずっと下り坂で小半刻（三十分）ほど甲州街道を下る。

桟橋に着いた金右衛門は日野宿をふり返った。

「こうして見ると日野宿はタマ川の渡し桟橋からずいぶん高い位置にあるのですな」

今であれば日野宿が河岸段丘《かがんだんきゅう》の最上段に発達した集落であることがわかるのだが、この時代に河岸段丘などという用語はあるはずもなかった。

〈河岸段丘〉という呼び名は明治期以降に地勢学術用として用いられるようになった。したがって忠治にも金右衛門にも河岸段丘のなんたるかは知るよしもない。

〈河岸段丘〉は川に沿って分布する平地（段丘面）と崖（段丘崖）からなる階段状の地形をいう。こうした地形が作り出されたのは地質に起因するほかに川の浸食作用によるところが大きい。

河岸段丘の知識がないふたりは目の前に広がる光景をあるがままに受け入れるだけである。

金右衛門は川筋を見据える。

川幅は三十間（五十四メートル）ほど。流れの両

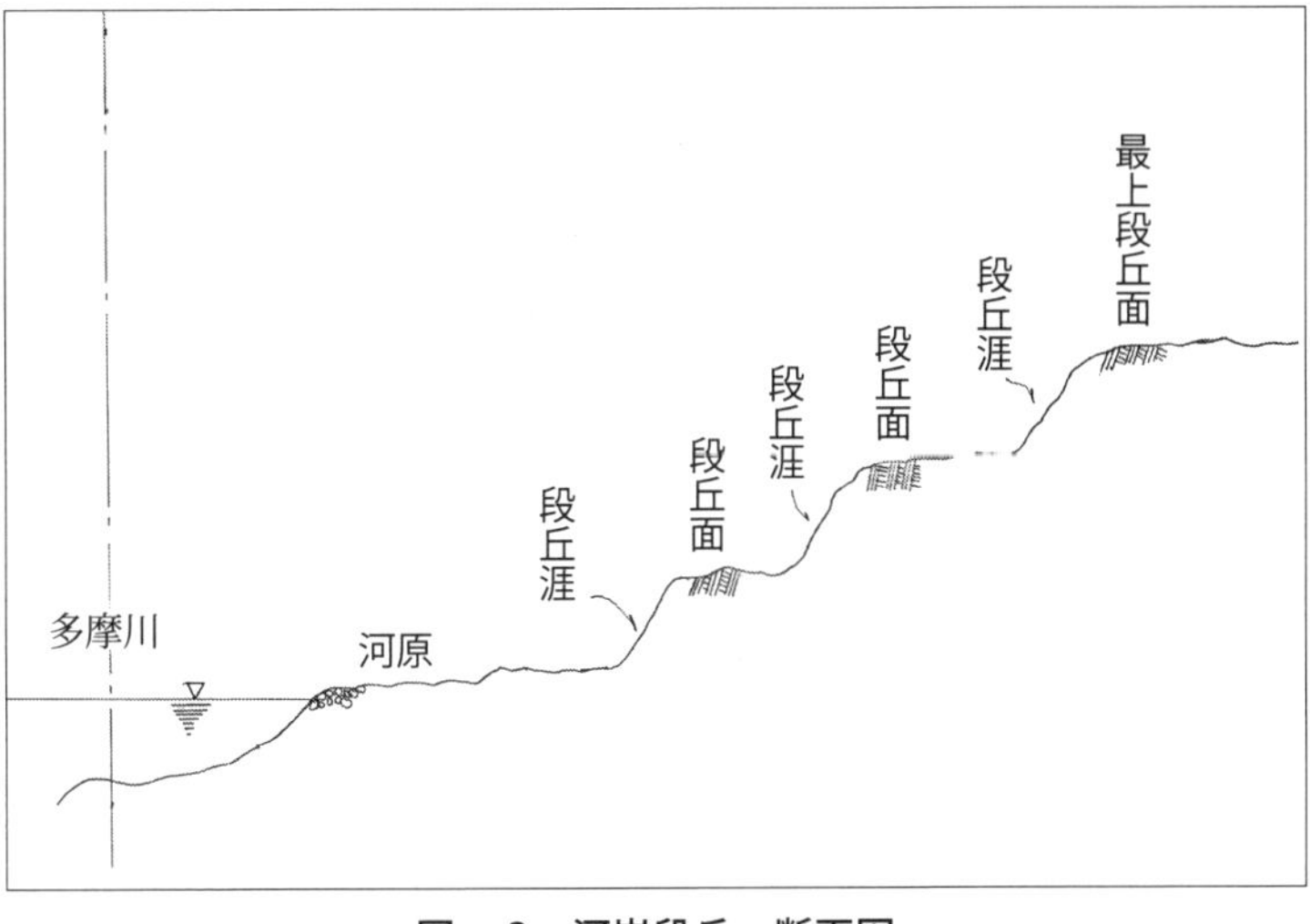

図―3　河岸段丘　断面図

側は河原が広がって、さらに河原の外側は一面の葦《あし》が密生している。

水量は豊かで、なによりも河水が澄んでいる。飲料水には最適である。

「ここに取水口を作り江戸まで河水を送るとすれば甲州街道沿いに上水堀を作るのが最も理にかなっている」

忠治が川筋を睨みながら呟く。

「ここから河水を取るとなれば取水口の備《そなえ》（施設）を河原に作らねばなりませぬ。野分（台風）ともなればタマ川の河水はどのように流れるのでしょうか」

「野分は毎年といっていいほどこの一帯を襲う。タマ川の渡しは水没し、広い河原はすべて濁流で覆われる」

「となれば取水口は濁流に飲み込まれることになりましょう」

「何らかの手立てを施せばどうにかなろう」

「どのような手立てを施したとしても野分には勝てませぬ。わたしの見立てではこの地は取水口に向きませせぬ」

「いや川中に堤を築き、取水口の備も同じように堤で防護すればなんとかなる」

「幕府の金蔵は空っぽとか。野分に負けぬ強固な堤を作るとなれば膨大な築造費がかかりましょう。ここに取水口を設けるのは得策とは思えませせぬ」

「得策かどうかは別にして、これより上流に取水口を設けるとなれば江戸までの里程（距離）はさらに長くなり、その分、普請費も多くかかる。日野の渡し近くに取水口の備を設ける案も考えておかなければならぬ」

　忠治は川筋に遣った目を金右衛門に移すと、

「この川筋を半紙に写しとっておいてくれ」

　そう言い置いて腰掛けるに手頃な石を見つけて腰をおろし、大きなあくびをした。

　金右衛門は背負い籠を河原におろし、中から矢立（携帯用筆記具）と半紙を取り出す。しばらく天空を仰いで目をつぶる。そして鷹になって上空からタマ川を見下ろしている自分を想像する。すると川筋や河原の広さ、河原から離れるにしたがって段丘が連なる地形が頭の中で俯瞰《ふかん》できるようになった。これはだれにもマネのできない金右衛門の特技と言えた。

　金右衛門は頭に浮かんだ光景を半紙に描きこんだ。

　川のせせらぎが金右衛門の耳に心地よい。金右衛門は時を忘れて日野近隣のタマ川の俯瞰図を描き続ける。描き終わる頃、せせらぎの音にまじっていびきが聞こえてきた。

　金右衛門は筆を止めて忠治を見る。大石に腰掛けた忠治が背を丸めて寝入っていた。

　金右衛門は音を発てずに矢立と半紙を背負い籠に戻し、

「昨夜の寝不足、少しは取り戻せましたか」

　忠治の耳元でささやくように告げる。忠治が目をあけ、一瞬どこにいるのかわからぬ顔をし、それから、

「描き終えたようじゃの。ではタマ川を遡《さかのぼ》ることにしよう」

　と照れたように言って大きく伸びをした。

（四）

タマ川左岸を遡上すること小半刻《こはんとき》（三十分間）、ふたりは左岸に流れ込む小川に出会った。

「タマ川を遡るにはこのせせらぎを渡らねばならぬ」

水量は田の用水路かと思うほど少ない。

「裁着袴《たつつけばかま》の裾を上げれば濡れずに渡れましょう」

金右衛門が先に立って小川に入る。忠治が後に続いた。

渡りきったふたりは二川《せん》の合流地にあらためて目を遣った。

「この小川は柴崎という集落を流れタマ川に注ぎ込んでいる。川の呼び名をわしは知らぬ。今は河水がほとんどないが野分ともなればたちまち河道から濁水があふれて暴れ川となる」

後にこの小川は〈残堀川《ざんぼり》〉と呼ばれるようになる。

「この二川の近くに取水口を設けるのも一計と思わぬか」

忠治が合流地点から目を離さずに言った。

「伊奈さまは野分でこの小川は暴れ川となると申されたではありませぬか。そのことがわかっていながらあえてこの近くに取水口を設けたい利点があるのでしょうか」

「ある。取水口は川の流れが蛇行している所に設けるのが理に適っているからだ」

「わたしもそう考えておりますが」

「ここから川筋に目をこらしてみよ。日野の渡しから下流のタマ川はほぼ南西から北東に向かって流れている。それがこの合流地で川筋は西に向きを変え岸辺に向かう。この西に向かう流れをそのまま受け入れるような取水口を設ければ、河水を取水口に導くための堤は築かなくてもよい」

忠治の考えに一理あるが、合流する小川（残堀川）の制御が難しいように金右衛門には思えた。

「日野の渡し近く、それに柴崎付近、その二つを取水口の候補地としておきます」

これから上流に遡っても取水口として最適な地がなければ、日野、柴崎のどちらかに決めなければならない。候補地は多いにこしたことはない、と金右衛門は思った。

再び金右衛門は背負い籠から矢立と半紙を取り出し、近隣の川筋を描き込んでいった。忠治はそれを黙って見ていたが今度は眠るようなことはなかった。

「ここで昼餉といたそう」

金右衛門が描き終わったのを見計らって忠治が言った。

すでに陽は頭上に達していた。ふたりは河原に腰をおろし、宿の主《あるじ》が作ってくれた握り飯にかぶりつく。澄んだ河水、吹き抜ける風に塩むすびは格別の味である。

握り飯を食べ終えたふたりはタマ川左岸の水辺沿いを遡りはじめる。

すると上流の川中に舟が見えた。

「あの舟は？」

金右衛門が興味深げに舟を指差す。

「この時節、河口から遡上してきた鮎が食べ頃の大きさに育つ。その鮎を捕っているのだ。タマ川ではじめて捕れた鮎はわしの許へ贈ってくる習わしになっている。わしはそれを塩焼きにして食す。今年も十日ほど前に食した。鮎は相模川《さがみがわ》でも獲れるがタマ川の鮎は格別に香りがよい。わしは将軍家綱さまに献上したいと思っておるが、ご幼少。鮎のはらわたの苦みをご堪能するにはまだ早い、そう思って控えておる」

金右衛門は京に居たとき、桂川の鵜飼いで捕れた鮎を一度だけ食したことがある。薫り高くはらわたがほろ苦かったという印象がある。

今年は空梅雨なのか晴天の日が続いている。今日も青空で川沿いを歩くのには適した日といえた。

一刻（二時間）ほど北西から南東に流れ下るタマ川の左岸に沿って遡上し、右岸に小山を望む地に達した。

「あの山は滝山《たきやま》と申して、今から八十余年前の永禄十二年（一五六九）に北条どのが山頂に城を築づいた。滝山城と申すその城は後に武田信玄公に攻められた」

「信玄公の兵はこの川を渡って城に攻め込んだのでしょうな。流れは穏やか。武田勢は難なく渡河できたのでは」

「北条勢は武田軍の猛攻に持ちこたえたと言われている」

金右衛門は滝山の頂を見遣るが城らしき建物は見当たらない。

「持ちこたえて後、城はどうなったのでしょうか」

「もう一押し武田軍が強く押せば城は落ちたと思われる。滝山という山は敵を撃退するにはちと急峻さが足りぬ。それに金右衛門どのが申したようにこのタマ川の流れは城を守るにはやさしすぎたのであろう。北条どのは城を捨てて新たに八王子という地に城を築いた」

「その八王子に築いた城は今でもあるのでしょうか」

「天正十八年（一五九〇）秀吉公が北条攻めを行った節、上杉景勝《かげかつ》さま、前田利家さまに八王子城を攻めさせた。一万五千の兵が八王子城を一日で陥落させた」

「滝山城より強固な城構えではなかったのですか」

「強固であった。しかしながら上杉、前田勢が城を取り囲んだ節、城主北条氏照《うじてる》さまは城に一千ほどの兵を残して小田原の城に出向いていた。ゆえに城は手薄だった」

「一千の籠城兵と一万五千の攻城兵。いくら北条さまの兵が勇猛でもその数ではひとたまりもなかったのでしょうな」

　思わぬところで金右衛門は戦国の世の厳しい残滓を知ることとなった。

「それに比してこのタマ川の流れはなんと穏やかなことか」

「右岸に滝山、ではわたしどもが立っている左岸の背後の丘は？」

「ここからは見えないが丘を登り切った高台に拝島《はいじま》と呼ぶ小さな集落がある」

「川のあるところ人家ありですな」

金右衛門は川面《かわも》に目をこらす。

河水はますます澄んで、河原の石は陽光に輝いている。石は白色にちかい。ために河原は明るく清潔に見えた。

「川越領内にこのような大河が流れていれば、藩はさらに豊かになりましたものを」

金右衛門が思わず呟く。

「豊穣な川だが、江戸市中から離れた地を流れ下っている」

「江戸の民にはなんの役にもたってないのですな」

「いやそんなことはない。タマ川の上流部から切り出される檜や杉を筏に組んで六郷の河口まで流す。木材は六郷で陸揚げされ、木場という地に運ばれ貯木される。この木材で江戸城の館の多くが建てられた。江戸にはなくてはならぬ川であることにまちがいない。もし首尾よくこの川のどこかに取水口となる地を見つけることが叶えば、タマ川は江戸の民にかけがえのない川としてあり続けることになる」

「あり続けるための算段を伊奈さまがなさる、そういうことですな」

「わしと金右衛門どのがだ」

忠治は親しげな眼差しを金右衛門に送った。

（五）

滝山を望む河原を今夜の宿と決めたふたりは陽が落ちる前に夕餉をとる。

夕餉といえるほどの食材など揃えられるはずもなく、金右衛門が背負い籠で持参した干飯《ほしいい》と塩菜、梅干しだけである。干飯とは米を蒸して乾燥させたもので、旅人が携帯して食用とした。水でもどすだけで直ぐ食することができた。

金右衛門は干飯をこれもまた持参した木の椀二つに入れ、一つを忠治に渡した。忠治はそれを持って岸辺まで行くと、河水を椀に入れた。

「玲瓏《れいろう》の水で干飯をもどす。なんと甘露な夕餉であろう」

大名に等しい禄を食《は》む郡代伊奈忠治の舌が奢っていないわけはない。しかし忠治はタマ川の水でもどした干飯をさもうまそうに食す。そして食べ終わった椀をみずから河水で洗い、

「重畳、重畳」

と金右衛門に笑いかけた。

ふたりは河原の一段高い平地《ひらち》（河岸段丘の段丘面）を今夜のねぐらと定めて横になる。すでに陽は明日向かうであろう西の連山の峰に落ちて、闇がおとずれている。夜露、夜寒を防ぐため持参した油紙で身体を覆い、空を見上げる。星空である。細月が東の山の端から昇りつつあり、河水がかすかに光る。

金右衛門は天空に散らばる星を見ながら日野の渡し、柴崎の河原の二か所を思い起こした。取水口

としてこの二か所を候補地としたが、どこかしっくりとしない。

——合点がいかぬのは、この二か所のどちらに取水口を設けたとしても野分《のわき》（台風）が襲えばたちまち水没し跡形もなく流されてしまう懸念があるからだ——

——明日は、この上流のどこかに日野、柴崎より取水口を作るに適した地形を有する川筋を見つけられるかもしれない——

金右衛門は頭のなかで同じ問答をくりかえす。

横に伏す伊奈忠治からかすかな寝息が聞こえてきた。

その寝息は昨夜の寝不足を取り返すかのように大きくなり、あたりを圧するほどになった。

——還暦を迎える伊奈さまにはこの川の遡上はちときついのかもしれぬ。しかし今の幕府に伊奈さまをおいてほかにこの大役を担えるお方はおらぬ——

金右衛門は川音に勝る忠治のいびきを聞きながら目をつぶった。

そのとき瀬音に混じって、小さな音がした。それは風が葦を揺らす音とは違って一瞬で消えた。金右衛門は目をつぶったまま耳をそばだてる。すると再び、同じような音がした。金右衛門は半身を起こした。

——獣《けもの》か、それとも野伏《のぶ》せり（野盗）か——

胸中で呟いて闇をすかし音のした方を見すえる。

細月の弱光では見定められない。枕代わりにしている背負い籠の中に小刀を忍ばせてあるが、剣術の腕は心細い限り。

金右衛門は半身を起こしたままでさらに耳を闇に傾《かたむ》ける。

——なにかの気配がするのは確かだ。しかもその気配は獣ではなさそうだ——

そのままの姿勢で耳を澄《す》まし続ける。そしてどれほどの時が流れたのか、気配はあるものの、それ以上近づいてくる様子もない。

金右衛門は忠治の肩に手をやり、遠慮がちに揺する。忠治のいびきが一瞬でやむ。

「いかがいたした」

目覚めた忠治が訊いた。

「なにやら人の気配がします」

「野伏せりか」

忠治の緊張した声。

「それが気配はするのですが、一向に近づいて来る様子がありませぬ」

「近づいて来《こ》ぬ………」

忠治は言葉を切ると上体を起こし、

「忠克《ただかつ》め、よけいなことをしおって」

苦々しげに呟いた。

「忠克とは?」

「わが息じゃ」

「そのご子息と人の気配となにか繫《つな》がりがあるのでしょうか」

「ある」

忠治は舌打ちして、

「そこに潜む輩《やから》に告ぐ。わしへの気遣いは無用。そう忠克に申し伝えよ」

闇にほえるような大声だった。

「一体、どういうことなのでしょうか」

「息子が『誰にも気取られぬよう郡代を護衛せよ』などと家臣に申しつけたのであろう。余計なことをしおって」

苦々しげに息を吐いて再び横になると、たちまちいびきをかきはじめた。


翌朝、金右衛門が目を覚ますと隣に寝ているはずの忠治が見当たらない。河原を見下ろすと岸辺に立っている忠治の姿があった。金右衛門は油紙を小さくたたんで背負い籠に戻す。それから忠治の立つ岸辺に行った。

「昨夜は騒がせてしまった。まずは川の水で顔を洗い、口をそそがれよ」

忠治の勧めにしたがって金右衛門は川中に足を踏み入れる。河水は思ったより冷たく眠気がいっぺんに吹き飛ぶ。

「河原での野宿は昨夜限りといたそう」

忠治は顔を洗い終わった金右衛門に不機嫌な声で告げる。

「野宿はご老体に、いささかきつうございますからな」

「老体とは心外だが来年は還暦。頑是《がんぜ》ざるを得ぬが老いたから野宿をやめるのではない。昨夜の彼《か》の者に今夜も同じような苦労をさせたくないからじゃ」

「ご子息、御家臣の心遣い、わたしにはわかる気がします」

「忠克はわしを老いぼれ扱いにしているだけじゃ。わしはかねがね息子に隠居したいと申している。隠居したいのは老いを感じたからではない。わしは父の跡を継いで徳川さまの御領地を差配して以来、一日も休まず御領地内を歩き回り、気がついたらこの歳になっていた。だから御領地から外に出たことがない。人並みに富士登山、伊勢などの名所旧跡巡り、さらに四国八十八か所の巡礼などもしてみたい。それには一日も早く今の職を辞して隠居の身になることが肝要。忠克はそうしたわしの思いは老いからきたのだと考えておるらしい。わしは老いてなどおらぬ」

「ご子息はいつまでも伊奈さまに郡代でいてほしい、そのためには伊奈さまに不測の事が起こらぬよう隠密裏《おんみつり》に護衛の者をつけたのでしょう」

「それが余計なことだと申すのだ」

「わたしがご子息であったとしても同じことをしたでしょう」

小禄(五十石)の金右衛門であるがそれでも家臣ひとりと下僕ふたりが居る。その家臣に数日の間《あいだ》、自邸(川越)を離れると告げたときのことを金右衛門は思い出した。

家臣は離れる理由《わけ》を執拗に問うた。

答えられぬ、と金右衛門が応じると、

――ならば、わたくしはつかず離れず殿(金右衛門)の護衛を努めさせていただきます――

そう言って引き下がらない。無用だ、と金右衛門が突っぱねると、

——もし殿に異変が起き、万が一命を落とされるようなことになれば家臣としての面目が立たぬばかりか、わたしとふたりの下僕は主を失って浪々の身となります、どうかわたしどもとその一族を助けると思って護衛につかせてくださりませ——

と懇請した。それでも金右衛門はこれをかたく禁じたのだった。

たった五十石の金右衛門の家臣でさえそうなのだから七千石余の高禄をとる伊奈家当主が隠密裏に単独行動を取るとなれば、息子をはじめ家臣等が当主の無事を願って密かに警護に当たる、それは当然のことであろうと思った。

「今日は川の上流部となる青梅《おうめ》あたりまで遡るつもりじゃ。首尾よく行き着けば今夜の宿はその青梅の旅籠宿《はたごやど》」

「ノミ、シラミに喰われずにすむような宿が青梅にはあるのでしょうか」

「青梅はなかなかの集落。青梅の地から江戸へ通ずる道を青梅道と称して人の往来もそれなりにある」

青梅道は後に〈青梅街道〉と呼ばれるようになる。慶長十一年（一六〇六）、家康の下で権勢をほしいままにした大久保長安《ながやす》が江戸城築城に際し、青梅近傍の上成木《なりき》村、北小曽木《おそぎ》村から採掘した石灰を江戸に運ぶためにこの青梅道を敷設した。

石灰は漆喰《しっくい》の原材料である。江戸城の天守、櫓、塀などの壁は防火用として上成木、北小曽木から運ばれてくる石灰を漆喰に加工して塗った。

「それに金右衛門どのが持参せし食い物も尽きるのではないか」

「干飯と塩菜だけでは力も出ませせぬ。今夜の宿は伊奈さまにお任せいたします。とは申せ、此度《こたび》も朝餉は干飯と塩菜です」

金右衛門はすまなそうに頭をさげた。

（六）

朝餉を終え、岩の陰で用便もすませた忠治は昨晩ぐっすり眠ったらしく、すっきりした顔をしている。

ふたりはその場を後にして川岸を上流に向かう。

すでに陽は川下の方から上《あ》がっていて、ふたりの背を押すように照りつけている。

小半刻（三十分）ほど水辺に沿って遡るとひらけた砂州に行き着いた。

「川が二股に分かれておりますな。どちらが本流でしょうか」

金右衛門が立ち止まって指さす先は二つの流れが落ち合い、広い河原を作り出していた。

「左から流れ込む川は秋川。良い名じゃろう。タマ川に流れ込む川のなかでは最も大きく趣《おもむき》がある。武蔵野を流れる川の中でわしが一番好きなのが秋川。秋になると名にし負うごとく、水面《みなも》は紅葉で染まる。その渓谷美はひとしおだ」

「伊奈さま思い入れの秋川であるなら秋川を水源にしてもよいのでは」

「水量もタマ川にひけをとらぬ。だが秋川を水源とすれば、江戸まで引く水路はどこかでタマ川を横断せねばならぬ。上水橋を架けて渡すにはタマ川はあまりに広すぎる」

「そうでした。秋川がタマ川の右岸を流れていることすっかり失念しておりました。しかしこれより先のタマ川の水量は見た目にも少なく映りますな」

「少なくなったとしても江戸の民の喉を潤すになんの不足があろう。これから遡るにしたがって流れも速く、川ダレ（勾配）も大きくなる」

「なにやら心許ない気がしてきますな」

「わしらは取水口に適した地を探し出すためにここまで遡ってきたのだ。ふたりでかならず意に叶った地を探し出そうではないか」

忠治の前向きな思いに金右衛門は胸が熱くなる。

金右衛門は主君（松平信綱）から、〈隠居まじかの関東郡代であるから取水口の場所探しに熱心でないかもしれない。そこで郡代を道案内代わりとして、金右衛門が己の才覚で探し出せ〉と言い含められていた。

だが伊奈忠治と行動を共にしてみると、信綱の伊奈への評価が見当違いであることがわかった。

――親子ほど歳の離れた伊奈さま、この方に与力することがわたしの努め。伊奈さまに従えば必ず取水口に適した地を見つけ出せる――

金右衛門はそう深く胸に刻んだ。

秋川の合流地からタマ川の左岸を一刻（二時間）ほどかけて遡る。

川幅は依然として広い。その広い河原の両側は崖（段丘崖）と平地（段丘面）とが階段状にせり上っている。

「あの崖の頂に集落（現福生《ふっさ》市熊川）がある。また対岸の崖上《がけうえ》（段丘面）にも集落（現あきる野市二宮《にのみや》、草花《くさばな》）がある」

忠治の頭には手のひらを指すようにこの近辺の地形が入っているようだった。

後世、右岸の段丘面を草花《くさばな》丘陵、左岸の段丘を拝島丘陵と名付けている。

「あれは」

金右衛門が上流を指さし、

「筏が下ってきますぞ」

目を見開く。

筏は流れに乗ってふたりの方に流れ下ってくる。筏は三枚が連なって、一番前の筏に竿を持った男（筏師）が立っている。三枚の筏は同じ大きさで、一枚の筏は六間（約十一メートル）ほどに切りそろえた太い丸太十本ほどで組まれている。

「あのように丸太を組んで六郷の河口まで運ぶのですな」

目の前を流れ過ぎる筏を見送りながら金右衛門は感嘆の声をあげる。

「古来より人は川を頼って生きてきた。タマ川はただ流れているのではない。魚を獲る者、山から切り下ろした杉や檜を筏に組んで江戸に送る者らの生計《たつき》のもとになっている」

「川を制する者は天下を制する、そんな格言を聞いた覚えがあります」

「タマ川を制したとて天下は取れぬ。だがこの川は江戸を大きく育てることのできる川だ」

筏を見送ったふたりはさらに上流に向かう。川幅は少しずつ狭まって、河原と段丘面との高低差が大きくなっていく。

「もはやわしらが立つこの場から台地(最上段の段丘面)を見上げても、そこにある集落を望むことは能わぬ」

忠治の独り言に金右衛門はあらためて周辺に目を遣る。取水口に適した地形ではない。このまま遡っても同じような光景が続きそうに思えて、

——日野の渡しか柴崎あたりに取水口を設けるのが無難かもしれぬ——

と呟きたくなるのを堪《こら》えて忠治を窺《うかが》う。段丘崖を見上げる忠治の目は子供のように輝いている。その目は青梅まで行き着く間に取水口に適した地を見つけ出してみせると言っているように金右衛門には思えた。

「青梅まではここからどれほどかかりますのか」

青梅までの道程が長ければ長いほど取水口の候補地は多くなるはずだ、と金右衛門は思った。

「小半日もあれば行き着くであろう。急くことはない。この川の景色《さま》を楽しみながら遡ろうぞ。そのようにしかめっ面で川を睨んでおると、見えるものも見えなくなる」

忠治はゆっくり歩きはじめる。金右衛門がその後に続く。

陽はすっかり高くなって頭上にあった。流れが速くなっていた。それだけ河床ダレ（河川勾配）が急だ、ということである。

しばらく水際に沿って遡っていると左岸側の河原幅が狭くなり、やがて河原は消滅して河水が直《じか》に段丘崖と接するところに行き着いた。河水は段丘崖に沿って流れ、淵となっている。

忠治は上流に目を遣り、

「ここだ。この地だ」

声を高めた。

その声に促された金右衛門も上流の川筋に目を向ける。

上流からの河水は右岸にそびえる山の裾《すそ》に行く手をはばまれ東へと向きをかえて河原を斜めに流れ下り左岸の段丘崖に突き当たり、そこから段丘崖に沿って南東へと流れを変えている。

「探し当てましたな」

「金右衛門どの、この川筋を写しとってくれ」

金右衛門は周囲を見まわし、背後の崖（段丘崖）に目を向けると、

「しばらく伊奈さまはここでお休みくださいませ。わたしはタマ川を見下ろせる崖上まで参り、そこから川筋を写しとってまいります」

金右衛門は背負い籠の中から矢立と半紙を取り出し、それを持って斜面を登っていった。

忠治は金右衛門の背を見送りながら急に気力が失せていく思いがする。それはこれで伊豆守との約

束を果たせた、という安堵感からきている。しかしそれとは別にもっと上流まで遡り、深くなる渓谷の美しさを見ることなく、ここで終わってしまうのが残念だ、という思いからきていることもまた確かだった。

川原石に腰掛けて忠治は金右衛門が戻ってくるのを待つ。

陽は天空に、風は川筋に沿って汗ばんだ忠治の肌に気持ちよい。忠治は深く息を吸いこむ。

――これを最後に再びタマ川を訪れることはないであろう。老中に申し出て今度こそ隠居のお許しをもらおう――

脳裏をよぎるさまざまなことがいつの間にか朦朧となって、やがて忠治は浅い眠りへと入っていった。

――伊奈さま、伊奈さま――

遠方から呼ぶ声が少しずつ大きくなって、やがて耳元で、

「伊奈さま、描き終えましたぞ」

金右衛門の顔が眼前にあった。

「おお、戻ってまいったか。どれその絵を見せてくれ」

忠治は眠っていたことを恥じるように金右衛門にばつの悪そうな顔を向けた。

「もう背負い籠の中に入れてしまいました。ですからお見せすることは能いませぬ」

「仕舞ったものは出せばよかろう」

「そうまで申されるならお見せしますが、これは絵ではありませぬ」

「絵でなく絵図である、と申したいのであろう」

「そこがおわかりならばお見せします」

金右衛門は仕舞った俯瞰絵図を渋々忠治に差し出す。

「わたしは崖上に立って鳥になったつもりでタマ川を写し取りました」

「日野の渡し、それに柴崎、ふたつの絵図も鳥になったつもりで描いたのであったな。二枚とも実に地勢を正確に捉えていてわたしは感服した。感服したが」

そう言いながら忠治は折りたたまれた絵図を開いて見る。

遠視が強くなったのかそれとも絵図にどこかおかしいところがあるのか、忠治は絵図を目から遠ざけたり近づけたりして無言で見続ける。そんな忠治に目を遣る金右衛門の顔は渋い。

「金右衛門どの」

忠治は絵図から目を離して金右衛門に呼びかけた。金右衛門が渋い顔をさらに強めて、

「申されたいことはわかっております。ですがこれは俯瞰《ふかん》図面です。そのことをお忘れなく」

ほとんど聞き取れぬほどの低い声である。

「これは紛れもなく俯瞰絵図。しかしながらこれをただの絵として見ると、童《わらべ》でももう少し上手い絵を描くのではないか」

「ですからこれは俯瞰図面、絵ではありませぬ」

「絵でないことはわかっているが、日野の渡し、柴崎の絵図と併せてこの羽村の絵図、三枚の絵図に

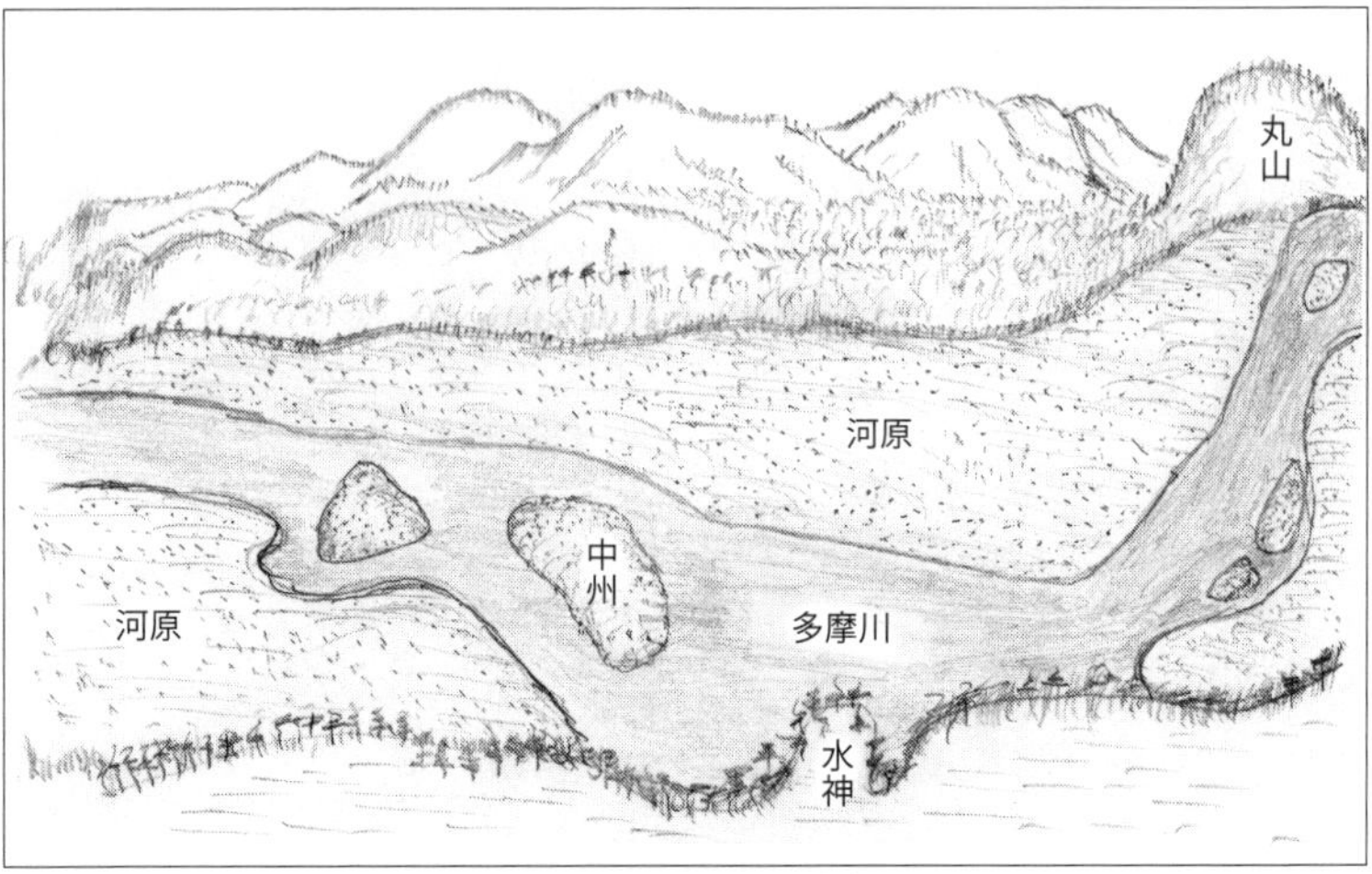

図—4　羽村取水口周辺図

もう少し絵心を加えてもよかったのではないか」

　忠治はそう言って歯を剥いてヒッヒッ、といかにも嬉しそうに笑った。

「わたしに絵心がないのはわたし自身が先刻承知しております。何度でも申しますが、これは絵でなく図面、俯瞰図面です。川の幅、河原の広さ、川の流れる向き、川の屈曲部、大石のある位置、中州の大きさとその位置、そうした諸々を何一つ漏らすことなくこの俯瞰図面には描き込まれております」

「それはこの絵図を見ればよくわかる。見事と言うほかない。ほかないが、しかしそのなんだ。もちっと、その絵心と申すか、上手く描こうと思う志《こころざし》と申すか、そうしたものが金右衛門どのにはないのか。この中州と川の流れと小山などの描き方はどう見ても、……その言ってはなんだが童の絵のほうが上手いように思えるぞ」

　忠治は実に楽しそうに絵図に見入る。金右衛門は口をへの字に結んで恨めしげに忠治に目を遣った。

金右衛門には忠治が指摘したように絵心というものがない。風景を上手く描こうとする前に正確に描きたいと思う気持ちが強く働くからで、それは絵というより、図面に近くなるからある。

——わたしに絵心がないことはわたしが一番よく知っている。それをあえて忠治さまは口に出して告げる。言わずもがなのことを敢えて言う、それは、忠治さまがわたしを仲間とも友とも思ってくれている証ではないか——

そう金右衛門は思い直してへの字に結んだ口元をゆるめた。

第三章　上水堀経路探索

（一）

呉服橋西詰にある松平信綱の江戸屋敷に三人の男が対座していた。

「両名の顔色から察すれば首尾は上々と見受けたが」

信綱が目を細めて伊奈郡代と金右衛門を交互に窺う。

「羽村《はむら》と申す集落近くに取水口の備《そなえ》（施設）を作るに適した地を見つけました」

伊奈郡代が応じた。

「羽村？　聞かぬ名だな」

「青梅と日野宿の間あたりにあると思し召され」

「その羽村から江戸市中までの隔《へだて》（距離）はいかほどか」

「十里（四十キロ）は超えましょう」

「十里……、ちと遠すぎるのではないか。もっと江戸府内に近きところに取水口を探せなかったのか」

信綱の細めた目が丸くなった。

「ありませぬ」

伊奈忠治は日野の渡し、柴崎のあたりを候補地としてあげていたことなどおくびにも出さずに断じた。

「ないと申すか。金右衛《きんえ》もそう思うのか」

「御意」

すかさず金右衛門も応じた。

「…………」

信綱は丸くした目を再び細めて江戸城天守の鯱に移す。

――府中あたりに取水口を見つけ出し、そこから上水堀を作れば八里（三十二キロ）ほどですむはずだ。しかし、ふたりが口を揃えて、ない、と言い切るのであれば羽村しかあるまい――

そう思ったとき、幕閣らの苦り切った顔が思い浮かんだ。

「十里もの長きにわたって掘り割りを作るとなればその普請費は膨大な額になろう。さて老中の方々はこれをなんと思うか」

信綱の言にふたりは口をつぐむしかない。

「よい、これはわしが対処することであった。さて取水口が羽村と決まれば、羽村から江戸府内までどのような経路で上水を引いてくるかの算段をしなければならぬ」

「経路を決めるには上水堀の到達地が定まっておらねば決めようがありませぬ」

「到達地とは府内に設ける上水の受け口所《どころ》のことか」

「いかにも」

「それならば両名がタマ川に足を踏み入れている間に町奉行を密かに呼んで、江戸市内での上水受け口所について最良の地を探すよう命じておいた」

「町奉行とは神尾《かんお》備前守元勝どののことですな」

伊奈郡代が念を押す。

「さよう神尾どのだ。その神尾どのが申すには、甲州街道の四谷大木戸近辺が適地ではないか、とのことだ」

「神尾どのを見知っておりますが、ものを見る目は確かです。神尾どのが申すなら四谷大木戸を上水堀の到達地としてもよろしいのでは」

「まずは上水堀の到達地を四谷大木戸と決めておく。それにしても羽村から四谷大木戸までは十里余、なんと長いことか。その長い上水堀を羽村からどのような経路で四谷大木戸まで作るのか。それが次に為さねばならぬこと」

「羽村から四谷大木戸の間には広大な荒れ野が広がっております。その荒れ野を武蔵野と呼ぶことは伊豆守さまもご存じのはず」

「茅で覆われて開田を許さぬ荒れ地。わが川越藩も武蔵野の一部を領土としている」

「上水堀はその武蔵野を通すことになりましょう。水は高きから低きへと流れ下るもの。ゆえに上水堀の経路は武蔵野の荒れ地を四谷大木戸に向かって常に流れ下るような地形を選ばねばなりませぬ」

「なにやら難しそうだの」

「難しいでしょう。この経路探索を命じられた者は地形の高い低いを正《まさ》しく測れる者でなくては能《あた》わぬでしょう」

「普請奉行の手の者に地形の高低を測れる手練《てだれ》が居ろう」

「彼らは江戸城の石垣、堀、道の築造や御城下の区画割などを担っているゆえ、土地の広さや里程を測ることには長けてはおります。しかし、地形の上がり下がりを測れる者はわたしの知るが限りでは居りませぬ」

「伊奈どのは世に〈伊奈流〉と呼ばれる川除きの術を編み出した一族の長。ならばそこもとの家臣にそれなりの者が居るのではないか」

伊奈流とは水利治水工法の一流派のことである。治水対策には様々な工法があって、伊奈流は氾濫を繰り返す河川を治めるために次のような工法を用いた。

すなわち氾濫箇所に広い遊水池（氾濫原）を作るとともに、激流となって河道から外れて奔流する河水を無理に押さえようとせず、川の特質にあわせて河水が元の川筋に戻るよう霞堤《かすみつつみ》と呼ぶ堤を築いて穏やかな流れに変えて氾濫を防ぐ工法である。

「かねがね地形の高低を測れる絵図師《えずし》を召し抱えたいと思っておりますが、いまだそのような者を探し当てておりませぬ」

〈絵図師〉とは今で言う地図作製者のことである。地図を作製するに当たって欠かせないのは地盤の高低を正確に把握することである。したがって絵図師は地盤の高低差を極小単位で計測する学問と技を習得した者しかなれなかった。この時代、奈良や京都では広大な寺領の整備を行うために絵図師を必要とした。一方、江戸ではまだ絵図師が活躍する場はなかった。それに比して距離測量は江戸で盛んであった。その理由は、五街道の正確な里程を出すためと田畑の検地に必要だったからである。

「絵図師が居れば、伊奈どのでも上水堀の経路探索はなんとかなるのか」

「おまちくだされ。わたしは取水口の備を設けるに適した地を探せとの命は受けましたが、上水堀の経路探しは誰からも命じられておりませぬ。また命じられても老いた身ではお役に立てるとは思えませぬ。そのような理由《わけ》でたとえ優れた絵図師が居りましょうともわたしは固くご辞退申します」

「たとえばの話だが、もし優れた絵図師が伊奈どのと組めば、経路探索は首尾よくいくと思われるか」

「伊奈流と絵図師が組めば、どうにかなりましょう」

「どうにかでは困る」

「と申されても、ここに絵図師が居るわけではありませぬ。それに絵図師と申しても名ばかりの者もおります。絵図師の技量が確かな者でなくてはとてもこの役は務まりませぬ」

「絵図師としての腕が確かな男をわしは知っている」

「江戸にそのような者が居るなら一度会ってみたいものですな」

いつの間に忠治は信綱の話術に載せられている。

「郡代どのはその者にすでに会っておる」

「はて、どこでそのような者に会ったのか」

信綱の謎かけのような言いように困惑した郡代は助けを求めるように金右衛門へ顔を向けた。

金右衛門は口を固く結び、下を向いて肩を小さく丸めている。

「もしや、その者とは」

伊奈郡代が目を見開いた。

「そのもしや、だ」

信綱は今頃わかったのか、と言いたげに相好を崩した。

「ここに居る安松金右衛門はまぎれもない絵図師じゃ。川越領内を流れる新河岸川《しんがしがわ》の改修でわしは川タレを正しく測れる者を求めていた。その求めに見事に応えたのが金右衛門であった」

〈川タレ〉とは今で言う〈河川勾配〉のことである。

「金右衛門どの、おぬしはわしとタマ川筋を遡った折、そのことなぜ打ち明けてくれなかったのだ」

忠治は譬《たと》え話から始まったことなどすっかり忘れてしまったようだ。

「わたしは殿より伊奈さまの取水口探しをお助けするよう申しつかりました。しかし助けられたのはわたくしの方。タマ川の隅々まで存じあげている伊奈さまに地表の高い低いの測定を披露する場などあるはずもありませんでした」

すまなそうに言う金右衛門の背はますます小さくなる。

「いやそのようなことはない。わしは金右衛門どのが描いた日野、柴崎さらに羽村の絵図を見て、その卓抜した描きように舌を巻いた」

そう告げて忠治はさも意味ありげに笑った。

その笑いが、金右衛門には〈おまえには絵心というものがない〉と言っているように思えた。金右衛門はうらめしげに忠治を見遣った。それを感じた忠治は、

「そうであったか。安松どのは高低を正《まさ》しく測れる絵図師であったか」

笑いをひっこめて真顔になった。その忠治の様を見た信綱は、

「話は決まった。郡代としての役儀が繁多であることは重々承知しておるが、ここは一つ金右衛門と再び組んで上水堀の経路探索に邁進してはくれまいか」

あらたまった声で深く頭をさげた。

「なにか伊豆守さまの術中に嵌《はま》った思い。とは申せ老中松平伊豆守信綱さまが直々に頭をお下《さ》げになられたのであれば、ここは受けるしかありませぬな。しかしながら此度の上水堀の経路探索は金右衛門どのとわたしだけとはまいりませぬぞ」

「むろんふたりなどとは思って居らぬ。してどれほどの人足を要するのだ」

「荒れ野に立ち入るには生い茂る木々や茅など刈り取らねばなりませぬ。また地形の高低を測る者らを考え合わせれば、三十名ほどかと」

「三十名とは大所帯。それはちとまずい」

信綱は目を細めて小首をかしげる。

「なにゆえまずいのでございますのか」

伊奈郡代は、なにもまずいことなどない、と言いたげな顔をする。

「過日の取水口探索ではふたりに隠密裏に行うよう頼んだ。ふたりだから誰にも気づかれずにすんだのだ。それが三十名もの一行となればそうはいかぬ」

「取水口が決まったのでございます。ならば新将軍の名で上水普請を公になされば、こそこそとやることはないように存じます」

「そう申すからには、羽村から四谷大木戸まで上水堀を通せる、という確信があるのだな」

「さてそれは武蔵野の荒れ地に踏み入ってみなければなんともいえませぬ」

「それでは困るのだ。上様（四代将軍家綱）の名のもとに武蔵野に踏み入ったが不首尾に終わった、となれば上様の面目は丸つぶれ。幕府の威信は大きく失墜することになる」

「物事をなすに確実ということはありませぬ。ひたすら励むのみ。金右衛門どのと組めば必ずや探し出せるでしょう」

「金右衛《きんえ》、おまえはどうじゃ」

「わたしは殿が仰せられるように隠密裏に事を運ぶのが賢明かと」

「まさか金右衛は絵図師としての技量に欠けるなどと言い出すのではないだろうな」

「十里余の長きにわたる地表の上がり下がりを一寸の狂いもなく測り通す術《すべ》は持っております。わたしが隠密裏にと申し上げたのは、将軍さまの御名のもとに上水堀の経路を決めるとなれば、それを担う方々はれっきとした幕臣でなくてはなりませぬ」

「この伊奈半十郎忠治はれっきとした幕臣じゃ。金右衛門どのがわしの下で一行に加わる、なにもおかしなことはござらぬ」

「徳川さまの御家臣がどれほど居られるか定かではありませぬが、一万や二万ではありますまい。川越藩のわたしが伊奈さまに与力することが幕臣の方々に知れたらどのような思いをお抱きになるのでございましょうか。おそらく〈数万の幕臣が居りながら将軍さまの御下命を担える家臣は居らず、川越藩松平信綱家中の者の手を借りるとはなんとも情けない〉と思うに違いありませぬ。さらに幕臣ばかりか江戸市井の民も同じ思いを抱くでしょう」

「幕臣に金右衛門どののような技量をもった者が居らぬのだ、そう思われても仕方あるまい」

伊奈郡代がこともなげに言った。

「お言葉ですが、そうなれば幕臣の方々は『幕府の無能さを天下万民に晒したのは川越藩主松平伊豆守信綱だ』と言いふらすでしょう。そのような仕儀になることをわたしは避けたいのでございます」

「金右衛門どのが申したこと、さもありなん、と思われる。そこまで考えておったのであれば前言を取り消し、此度の探索も引き続き隠密裏に行うのがよかろうと存じます」

「とは申せ、三十名もの一行が武蔵野を経巡《へめぐ》るのだ。隠密裏とはいかぬかもしれぬな」

信綱は口をむすんで目を細め、左手を顎にやる。信綱が深慮するときの癖である。

「さきほど伊奈郡代どのは、『金右衛と組めば必ずや探し出せる』そう申したな」

「いかにも申しました」

「金右衛、わしを慮《おもんばか》るのは置くとして、郡代どのと力を合わせれば上水堀の敷設経路を探し出せるのだな」

「御意」

「ならば金右衛に暇を出す」

「いま、なんと仰せられましたか」

金右衛門は思わずわが耳を疑った。

「主従の縁《えん》を切ると申したのじゃ。ついては郡代どのにお願い申す、安松金右衛門を関東郡代伊奈半十郎どのの家臣として召し抱えてくださらぬか」

「殿、それはあまりな仕打ち。わたしがお仕えするのは殿のほかにおりませぬ」

金右衛門は憮然とした顔で信綱に向き直った。

「川越藩を出るに際してはそれなりの用意も必要。暇を出すのは一か月後といたす」

信綱は金右衛門の思いなどにお構いなく続け、さらに、

「そのうえで上水の経路探索が首尾よく終わったら伊奈どのは金右衛に暇を出してくだされ」

と告げた。

「承知仕りました。一か月後、安松金右衛門どのをこの伊奈半十郎の家臣として召し抱え、経路探索が成就した暁には金右衛門どのに暇を出しましょう」

「その金右衛を川越藩松平信綱が召し戻すことにいたす。召し戻すに当たっては旧禄五十石に五十石を加増し、百石といたす。金右衛、それで承知してくれるであろうな」

「わたしが異を唱えたとて詮なきこと。殿の御心のままに」

「よし、決まった。わしは上様に上水普請を公にするよう奏上する。しかしながらその前に老中の面々に得心してもらわねばならぬ」

「御老中の方々、どのお方も一筋縄ではいきそうにありませぬな」

伊奈郡代が口ごもるように呟いた。

（二）

慶安五年（一六五二）九月十八日、元号が『承応《しょうおう》』に変わった。

その数日後、第四代将軍徳川家綱は、江戸に新たな上水を引くことを公にした。しかし、上水をどこから引いてくるのか、いつ着工するのか、完成はいつなのか、また給水される地区はどこなのか等々の詳細な事柄はこの公文には一切明文化されていなかった。

それでもこの報は江戸の住人の間に喜びと期待で受け入れられた。

公表された翌日から、水の不便な地区の土地の値段が上昇した。

関東郡代伊奈半十郎忠治《ただはる》一行三十名が武州羽村に着いたのは上水普請が公にされた半月後の承応元年（一六五二）十月初旬の夕刻だった。

一行は背に大きな荷を負い、手にも持ちきれぬほどの用材をかかえていた。ある者はカケヤ（大型の木槌）、ある者は半間（九十センチ）に切りそろえた木杭、またある者は藁縄の束等々。その中で金右衛門が率いる三人は角材で組んだ見たこともない機材を背負っていた。

一行のだれひとり腰に刀を帯びている者はなく、どう見ても天領を統治する伊奈郡代らの一行には見えなかった。

羽村の道に五十名を超える村人が出迎えている。それを見た忠治は苦々しげに舌打ちした。

「お待ち申しておりました」

羽村集落の長《おさ》を務める加藤徳右衛門《とくえもん》が一行をさえぎるように道の真ん中に出て腰を低く折った。

「代官を通して出迎えは無用と申しつけておいたはずだが」

忠治は口をへの字に曲げる。

「小田中《おだなか》代官さまより、郡代さまのお迎えは控えるように、と命じられておりました。しかしながらわが家に座して御一行がお着きになるのをお持ち申すことなど能うわけもございませぬ」

冬だというのに徳右衛門の額にはじっとりと汗がにじんでいる。

関東郡代の忠治が統轄する国は武蔵、相模《さがみ》、安房《あわ》、上総《かずさ》、下総《しもうさ》、上野《こうずけ》の六か国におよぶことは前に記した。これらの国の政《まつりごと》を忠治は十一人の代官に任せている。その代官らを束ねているのが郡代である。

忠治は武蔵国の代官に小田中正隆《おだなかまさたか》を任じていた。

「小田中から命じられたのはいつのことかの」

「昨日でございました。『殿（伊奈郡代）が三十名ほどを引き連れてこの地に参るが、歓待は無用といたせ』とのことでございました」

「ここに参った理由《わけ》は聞いておらぬのか」

「はい、それだけでございます。そこで僕《やつがれ》からお伺いいたしますが御一行がこの羽村に参られたのはなにゆえでございましょうか」

出迎えた村人は徳右衛門の問いかけに郡代がどう答えるか、緊張した面持ちで耳を傾ける。

これを見た金右衛門は、羽村の住人はこの地がタマ川の河水を取り入れる地に決まったことを報されていないことに気づいた。

「江戸市中に上水を引くこと、長《おさ》（徳右衛門）どのはすでに存じておるはず」

「江戸ではその話で持ちきりだとか。しかしながら江戸から遠く離れたこの寒村では上水のことなど口の端にものぼりませぬ。なにせ飲み水などにこの界隈の者は誰ひとり困っておる者などおりませぬ」

「ならば言って聞かせるが、その上水の水源をタマ川に求めることに決まった。その下調べを羽村から始めることにしたのだ」

「この羽村からでございますか。してみるとこの近くにその上水を取り込む備《そなえ》（施設）を設けるのでしょうか」

「まだ決まったわけではない。そうなるか否かはこれからの探索次第で決まる」

「そのようなこと小田中代官さまはひと言も申しておりませなんだ。わたしどもはすっかり検地のための御一行かと気を揉んでおりました」

徳右衛門は驚きながらも安堵の顔で村民らを見まわした。

検地とは年貢高を明らかにするため田畑の面積を正確に計り直すことで、幕府が積極的に行っている施策の一つである。検地の結果、年貢高が増えるのが大方で、どこの百姓も検地に強く反対していた。

「して小田中は長どのに、歓待無用、と申しつけただけで府中の番所に戻っていったのか」

小田中代官が所轄する武蔵野には代官所に代わる番所が数か所設けられている。その一つが府中近くにあった。

「さてお戻りなったかは定かでありませぬが、立ち去る折、『羽村近隣の土地に通じた者を探している。心当たりはないか』とお訊きになられましたので、サチモンを教えて差し上げました」

〈サチモン〉とは猟師のことである。漢字で表記すれば〈幸者〉となる。

『古事記』では獲物を獲る道具を〈幸〉と記している。古くは〈矢〉の霊力を〈幸〉と言った。これが転じて矢によって獣を獲る者を〈幸者〉と呼ぶようになったと思われる。

サチモンは野山に分け入り、鹿や山鳥などを捕獲して生計をたてている。したがって人が入らぬ山や野の地形に通じていた。

「小田中がわざわざすることはない。手下《てか》に命じて任せればよいものを。自ら出張ってくるとは律儀な奴じゃ。わしが何を欲しておるかよくわかっている」

小才のきく男で卒がない正隆の顔を忠治は思い浮かべた。

「御一行の宿をご用意させていただきました。とは申せこの羽村は小さな集落、とても御一行全員を一軒にお泊め申すことは能いませぬ。そこでまことに勝手ながら三軒に分宿をお願いします」

「配慮はありがたいが野営の用意をしてきておる。宿は無用じゃ。幸い今宵は晴天、集落の片隅でも借りて一夜を明かす」

「とんでもございませぬ。そのようなことをなされば僕《やつがれ》が代官さまよりきつく叱責されます。どうか僕《やつがれ》を助けるとお思いなされてお泊まりを願います」

出迎えた集落の者が徳右衛門に倣《なら》って頭をさげる。

「代官に叱責されてはたまらんであろう」

忠治の顔が柔和になる。

「まことに」

「では長どのの言葉に甘えることにいたす。羽村の衆にはご迷惑をかける」

忠治は出迎えた一同へ慇懃に頭をさげた。

（三）

翌早朝、忠治ら一行は集落が供してくれた朝餉を食することとした。徳右衛門ら村人の好意を受け入れた以上、朝餉を断るのは理に適っていないと忠治は思ったのだ。そこで忠治は朝餉に掛けた費用

より多めの銭を徳右衛門に受け取らせようとしたが、徳右衛門はこれをかたくなに拒んだ。忠治は穏やかな口調で、

「ノミやダニに食われることもなく、ぐっすり眠れた。これはその謝礼だ」

告げて無理矢理とらせた。金右衛門はそれを聞きながら、前回忠治と泊まった木賃宿でのことを言っているのに気づいて思わず吹き出しそうになる。忠治の良いところは、だれに対しても誠意をつくして接するところだ、と金右衛門は思った。

分散して泊まった者が忠治の元に集まった。それから一行は集落を貫く道を東（福生方面）に半町（五十メートル）ほど戻り、そこから右（南）に分岐する小径を進む。小径はすぐ河岸段丘の段丘崖に入り、急坂となる。下《くだ》りきると平地《ひらち》（段丘面）に出た。

そこからはタマ川が目と鼻の先だ。

忠治は上流に目を向ける。

川筋は南東に向かっている。その流れは右岸にそびえる山の裾にさえぎられて東へ大きく向きを変え、忠治たちが立っている段丘面の方へと向かってくる。

「ここだ、この地だ。小助、ここに杭を打ち込め」

忠治は一行の中のひとりを名指しした。

小助と呼ばれた若い武士は数名の者を指図して、運んできた様々な用具の中から木杭とカケヤを取り出させ、忠治が指し示した位置に打ち込ませた。

「この木杭から上水堀が始まる。この木杭を一番杭と呼ぶ。このこと、皆はよく覚えておけ」

忠治は自分に言いきかせるように告げ、

「上水堀の経路はこの平地（段丘面）を下流方向へと作っていくことにする。次に打ち込むべきところまで進むぞ」

そう言って一行の先頭に立とうとした時、

「もう始められましたのか」

背後から声がした。ふり返ると小田中代官の姿が目に入った。

「府中に戻らなかったのか」

忠治は訊いてから、

「その者はサチモンか？」

と小田中の後方に控えるもうひとりに目を遣った。

「よくご存じで」

「羽村の長《おさ》から話は聞いた」

「上水堀は人が踏み入らぬ武蔵野に通すことになりましょう。となれば武蔵野を庭代わりにして暮らすサチモンに先達を命ずるのが良策。そう思いまして徳右衛門に、心当たる者は居らぬか、と訊いたところ、猪之助《いのすけ》というサチモンを教えてもらったので会いに参った次第。ところが猪之助は病に伏せって御用が勤まりませせぬ」

「で、その代わりとしてこの者が？」

忠治はあらためて小田中の後ろに立っている者に目を遣る。

小柄である。竹で編んだ笠を深くかぶっているので顔は見えない。鹿皮で仕立てた上衣を身に纏い、細みの裁着袴《たつつけ》をはいている。その裁着も鹿皮で仕立ててあった。裁着袴が袴の一種であることは前に記した。

「猪之助が申すには、『われの代わりに一族の者を差し向けますゆえ、存分に使い廻されよ』とのことでござりました。礼儀正しい所作と口の利きようから察するに猪之助の出自は武家であるように思えます」

「サチモンには武田の落武者に縁《ゆかり》の者が多いと聞く。おそらく彼《か》の者もそうに違いない」

「かもしれませぬ。その晩は猪之助が世話してくれた納屋に泊まりました」

「ほう、武蔵野を差配する代官がサチモンの納屋に泊まったのか」

「殿がわたしの御立場でしたらどうなされましたか」

「よろこんで納屋に泊めてもらったであろう」

小田中はそれを聴いて顔をほころばせる。

「夜が明けるのを待って納屋の外に出ますとこの者が立っておりました。そこでこの者を伴ってここでお待ちしていたというわけでございます」

「それは重畳。して猪之助が差し向けた者の名は」

「それがこの者、わしに口を開かんのです。口が利《き》けぬのか耳が聞こえぬのか、と思ったのですがそのようには見受けられませぬ。それにご覧のように笠を目深にかぶり顔さえ見せようとせぬ」

これに忠治は、

「サチモンは仲間以外の者と顔を合わることを良しとしないと聞く。であれば見知らぬ者と言葉を交わすのは苦手なのかもしれぬ。のう、そうであろう」

言って若者をのぞき込むように身をかがめ、

「なにも臆することはない、ぬしは病で伏せっている猪之助に縁《ゆかり》の者なのかの。で名はなんと申すのか」

努めて穏やかな口調で訊いた。

「…………」

「名がわからなければ、呼びかけることも能わぬぞ」

忠治の口調は子供をいたわるように優しくなった。

「妙《たえ》」

明らかに女の声であった。

「女性《にょしょう》か」

小田中がのけぞるようにして妙と名乗ったサチモンを見た。それから渋い顔で、

「なにゆえ声を発しなかったか合点がいった。女子《おなご》を一行の先達役には使えませぬな。これはわたしのとんだしくじり」

忠治に頭をさげた。

「女子が使えぬとはどういうことだ」

妙が笠の縁を左手で持ち上げ、小田中に顔を向けて声を荒げた。真っ黒に日焼けした顔からは男か

女かの見分けがつかない。ただ小田中をにらみ据える目は涼やかであった。小田中はその目を避けるようにして、

「見ればわかるであろう。この一行は男ばかり。この一行がこれから先何日も武蔵野に分け入るのだ。そこに女子《おなご》がひとりだけ加わると使いたくない気を使わねばならぬ」

わが娘を教え諭すような口ぶりだ。

「気など使わんでよい。ワレを加えろ」

「幾つになる」

「十七」

「十七歳。そうか十七歳か。使わんでもよいと言われても男というものはその歳頃の娘に気を使うものなのだ」

「ワレはサチモンじゃ」

「サチモンであっても娘であることには変わりない。では、こうしよう。わしの主人である郡代にお決めしていただこう。郡代がならぬと申したら引き取ってもらう」

小田中は困り果てた顔を忠治に向けた。

「わしが妙どのなら、さっさとこの場を去るだろう。それがなにゆえにわれら一行に加わりたいのかの」

忠治は相好を崩す。

「代官は父《てて》に、『先達役を引き受けるなら一日、二十五文を払う』と約した」

「その日雇賃がほしいのか」

「ほしい」

「サチモンは食べるもの、着物、家までもみな自前で作ると聞いている。銭などもらっても使い途はなかろう」

「薬代」

「だれのだ」

「父《てて》」

「なるほど猪之助どのは病に伏せっているのであったな。それは親思いのことだ。その心がけに免じてわしが薬代を出して進ぜよう。代官が日雇賃を二十五文払うと約したのであれば、妙どのがわしらに加わって十日間先達を果たしてくれたとして、二百五十文。その銭を持って父御《ててご》の許《もと》へ戻るがよかろう」

相好を崩したまま忠治は懐から紙入れ（財布）を抜き出し、その中から小粒《こつぶ》一つを取り出し妙の前に差し出した。

小粒とは一分金のことで一両の四分の一である。金で鋳造したもので当時の貨幣の中ではもっとも小さいことから小粒あるいは小粒金と呼ばれた。一両は四千文であるから小粒一つが千文である。妙が受け取るべき額の四倍にもなる。

「ワレは乞食《こつじき》ではない」

目尻を上げて忠治をにらんだ妙は首を左右に振る。

「女子《おなご》と申すは、もちっと言葉付きを柔らかくせねばのう。遠慮はいらんぞ」

「多すぎる」

「生憎、わしの紙入れには細《こま》い銭が入っておらぬのだ」

「父《てて》は、謂われのない銭は受け取ってはならぬ、と言っている。だが細いのがないなら仕方ない、受け取ってやるから代わりにワレを仲間に加えろ」

「受け取ってやる？　いやはや……」

忠治は絶句して、それから、さてどうしたものか、と呟いた。

「関東郡代も形無しでございますな。妙どのは施しでなく報酬として銭を受け取りたいのでしょう。一行に加えるしかありませぬな」

金右衛門は今にも笑い出しそうな顔である。

「一度出した銭を再び紙入れに戻すなどわしの矜持が許さぬ。となれば金右衛門が申すように加えるしかなさそうだの」

「上水堀を武蔵野の荒れ野のどこかに通そうとするならば武蔵野の隅々を知り尽くしている先達《せんだつ》が欠かせませぬ。猪之助どのが自らの代わりとして妙どのを寄こしたのです。おおいに役立ってくれるでしょう」

「一行に加えるとなれば寝食を共にすることになりますぞ」

小助が口を入れる。

「寝食を共にするだと？　そんなことワレがすると思うか。飯《めし》は一緒に食わぬ。ましてねぐらを共にするなどまっぴら」

「行動を共にせずして先達が務まると思うのか」

小助がいささかムッとした声をあげる。

「みなが朝飯《あさめし》を食い終わった頃に顔を出す。夕べに業（作業）が終わったらワレは去《い》ぬ」

「武蔵野は名に負う荒れ野だと聞く。そんなまっただ中に娘ひとりを放り出しておくことなど能うと思っているのか」

「ワレはサチモンだ。武蔵野はワレの庭」

小助に返す言葉はなかった。

「今日はこのまま平地に沿って杭を打っていく。しばらくサチモンの先達は要らぬ。所要となったら呼びにやる」

忠治はそう告げて妙の手に小粒を握らせると、

「猪之助どのの許へ戻り、薬の手はずをいたせ」

教え諭すような温かい口調だ。

（四）

忠治は平地（段丘面）に上水堀の経路をとることにして、平地に二十間ごとに標《しるべ》となる木杭を打ち込んでいった。打ち込んだ木杭には一番杭から順繰りに二番杭、三番杭と名付けた。

その木杭の高さを金右衛門ら四人が測定する。木杭と木杭を結ぶ線上に上水堀を築造した場合、うまく河水が流れるような勾配がとれるかを検証するためである。

金右衛門は平地（段丘面）に最初に打った一番杭を基準杭とすることにした。

基準杭とは二番杭、三番杭の高さを順次算出していくに際し、基準となる杭のことである。

計測に従事する者は金右衛門と金右衛門の家臣ひとり、それに下僕ふたりである。三名には計測の技を手塩に掛けて教え込んである。

二番杭、三番杭と順繰りに十一番杭まで木杭の高低を測定したところで金右衛門は測定を中止して忠治の許に行き、

「ふたりきりでお話し申したいことがあるのですが」

と皆から離れた場所に忠治を誘った。

「打ち込んだ杭になにかおかしいことでもあるのか」

忠治には人払いするような秘密めかした話などあるとは思えなかった。

「このまま平地に沿って上水堀の経路を決めていくおつもりでしょうか」

「そのつもりだが」

「どうでしょう、十一番杭から先は平地から離れて左側の斜面に上水堀の経路をとるようにしては」

左側の斜面とは先に示した図―1河岸段丘断面図の〈段丘崖〉のことである。

「平地に沿わせて上水堀の経路を求めるのが普請するうえで理に適っている。それはまた普請費の節約にもなる」

「平地がいつまでもこの先に続いているわけではありませぬ。十一番杭から先、十二番杭からは斜面に上水路の経路を定める方がよいのでは」

「いや、わしは平地が続く限り、平地に経路をとっていく考えだ」

「どうか曲げてわたしの進言をお聞き届け願います」

「金右衛門どのがそこまで懇請するのはなぜか」

「それは…………」

金右衛門は言葉を濁した。

その日は十一番杭を打ち終わったところで全作業を終えることにし、野営の準備にはいった。

小助の指図で手際よく設営された仮の宿泊施設は段丘面に枯れ草を敷き並べただけのもので、晴天でもなければとても一夜を過ごせるようなものではない。

それでも忠治をはじめ一行のだれもこの簡易な宿泊施設に不満を漏らす者が居ないのは、三十人もの一行を収容できる宿などがタマ川の上流域にあるはずもないことをだれもが承知していたからである。

ちなみに五街道が整備される前、旅籠などという気の利いた宿泊施設は江戸府内にあるだけで、江戸を外れれば旅人は夜がくれば野宿するしかなかった。もっとも何日もかけて旅をする人々などこの時代は稀であった。

干飯《ほしい》と塩漬け野菜の粗末な夕餉を終え、忠治と金右衛門は隣合わせで枯れ草を敷き並べた上に横になる。

天空に降るような星。初冬の寒さを防ぐため、昼の着物の上にさらに持参した着物を着込んだが、そんなことで防げるような寒さではない。夜露を防ぐのと防寒を兼ねた寝袋に身を入れて、首から上だけを出す。寝袋は油紙を三重にして仕立ててある。身を動かすたびに油紙はごそごそと音を発てる。

「取水口の場所探しの折も野宿であったが、それに比べ此度の野宿は底冷えが厳しゅうて老骨にはこたえるぞ」

「野宿は初夏か初秋に限りますな」

「此度の経路探索は暖かさが残るひと月前に始めたかった」

「遅れたのはなぜでございますか」

「その理由《わけ》を伊豆守さまより報されてないのか」

「わたしは伊奈さまら三人と伊豆守さまの屋敷でお会いした次の日に川越の自邸に戻りました。殿から暇を出された身であってみればそれ以後、殿と顔を合わせる術《すべ》もありませぬ」

「わしが知り得た限りでは、上水普請を幼君徳川家綱さまの御名で公にするよう、老中にお諮りしたとのことだ。ところが掃部守《かもんのかみ》（井伊直孝）さまがこれに異を唱えたそうな」

「掃部守さまはなにゆえに？」

「取水口の備《そなえ》（施設）を設ける地が羽村と聞かされた掃部守さまは、四谷大木戸までの里程が長すぎる、と苦言を呈された由」

「伊奈さまもわたしも掃部守さまと同じように思ったのは確かです。ですからその苦言もわかります」

「掃部守さまは『十里もの長い上水堀を作る普請費が幕府の金蔵に残っているのなら、その銭を幕臣らの手当てを厚くするために使え』と申し立てたとのこと」

「して殿、いえ伊豆守さまは掃部守さまの申し立てにどう答えられましたのか」

この下調べが終わると伊豆守の家臣に再び戻ることになっている金右衛門にとって松平伊豆守が老中の席で上水についてどのような発言をしたのか知っておきたいと思うのは無理からぬことと言えた。

「その日は物別れに終わった。それから何度か老中がお集まりになられて討議を重ねたと聞き及んでいる。結句、伊豆守さまの説得が奏効し、幼君家綱さまの御名で、上水の普請が世に公にされるにいたった。そこで金右衛門どのに訊くが、伊豆守さまはなにゆえ上水を江戸に引くことにあのように ご熱心なのか」

「新将軍綱家さまの御名を世に知らしめるためと心得ております」

「わしも伊豆守さまも将軍に仕える身であってみれば、むろんそのことに異論はない。だがそれだけであろうか」

「江戸に住まう民が飲み水に窮しているのを見かねた幼君家綱公がタマ川から上水を引くことをお決めになった、そうした筋立てにすれば、新将軍綱家さまの御名を世に知らしめることが叶う、そのように殿はお考えになったのではないでしょうか」

「新将軍の名を世に知らしめる術はほかにもあったのではないか」

「ほかの術とは？」

「それはわしにはわからぬ。だが知恵伊豆と呼ばれている信綱さまのことだ、上水普請でなくとも上様を世に知らしめる術の二つや三つはお持ちであろう」

「持っていたとしても、すでにこの上水普請は走り出したのです。ほかの術に乗り換えることはもはや能いませぬ。走り出したからには是が非でも膨大な普請費用を幕府の金蔵から出してもらわねばなりませぬ。恐れ多いことでございますが、そこで殿、いや伊豆守さまは四代将軍家綱さまの御名をお借りしたのでは」

「上様の名をもってすれば勘定頭《がしら》は金蔵を開かざるを得ぬ。そう申すのだな。このこと旗本や御家人らが知ればどう思うのであろうか」

「殿、いや伊豆守さま」

「金右衛門どの、一々、言い直すことなどせぬがよい。わしは金右衛門どのを川越藩主松平伊豆守信綱さまからしばらくお預かりした客人として遇しておるつもりじゃ」

「おそれいりました。そう申していただけると話しやすくなります。そこで申しますが、殿は旗本や御家人らから怨嗟を受けることを覚悟で上水普請を新将軍に奏上したのではないでしょうか」

「老中の座と申すものは幕臣から嫌われると立ちゆかなくなるものだ。そのようなことを知恵伊豆と呼ばれている信綱さまが知らぬはずはない」

「知ってのうえで進める上水普請、とわたしは思っております」

「それは江戸万民が困り果てている飲み水不足を救うためだ、そう申されるのか」

「それは…………」

金右衛門は口をつぐんで星を仰ぐ。凍てつく闇とまではいかないが、寒さは夜が深くなるにつれて厳しくなっている。

「それは、の先は申せぬようだの。まあよい。確か、昼間にも金右衛門どのは、それは、と申した後、口をつぐんだな」

「…………」

「寝る前の話としてはふさわしくなかったようだ。これから先、金右衛門どのの与力は欠かせぬ。理《わ》由《け》はわからぬが金右衛門どのを信じて明日からの上水堀の経路は平地をさけて斜面にとることにする」

そう告げた忠治はいかにも眠そうに欠伸をした。

（五）

翌早朝、忠治は小助の声掛けで目が覚めた。

——寝過ごしたか——

すでに東の空は明るくなっていた。だが陽は東の最上段の段丘面に上りきるまでには間があるのか、宿泊地に陽光は届いていない。

起きあがって川辺まで行き、河水で顔を洗う。それから小助らがたむろしているところに戻る。

「羽村の長《おさ》らがわれらの朝餉を用意し、ここに運んできておりますが断りましょうか」

待ちかまえていたように小助が訊いた。

「無碍に断るのも角が立つ」

「殿は此度の探索に近隣の村民を巻き込んではならぬ、と申されたのでは」

「昨日、すでに徳右衛門らのもてなしを受けてしまったのだ。羽村の村民の志をありがたく受け取っておけ」

この宿営地は羽村集落からたった二町しか離れていない。そんな近くで宿泊されては徳右衛門らも素知らぬ振りでいられなかったのであろう。そこで一行三十人分の朝餉を用意した、そういうことだ、と忠治は思った。むろんそこには徳右衛門のしたたかな思い入れがあることも十分にわかっていた。

——郡代の覚えをよくしておけばこれからの羽村にとって決して損なことではない。この朝餉はやがて何十倍にもなって後々羽村に戻ってくる——

そう期待することは村の長として当たり前のことであろうと忠治は推察した。そうした思惑が見えであったが、それでも徳右衛門らの心遣いは嬉しかった。

金右衛門は、と見ると姿がない。

「金右衛門どのはどうした」

小助に訊く。

「早々に起きられて今日の業の準備に掛かっております。それと妙どのが夜が明ける前から顔を見せております」

言われて周囲を見まわしたがどこにも姿はない。

「サチモンにはまだ用がない。妙にわしが呼び出すまで出向かなくともよいと、申しつけておけ」

妙は十七、小助は二十一、金右衛門は三十半ば、早くから起き出してそれぞれの任務を果たそうとしている。忠治は大きな伸びをしながら、つくづく自分《おのれ》が老いてしまったことを感じた。

（六）

朝餉を食べ終えた金右衛門は川越から伴ってきた三人に手伝わせて地盤の高低差を測る器材の整備、調整にかかっていた。

三名のうちひとりは金右衛門の家臣、あとのふたりは下僕である。

家臣として召し抱えた三谷《みたに》新八郎は川越藩士の次男坊で藩の役職にも就けず身を持てあましていた若者であるが剣術は藩中でも一、二を争う腕を持っていた。

下僕として雇った茂一、勇馬《ゆうま》はいずれも百姓の次、三男である。茂一は三十半ばで妻帯、勇馬は二十歳になったばかり。たまたまふたりの家が金右衛門の家の両隣であったのが縁となった。百姓の次、三男は田畑も分けてもらえず、小作人として生きるか、家を出るかしかない。金右衛門はそんなふたりを下僕として召し抱えることにした。つまり三人はそれぞれの家にあってどちらかと言えば〈余計者〉であった。

「具（器材）を整えるに熱がはいっているようだの」

金右衛門の背後から声がかかった。手を休めて振り向くと忠治が小助ら数名と共に立っていた。

「今、手入れが終わりました。今日の業（測量業務）に支障はないと思われます」

「ずいぶんたくさんの具があるが、それら一つ一つに名がついているのか」

忠治がのぞき込む。昨夜の眠りにつく前の話などなかったかのような穏やかな顔である。

「それぞれの具に名はついておりますが全部をひっくるめた一式をわたしは〈作絵図具《さくえずぐ》〉と呼んでおります。つまり絵図（測量図）を作るために使う様々な具（器材）という意で名付けたものです」

「その作絵図具は京から取り寄せたのか」

「いえこれは自作です。とは申せこの具は奈良の古寺で見た地盤の高低差を測る具を参考にしてわたしが使い勝手のいいように造り変えたもの。ですからこの作絵図具は日ノ本に一台しかありませぬ。これから据え付けに入りますのでご覧になりますか」

「ちょうどよい機会じゃ。その日ノ本に一台しかない作絵図具をどう扱うのか皆に見せてやってくれ。小助、皆を呼んでこい」

命じられた小助が走り去る。

金右衛門は新八郎ら三人に命じて作絵図具一式を十一番杭の所に運ばせた。

十一番杭のまわりを忠治らが取り囲む。そこへ小助が呼んできた者たちが駆けつけた。

「まずこの木杭の真上に木盤《もくばん》を据えます。茂一、いつものように据えてみてくれ」

木盤は二尺（六十センチ）四方の方形で木製の三脚が取り付けてある。各《おのおの》の脚は開閉と伸び縮みが自在になるように工夫されている。今でいうカメラの三脚を大型にしたようなものである。

「木盤を据え付ける高さは人の胸ほど。それぞれの脚を開き、伸び縮みさせて木盤がなるべく湖面のように平らになるように据えます。この時、木盤を木杭の真上にくるように据えることが肝要」

茂一は金右衛門の説明にしたがって木盤を十一番杭に跨《また》がるようにして据えた。

「次にこの木盤の上に水盤《すいばん》を載せます」

勇馬が作絵図具一式の中からなんの変哲もない円形の木桶を取り出し皆にかざす。

「この水盤の高さはおよそ六寸（約十八センチ）、差し渡し（直径）は木盤と同じ二尺ほど」

目をこらして見ていた小助らは狐につままれたような気持ちになる。というのも大地の高低差を寸分の狂いもなく測る器材であるからには、〈水盤〉であってもどこかに思いもよらない装置が仕込まれているに違いないと思ったからだ。

「水盤と申されるが、見たところではわれらが日々、手や顔を洗うのに用いる丸い桶と変わりないように見えるが」

小助が拍子抜けした顔で訊く。

「洗い桶に見えますか？」

勇馬が水盤を小助の眼前に持ってゆく。

「どこから見てもそうとしか見えぬ」

さしずめ今で言うなら、すし桶のようなものである。

「この水盤とやら申す桶に何か隠された仕掛けでも施してあるのか」

「いえ、見たままのまん丸なただの桶でございます」

小助をからかうような勇馬の返答。

「勇馬、その水盤を木盤の上に置け」

勇馬は言われたとおり水盤を木盤の上に置く。

「次にこの水盤に水を注ぎ込みます」

茂一が汲み桶にため込んだ水を水盤に慎重に注ぎ込み、水盤の上縁から一寸（三センチ）ほどの余裕を残して注ぐのをやめた。

「水は水盤の九分目までにとどめる。これが要《かなめ》」

小助らは、なにが要なのかさっぱりわからない。

「次にこの水を盛った水盤の中に〈測高儀《そくこうぎ》〉を浮かべます。勇馬。皆さまに測高儀をお見せしろ」

言いつけられた勇馬は作絵図具一式の中から丸い木盤を取り出し、それを皆の前にかざした。

「一見、鍋蓋のように見えませぬか」

そう問いかけると勇馬は測高儀を小助に渡した。小助は顔を近づけて測高儀を仔細に見る。

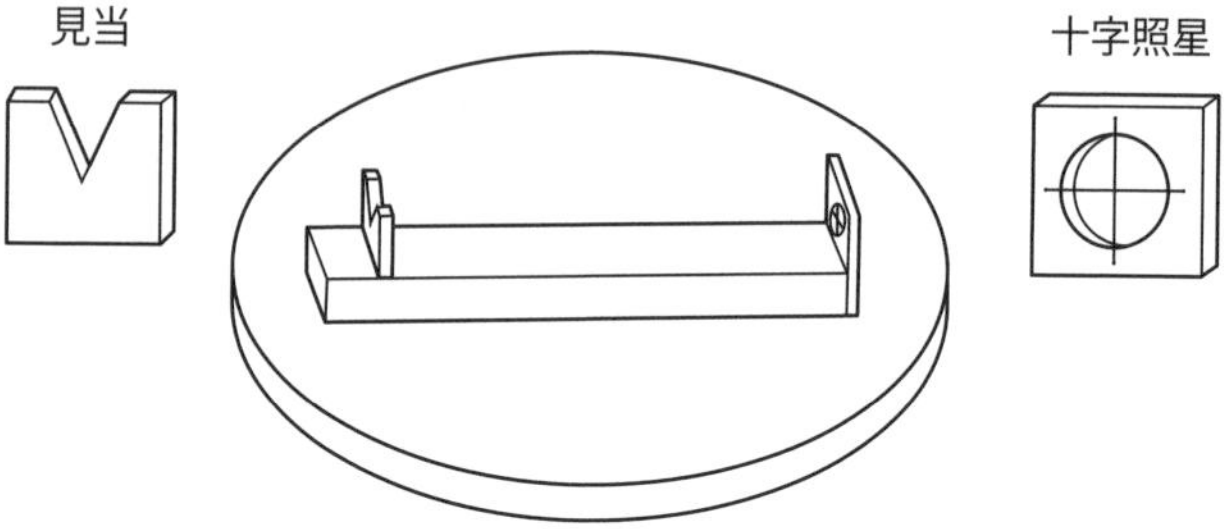

図―5　測高儀図

　薄い円形の木盤に一本の角材が取り付けてある。それはまるで鍋蓋のようだった。

「角材の両端に突起が付いている。これは火縄銃で敵軍の将に狙いをつけるために片目をつぶって覗く照門《しょうもん》のようだ。だがもう一端の突起は照星《しょうせい》とは違って十字に組んだ細い針金がついている。これで地表の高低差を測ることなど能うのか」

　小助にはそれをどう使えばよいのか皆目わからない。

　照門とは火縄銃の銃身の手前に取り付けた突起、照星は銃身の先端に付けた突起の名称である。この二つの突起で敵を視準して命中させる。

　測高儀は小助の手から忠治へ、さらにそこに居合わせた者へと手渡されていったが、だれひとりそれをどう使うのか、わかる者はいなかった。

　再び測高儀が勇馬のところに戻ってきた。

「この角材に埋め込んだ突起の一方を〈見当《けんとう》〉、もう一方を〈十字照星〉と呼んでおります。これを水盤に浮かべます」

　金右衛門の説明に勇馬は測高儀を水で満たした水盤に浮かべた。水盤の径より測高儀の径がわずかに小さく作ってあるので水盤と測高儀の間には目に見えないほどのすき間がある。

「まるで鍋の中にすっぽりと入った落とし蓋のようではないか。なんでその測高儀をわざわざ水に浮かべねばならぬのだ」

小助が訊く。

「木盤の真下に打ち込まれている十一番杭と手前の十番杭との離隔（距離）はおよそ二十間（三十六メートル）。この二つの杭頭の高低差を測れ、と小助どのは命じられたら、どうなさりますか」

「二十間も先の高低差を知ることなどわしには能わぬ」

「では杭と杭の離隔が一間なら」

「二つの杭頭に棒を垂直に立てる。その棒と棒を糸で結ぶ。糸が水平になるようにどちらかの棒に結んだ糸端を上下に動かして張った糸を水平にする。双方の糸と杭頭の高さを測る。測った二つの数値の差が二つの杭頭の高低差」

小助は、どうだ、と言わんばかりの大声だ。

「まさにその通りです。そこで小助どのにお訊きしますが、糸をどのようにして水平に張るのでしょうか」

「それは、その………」

小助は口を開けてなにか言おうとしたが出てこない。

「わたしどもは平素から〈水平〉という言葉をよく耳にします。大工らは家を建てるに際して柱を垂直に立てねばなりませぬ。垂直に立てるのはいとも容易《たやす》いこと。糸に重しをつけて下げれば糸は垂直となります。ですから石ころひとつと絹糸さえあれば、どこでも誰でも垂直は作れます」

「そうそれだ」

小助は、はたと手を打ち、

「垂直の糸に沿わせて直角に糸を張ればその糸は水平。苦もなく水平を作り出せるではないか」

「離隔が一間ほどと短ければそれも容易《たやす》いこと。しかしながらその手法で離隔が二十間いやさらに一町（約百十メートル）も長い二点間を水平に糸を張るの至難の業」

「至難なことではない。一町でも二町でも糸を水平に張ることはできるはずだ」

「十間（十八メートル）の長さで水平に糸を張れても、二十間（三十六メートト）となれば糸をどんなに強く張っても中垂れして水平に張ることはできませぬ。ましてや一町ともなれば、至難の業」

〈至難の業〉に拘《こだわ》るように金右衛門は言う。

「ならば糸が垂れぬ里程に区切って張っていけばどんなに遠く離れた二点であっても水平を作り出せるではないか」

「二点の間に谷川や窪地が介在したていたならば、どのように糸を張るのでしょうか」

「それは、その……」

再び小助は口を開けてなにか言おうとしたが同じように言葉が出てこなかった。

「古《いにしえ》より地表の二つの地点の高低差を測るのに人々はさまざまな工夫を凝らしてきました。今、小助どのが申された手法もその一つですが未《いま》だこれだ、という手法を探し出してはおりませぬ。錘を付けた糸は垂直に垂れます。その糸と直角になるように糸を張れば糸は水平に張れます。作事（建築）にしろ普請(土木)にしろ直角、垂直、水平が全ての始まりです。これを無視したらなにも作れませぬ。〈直角〉は皆さまご存じのように三角形の辺を三対四対五にとれば誰でも簡単に作れます。水平も寺院や城館などの限られた場であれば垂直と直角を使って作り出せます。しかし起伏の多い広い大地に長い水平を作り出すのは難しいのです」

直角三角形を作るピタゴラスの定理は古くから日本に伝来していて、〈鈎股弦《こうこげん》〉の定理という名で呼ばれていて、江戸期まで直角三角形において、直角に隣る短い辺を〈鈎《こう》〉、長い辺を〈股《こ》〉、斜辺を〈弦《げん》〉と呼んだ。

「水平という言葉は水面が平らであることからきていると思われます。どんな水面でも水平であることは小助どのでなくともご存じのこと。わたしは水面が水平であるところに目をつけました。この測高儀を水に浮かべれば自ずと水平に保てます。測高儀が水平であれば大地の高低差を正確に出すことが叶うのです。逆に申せば、測高儀を水平に保てなければ大地の高低差を測ること能いませぬ」

「わたしらには安松さまの申していることの半分もわからぬが、ともかく測高儀を水平にするために水盤に浮かべた、そういうことですな」

「おそらく作絵図師のなかで水に浮かべて測高儀を水平にする者はわたし以外に居ないでしょう。ほかの方々は水盤など使わずに三脚木盤に載せた測高儀をさまざまな手法で水平に据えています。そしてどの作絵図師も測高儀を水平に据えることに四苦八苦しております。いつの日か、いとも容易《たやす》く測高儀を水平に据えられる手法が見つけ出せるでしょう。しかしそれはわたしが生きているうちではないと思われます」

金右衛門の言うように二百年もの後の明治期に水準器（レベル）がヨーロッパから日本に持ち込まれ、地表の高低を測るのは飛躍的に楽になった。

「興味は尽きぬことだが、陽は高くなっていく。今日のところはこれくらいにして、その測高儀をどのように用いて大地の高低差を読み取るのかは、後日教えてもらうことにする。小助、持ち場に戻るぞ」

伊奈郡代は皆を追い立てるようにして一行を引き連れ、その場を後にした。

（七）

残ったのは金右衛門と茂一ら四人だけとなった。

「測高儀を水盤に浮かべた折の皆のびっくりした顔は愉快でしたな」

新八郎が小声で言う。

「小助さまは童《わらべ》のように目があっちこっちへとくるくる動いておりましたな」

茂一が言い添える。

「それにもまして皆さまに計測の技を少しでも学ばせようとなさる郡代さまの前向きなお考えにわたしは感銘しました」

若い勇馬には息がかかるほど近くで大身の伊奈忠治と接したことがなによりも嬉しそうである。

「年を越せば伊奈さまは還暦を迎えられると聞く。隠居してもおかしくない御高齢。それが隠居どころか夜露と寒さに堪えながら一行を率いて玉川上水の経路探し。わしはなぜ伊奈さまがそこまでなさるのか今ひとつわからぬ」

新八郎は武士だけあって茂一、勇馬とは郡代に対する見方も違うようだ。

「郡代さまは伊奈流をもって河川の氾濫などを防ぐ一族の頭領。野に伏して地勢を測り、川縁《かわべり》を歩いて川相を見て回る、そうしたことが性にあっておられるのではありませぬか」

勇馬がうがったもの言いをする。

「そうではない。伊奈さまがここに出張《では》ったのには伊奈さまの隠された思惑があるのではないかとこの新八郎は思っている」

「隠された思惑？　新八、その思惑とはなんだ」

金右衛門が聞き咎めた。

「それはわたしにはわかりませぬ。しかし殿（金右衛門）にはおわかりになっておられるのではありませぬか」

「わたしがわかっている？　伊奈さまの思惑などわかるわけもなかろう。それに伊奈さまに何か特別な思惑があるような口ぶりだが、わたしと伊奈さまは殿（伊豆守）に命じられて羽村から四谷大木戸までの上水堀の経路を探そうとしているだけで思惑などない」

「それだけのことでしたら、なにも大殿（松平伊豆守）は殿（金右衛門）に暇を出さなくともよかったのでは」

そのことか、と金右衛門は思った。新八郎らに伊豆守から暇を出された理由《わけ》は教えていない。三人には、

――関東郡代伊奈忠治さまの許にしばらく身を寄せるが三人には一緒に付いてきてもらう。ただそれは数か月のことで再び川越藩に戻る。案ずることはない――

と伝えただけである。

三人は川越に戻れるか否か気になって仕方ないのだ。

「殿（伊豆守）には殿のお考えがおありなのだ。深い詮索はせぬがよい」

新八郎を押さえ込むような口調で告げながら、金右衛門は昨晩の忠治との寝しなでのやりとりを思い出した。

――殿（伊豆守）が上水堀を作ろうと奔走している、そのことに忠治さまは合点がいかないのだ。奔走するには奔走するだけの理由があるはず、御府内の飲み水不足を解消するためだけではない、もっと違った理由があるはずだ、そう忠治さまは思っておられるのだ。でなければ殿が幕臣らから反対されるのを承知であのように熱心に幕閣らを説き伏せることなどしないはずだ、とも思っているのだ。一体その理由とは何か、そのことを聞き出そうと忠治さまは夜空の下で枕を並べるわたしに何気ない口調で聞き質したのであろう。それにわたしは、〈それは……〉と言葉を濁した――

〈それは〉の先を言ってはならないことを金右衛門は肝に銘じていた。

だが、そろそろ忠治に〈それは〉の先を明かす時期がきていることを新八郎のやり取りで強く感じ

た。

「われらも伊奈さま一行に遅れまいぞ」

金右衛門は努めて平明な声で新八郎らを促した。

（八）

翌朝、伊奈ら一行と金右衛門ら四人の総勢三十人が十一番杭付近に集まっていた。

「上水堀の経路は一番杭からここ十一番杭まで平地（段丘面）に定めたがこれより先の経路は左斜面（段丘崖）にとることにする」

忠治の命令は一行にとって唐突だった。

「殿は平地に経路を定めておけば上水堀を作る折りに楽である、と申されていたではありませぬか。斜面に上水堀の経路をとれば普請足場が悪くなり、上水堀を作るのが難しくなります」

小助が不満げな顔をする。

「わしは今でも平地に経路をとるのがよいと思っている。だがこれに金右衛門どのが異を唱えたのだ」

「金右衛門さまはなんと申されましたのか」

「それは金右衛門どのに訊いてくれ。わしも聴いてみたい」

一行の誰もが金右衛門を注視した。金右衛門は口を固く結んで斜面の一点を見ている。

「理由《わけ》を話してくれぬのだ」

忠治が苦々しげに言った。

「理由がわからなければ殿のお考えどおり、上水堀の経路はこのまま平地にとっていこうではありませぬか」

「小助は金右衛門どのをどう思っておるのだ」

「絵図師の手練《てだ》れ、と思っております」

「ならば理由がわからぬとも、金右衛門の言に従ったらどうじゃ」

「このまま上水堀の経路を平地にとっていけば上水堀のタレ（勾配）など考えることもありませぬ。なんせ平地は江戸府内に向かって低くなっていくのですから。それが斜面に経路をとるとなれば斜面のどこに経路を定め、どのようにタレをとればいいのかわたしどもでは判じられませぬ」

「それはこの金右衛門にお任せくだされ」

口をつぐんでいた金右衛門が応じた。

「するとこれから先の上水堀の経路決めは金右衛門さまがなさる、そういうことですか」

小助は憤懣やるかたないといった顔だ。経路は忠治の裁量で決めることになっている。

金右衛門は忠治の補佐役に過ぎない、そう小助は思っている。

「いえ、上水堀の経路が斜面を登り終えて頂に達すればその節で伊奈さまに経路決めはお戻しします」

〈斜面を登り終えて頂に達する〉と事もなげに言う金右衛門に小助は怪訝《けげん》な顔をした。斜面であれ坂道であれ、上り勾配の上水堀などあり得ないからだ。上水堀は常に江戸に向かって下り勾配でなければ河水は江戸に届かない。

「斜面を登るような経路となれば、上水堀の水は流れるどころか逆流しますぞ」

小助は得たりと言い募る。

「これからの業（作業）をご覧いただければ、〈斜面を登り終えて頂に達する〉という意を得心していただけましょう」

金右衛門は腰を折って小助に笑いかけた。その笑いが自信に満ちているように小助には思えて妙に腹立たしくなる。

「ならばその業とやらをじっくり拝見しようではないか」

小助は意地悪い目を金右衛門に向ける。

「心得申した。これから斜面に上水堀の経路の標《しるべ》となる十二番目の杭を打ち込むことにする。茂一、まずこの十一番杭の上に昨日のように三脚木盤を据えつけよ」

茂一は心得顔でたちまち十一番杭の上に木盤を据えつけ終える。すかさず勇馬が木盤の上に水盤を置く。茂一がその水盤に水を盛る。昨日の実演と同じ手順だがその手際は驚くほど迅速だ。勇馬が水盤に測高儀を浮かべた。

その間に金右衛門は矢立（携帯用筆記具）と半紙を綴った帳面を手にする。この帳面は現今では

〈野帳《やちょう》〉と呼ばれている測量士には必携の帳面である。

すかさず新八郎が測高儀の見当と十一番杭の高さを間尺《けんじやく》で測る。

「三尺一寸五分（約九十五センチ）」

新八郎が読み上げた数値を金右衛門は復唱し、その数値を帳面（野帳）に書き込む。

「勇馬、この十一番杭より一つ手前の十番杭に目盛尺《めもりじやく》を立てよ」

勇馬が作絵図具一式の中から目盛尺を選び出し、それを携えて十番杭に走る。

「茂一、ここから二十間ほど先の斜面に目盛尺を立てよ」

茂一は新八郎と協力して間縄を用いて十一番杭から二十間離れた傾斜地に目盛尺を立てた。

〈目盛尺〉とは長さ二間（三・六メートル）ほどの真っ直ぐな角竿に百厘刻みに標《しるし》をつけたものである。一厘は一尺（三十センチ）の千分の一であるから、百厘は三センチである。つまり目盛尺は三センチ刻みに目盛りを刻んだ角竿ということになる。

勇馬は目盛尺を杭頭の上に、茂一は足元の斜面に立てる。

「勇馬、目盛尺を垂直に立てよ」

金右衛門が大声を出す。

垂直に立てるために目盛尺の横腹には、さげ糸が取り付けられている。

さげ糸とは絹糸の一端に錘を結びつけたもので、これを垂らして目盛尺の垂直をとる。

勇馬が立てた目盛尺が垂直であることを確認した金右衛門は、

「新八郎は記帳の用意」

そう告げて帳面と矢立の筆を新八郎に渡すと測高儀の十字照星を勇馬が立てる目盛尺に向けた。

忠治や小助らは金右衛門たち四人の無駄のない動きを固唾を飲んで見守る。

「しばらく動かないでくだされ」

金右衛門は測高儀から目を離さずに頼んだ。

「なぜ動いてはいかんのだ」

すかさず小助が言い返す。

「水盤に浮かべたばかりの測高儀はかすかに揺れています。その揺れが収まらなければ測高儀は水平にはなりませぬ」

直ぐに揺れは収まったが金右衛門は測高儀を睨んだまま息を詰めて動かない。しばらく経って、

「始めるぞ」

金右衛門は慎重に測高儀に近づくとどこにも触れずに見当から十字照星を通して勇馬が立てた目盛尺を遠視する。その格好は鉄砲で標的をねらう様に似ている。

金右衛門は目盛尺と十字照星に水平に張った針金が重なる目盛りの数値を読み取るとそれを大声で新八郎に伝える。新八郎はその数値を復唱し帳面（野帳）に書き込んだ。

これを二度繰り返してから測高儀を反転させると、茂一が立てた目盛尺に照準を合わせる。

「茂一、斜面を少しだけ上がったところに目盛尺を立て直せ」

茂一は半歩ほど斜面を上ったところに目盛尺を移す。

「そこだ。小助どの、茂一の許に参り目盛尺を立てたところに木杭を打ち込んでくだされ」

一連の作業を感嘆しながら見入っていた小助は言われるままに数名を引き連れて茂一の許に行って木杭を打ち込んだ。

「茂一、その杭頭に目盛尺を垂直に立てよ」

茂一は勇馬がしたと同じようにさげ糸の助けを借りて目盛尺を垂直に立てる。

それを見届けた金右衛門は再び敵に照準を合わせるように測高儀の見当から目盛尺を遠視し、目盛りの数値を声あげて読む。それを新八郎が復唱して帳面に書き込んだ。

「小助どのが打ち込んだ杭が十二番杭となります」

戻ってきた小助に金右衛門が告げた。

小助らはなにが行われたのかほとんどわからなかった。わからなかったが斜面に打った杭を見て、上水堀の経路は斜面にとることになった、と言うことだけは理解できた。

それから金右衛門らは同じ作業をくり返し、尺取り虫のように十二番杭から十三番杭、十三番杭から十四番杭と順次二十間間隔で斜面に杭を打ち続けた。

二十番杭を打ち終わったところで金右衛門は十一番杭から二十番杭までの杭頭を縄で繋げさせた。

一行は再び十一番杭を打った平地に参集した。

「十一番杭はこのようにわたしどもが立っている平地に打ち込まれております。この平地は川に沿って下流へと続いています。わたしどもも平地を下流の方へ歩いてみましょう。ついては先ほど杭頭と杭頭を繋げた張り縄がどう見えるか注意しながら歩いてくだされ」

金右衛門の後について皆が平地を歩む。しばらく歩んでいると、

「なんと辿るごとに張り縄が少しずつ斜面を登っていくぞ」

小助が驚嘆の声をあげた。一行の誰もがそのことに気づいて驚く。

進めば進むほど張り縄は高みへと上《のぼ》っていく。

「張り縄に沿った経路で上水堀を作れば、堀を流れる水は逆流しますぞ」

小助は頭上よりはるかに上を走るようになった張り縄を見上げてしきりに首をかしげる。

「測高儀でわたしは杭を少しずつ低く（下り勾配）なるように設置しました。この張り縄どおりに上水堀を作れば河水は間違いなく江戸に向かって流れます。水は高きより低きに流れますからな」

金右衛門は穏やかな声で諭すように言う。

「いや、どう見てもあの張り縄は斜面を上っているように見える。のう皆の衆」

小助は自分ひとりが見間違っていないのを確かめるかのように一行に同意を求めた。

「わしもそう見える」

「わしもだ」

皆は口を揃える。

「人というものは、常におのれが立っているところを本にしてまわりを見ます。今、わたしどもが立っている平地、その平地から皆さまは張り縄を見上げております。十一番杭はまさにわれらの足下に打たれていました。しかるに平地を先へ進むに従って張り縄は上へ上へと上《のぼ》っていくように見えてくる」

「見えてきますな」

図—6　張り縄

(1)

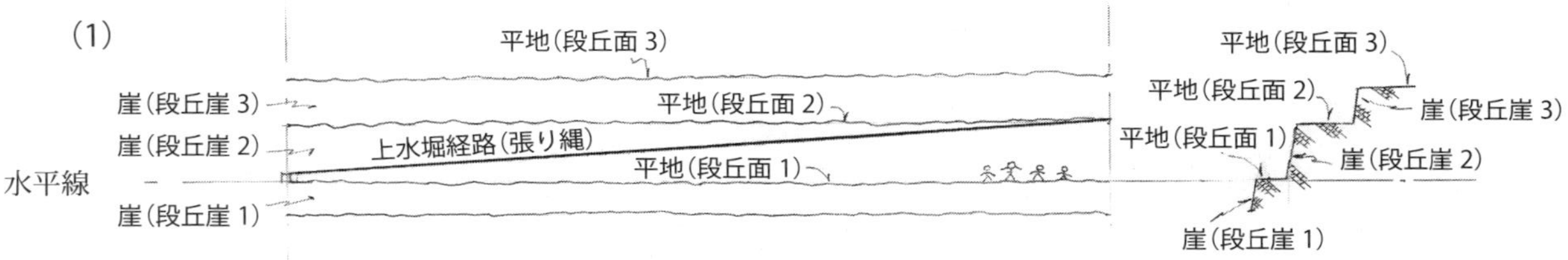

平地という呼称にだまされて、下り坂を水平と錯覚した時に見える張り縄。

(2)

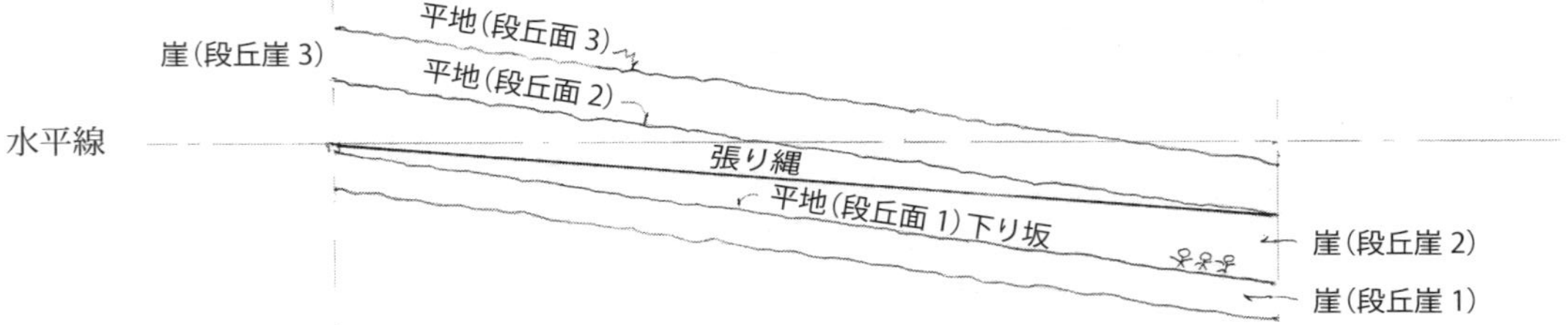

平地を下り坂と自覚した時に見える張り縄。

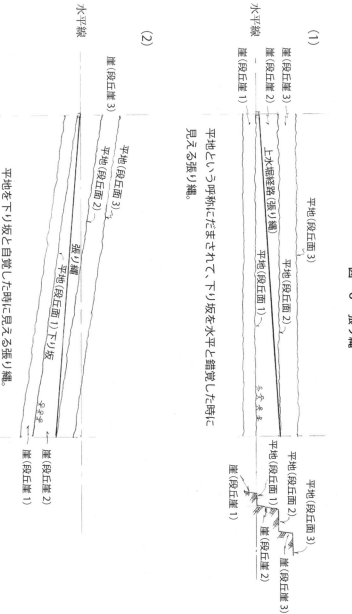

小助が復唱する。

「上に上にと見えるから杭は上へ上へと打った」

「打ったからこそ、そう見える」

「いいえ、そうではありませぬ。先ほども申しましたようにわたしは測高儀を用いて杭を下方へ下方へと打ち込ませました」

「そのようなことはない」

「小助、いつまでそのような愚問を続けるのか。少しはまわりをじっくり見まわし、おのれの頭で考えたらどうじゃ」

忠治がたしなめる。小助は張り縄を見上げ、それから平地に目を転ずる。そんな小助の様子を金右衛門は口元をゆるめて見守る。

「そうか、そういうことか」

ややたって小助が左掌《てのひら》を右拳《こぶし》手で軽く叩く。

「わたしは平地という呼び名に騙《だま》されていた。平地は川の流れに沿って下っているのだな。つまり平地は下り坂。しかし下り坂には見えぬぞ」

「見えぬのはまわりすべてのものが平地と同じように下っていくからです。小助どのはそのことに気づかずにおのれが立つ地を本《もと》にしてまわりを見ていたのです。張り縄が先に行くに従って下がっていくにも関わらず、斜面を上っていくように見えるのは平地の傾斜（勾配）が張り縄のそれ（勾配）より大きいからです。そのことに気づかないので皆さまにはあたかも張り縄が斜面を上っていくかのように見えるのです」

寂《せき》として声をたてる者は居なかった。

（九）

その日は昨日と同じ平地（段丘面）で野営をすることになった。

忠治は羽村の長である徳右衛門の許に使いを走らせ、朝餉の用意は無用、と伝えさせた。

冬の日が暮れるのは早い。羽村の集落があると思しき最上段の段丘面から寺の鐘の音が聞こえてくる。

早々と夕餉を終えた忠治は金右衛門を密かに呼び寄せた。

「今日の仕儀、皆にはよい学びとなった。だが皆が最後に息を飲んで黙りこんでしまったのは金右衛門どのが申したことはわかってても、なにゆえに平地を反れて斜面に上水堀の経路を定めるのか、そのことに合点がいかなかったからだ。それはわしとて同じこと。わしと金右衛門どのとでは上水堀の経路決めの考え方に相違があるようだ」

忠治はひと膝金右衛門に近づいた。

「その違いがなんであるか、その本旨は昨夜寝しなに申した、〈それは〉の後に隠されているのではないか、とわしは思っている。〈それは〉の後を腹を割って聴かせてもらいたい」

きつい口調だった。

「…………」

金右衛門は空を見上げる。天空に陽の余光は残っておらず、折しも十三夜の月が東の空に昇っていた。

「月明かりで川はきれいでしょう。どうです河原まで行ってみませんか」

金右衛門は立ち上がるとタマ川へと歩き出した。忠治がそれに従った。

「殿、どこに参られますのか」

気づいた小助が呼び止める。

「金右衛門どのと月を眺める。供は無用」

「なるべく早くのお戻りを」

小助の声を背にふたりは平地《ひらち》から河原に降り、月光の下で手頃な石を見つけて腰をおろす。

「〈それは〉の後を改めて述べさせていただきます」

金右衛門はあらたまった声で言った。

「そうしてもらおう」

「この上水堀の狙《ねら》い(目的)は、第一に江戸城内の水不足を解消するため。第二に武家屋敷への給水、第三に府内で飲み水に困窮している民の喉を潤すため。これら三つを達成することによって幼君家綱さまの御名を世に知らしめる、このことにございます。しかしながらこの三つの狙いのほかにもうひとつ第四の狙いがあります。それが…………」

金右衛門は口をつぐむ。

「その第四の狙いとは？」

しばらく待った忠治はじれて先を促した。

「わが藩のため」

「わが藩？　わが藩とは川越藩のことか」

「真《まこと》、川越藩のためでございます」

「川越藩が飲み水に窮しているとは聞いておらぬ」

「お話し申すまえにひとつ約してほしいのですが」

「なんでも約そう」

「わたしがこれから話すことについて一切他言なさらぬよう約していただきたい」

いただきたい、をことさら金右衛門は強く言った。

「約さねば〈わが藩のため〉と申したそのことの詳細を話さぬつもりであろう。ならば約すしかあるまい」

「伊奈さまが殿（伊豆守）の江戸屋敷に招聘された十日ほど前のことになりましょうか」

そう言って金右衛門は次のような話をした。

金右衛門が領内の自邸でくつろいでいると江戸在住の伊豆守信綱からの使者が訪れた。藩主からの使者ははじめてのことで、金右衛門は戸惑いながら使者を自邸に丁寧に迎え入れた。

「委細はこの下知書《げちしょ》に認《したた》めてあるのでそれに従うように、と殿の仰せである」

使者はそう告げて袱紗《ふくさ》に包んだ封書を金右衛門の前に置くと、もてなしに出した茶も飲まずに辞した。

金右衛門は恐る恐る封書を開く。自分宛に認《したた》められた藩主の直筆を見るのははじめてである。

そこにはおおよそ次のようなことが書かれていた。

――川越藩には天領と接した広大な荒れ野がある。藩主になった当初からこの荒れ野を開墾して畑地を作り、藩を豊かにしようと思っていた。畑地に欠かせないのは水。しかしながら荒れ野のどこを探しても池や小川《しょうせん》はなかった。開墾はなされぬままに今にいたっている。此度、タマ川の水を上水として江戸まで引く企てが将軍の御名において公にされた。これを好機ととらえ、天領と接するわが藩の荒れ野にしかるべき百姓を入れて開墾させよ。開墾する地と開墾者については金右衛門に任せる。困ったことが生じたら城代の剣持将監《しょうかん》に相談せよ。なお事に当たるに際し口外は無用、隠密裏に処すようきっと申しつける――

金右衛門は下知書を何度も読み返した。

〈これを好機ととらえ〉と〈天領と接するわが藩の荒れ野〉の因果関係が金右衛門には今ひとつのみ込めないのだ。

金右衛門は、

――羽村から四谷大木戸に敷設する上水堀をどこかで分岐して河水の一部を川越藩の領内に引き込

み農業用水として使えるように信綱が算段をするので、それを見越して開墾に適した地を探し出し、開墾をしておけ――

そう解釈した。

解釈したがそのようなことはあり得ないことである。

あり得ないと思う根拠は上水堀をどこで分岐するにしても分岐地から領境（天領と川越藩領地）までは二里（八キロ）余も離れている。したがって領内に河水を導くには分水路を敷設しなければならない。その分水路は天領に作ることになる。徳川家の御領地である天領を川越藩一国だけのために供するようなことなどあり得ず、前例がない。そしてさらにあり得ないと思うのは二里余の分水路に水を流すには勾配をつけなければ流れないと言うことである。つまり分水箇所の地盤高（標高）は天領との領境の地盤高（標高）より高くなくてはならない。しかし上水堀の経路はこれから決めるのだ。高く設定出来るか否かは全くの白紙である。こうした諸々を勘案すれば上水堀の河水をアテにした荒れ野の開墾は無謀に思えた。

そうは思っても主君の下命をないがしろにするなど出来るはずもなく、金右衛門は開墾地をどこにするか天領と接する荒れ野を走り回った。そして野火留《のびどめ》（現埼玉県新座《にいざ》市）と呼ばれている荒れ野を開墾することにし、五十五戸、二百五十余人に入植を命じた。

明治期に〈野火留〉は〈野火止〉と改称される。

突然の命に驚き、不安になった百姓らはこぞって安松金右衛門の屋敷に押しかけ、

「野火留を開墾するのはかまいませぬが、開墾なった後、そこに何を植えるのでございましょうか」

と質した。

「百姓が育てるものと申せば米、麦か」

「米麦は水がなくては育ちませぬ。その水の手当をどうするかお聞かせ願います」

「開墾が終わるに二年はかかるであろう。その頃までには水の手当に目途もつこう」

金右衛門は言葉を濁すしかない。

「安松さまのお言葉を信じて二年後に水の手当がついたとしましょう。しかしながら二年後に開墾した地に水が届いたとしても米や麦の収穫はその一年後。となれば三年の間、わたしらは一粒の米も口に入れること能いませぬ。その間わたしらはどうやって生きていけばいいのでしょう」

百姓らの申し立てはもっともであった。物別れのまま百姓らを帰すと、その足で城代剣持将監の屋敷に赴いた。

城代屋敷の一室に通された金右衛門に、

「いつ顔を見せるかと思っていた。殿から金右衛《きんえ》が参るであろうから話にのってやれ、と申しつかっている」

城代は心得顔で応じた。

将監は信綱より一つ年上の五十八歳である。老中という要職に就く信綱は在城（川越城）することがほとんどない。城代の剣持が藩政を担っているといってもおかしくない。

金右衛門は信綱からの下知書を見せ、百姓らとのやり取りを話したうえで、

「五十五戸の百姓らに野火留を開墾させるには三年の間、食うに困らぬようにしなければなりませ

ぬ。彼の者らを三年も養う術《すべ》をわたしは持ち合わせておりませぬ。いかがいたせばよいか御城代のお知恵を貸していただきたいのでございます」

言葉を選びながら頭をさげる。

「荒れ野を開墾するのはひとえに川越藩を豊かにするため。殿はその手始めとして安松、おぬしに荒れ野のなかから開墾に適した地を選ばせた。そこで訊くがおぬしが野火留を開墾地に選んだ理由《わけ》は」

「野火留と呼ばれているように彼の地には、落雷等で起こる火災の類焼を留めるために設けた広大な空地があったからでございます。その空地は茅などの燃えやすい草々を常に刈り込んであり灌木も切り倒してありますゆえ、開墾の手が少しは省けるのではないか、そう思って選んだ次第」

「あいわかった。次に訊くが開墾なった野火留への水の手当は」

「下知書から察すれば、殿が手当することになりましょう。そのこと、御城代にわたしの方から逆にお伺いいたしたいのですが、真、殿はまだ着手もしておらぬ上水堀の水をアテにしておられるのでしょうか」

「わしは十八歳のときから殿をお支え申してきた。殿はわしら家臣が理解に苦しむような政《まつりごと》を数々《かずかず》行った。そのどれもが後になってみればことごとく得心する政であった。殿は将来《さき》を読むに非凡な才をお持ちなのだ。その殿を世の人々は知恵伊豆と賞賛する。しかし賞賛する者らの胸中の片隅には、知恵におぼれた世渡り上手というさげすみもちょっぴりある。殿はこのことをよく承知なされ、常にそう思われぬよう配慮なされて立ちまわっておられる。だからこそ殿は此度の開墾の件もそうした心構えで金右衛門に命ずるに際しても、密かに、とお命じになられたのだ。かならずや殿は知恵を巡らし野火留に上水堀の水の一部を引き込めるようにしてくださるであろう。金右衛門はそれを信じて今後のことに当たってくれ」

「それを伺いまして安堵しました。とは申せ、このことを野火留を開墾する百姓らに明かすことはならぬと思います。彼らの不安をどのように解消するか、なにか手はございませぬか」

「五十五戸に当座の食扶持《くいぶち》として一戸当て二両と米一俵を藩から与えることにいたす」


十三夜の月光がタマ川の水面に散っている。天空は月明かりで星が見えにくい。

「よくぞ川越藩の秘事を打ち明けてくだされた。このことわしは決して他言せぬ」

「これはわたしの下僕らにも話しておりませぬ。伊奈さまの『腹を割って』のお言葉に深く得心したがゆえに時期尚早と思ったのですが打ち明け申した次第。それに上水堀の経路決めには双方が隠し立てをしていては決まるものも決まらぬ、と思ったからでございます」

「双方とはわしも隠しごとがある、そう金右衛門どのは思っておるのか」

「伊奈さまほどの方がこの上水堀普請は江戸府内に飲み水を送るだけのもの、などとお考えになっているとは思えませぬ。わたしは川越藩の秘事いや悲願を伊奈さまにお伝え申しました。その引き替えというと嫌らしいのですが伊奈さまがどんな思いを秘めてこの上水堀の経路地探しに臨んでおりますのか、その心底を腹を割ってお話ししてほしいのでございます」

金右衛門は〈腹を割って〉を一語一語区切るように言った。

「わしは郡代になって以来ずっと武蔵野を畑地に変えたいと思い続けていた。茅で覆《おお》われた荒れ地を開墾し、実り豊かな地に生まれ変わらせるにはなによりも水が欠かせぬ。わしは水源を求めて武蔵野を歩き回った。武蔵野の外れ甲州街道の南側の低地にはわき水や小川が散在するが武蔵野の北方に当たる青梅道、檜原御番所道（後の五日市街道）あたりにはめぼしい水源がないことがわかった。わしは武蔵野の開墾を諦めた。そこに上水堀の話がもちあがった。この上水堀に流す河水の一部を武蔵野の荒れ地に回せれば、武蔵野の北方地帯は豊穣な地に生まれ変わる。しかしその思いは封印することにした」

「なぜでございますか」

「この上水堀、上様の御名で公にされた文言を金右衛門どのは覚えておるか」

「文言は、〈江戸に新たな上水を引く〉ときわめて簡略な一文ではなかったかと」

「上水とは飲み水のことにほかならぬ。この上水は一滴すらもほかの用途に使ってはならぬのだ」

「なぜそのような狭いお考えにとらわれるのでしょうか」

「府内の人々への飲料水だけなら上水の量は限られている。となれば上水堀の形状はそれほど大きくなくて済むはずだ。しかしながら開墾地への分水などほかの用途にも広く使おうとすれば上水堀に流す河水の量も多くなる。多くなれば上水堀の形状は大きくなる。大きくなった分、上水堀の普請費はふくれあがる。しかるに幕府の金蔵は空にちかい。金蔵を管理する勘定頭《がしら》が、『飲み水を専らにする上水堀でなければ銭は出せぬ』と申すことは想像に難くない」

「そうだとしても伊奈さまの思いを封印することはないと存じます。殿もおそらく伊奈さまのお考えのように大きな形状の上水堀には銭を出すまい、と思っておりましょう」

「だとしたら伊豆守さま思い入れの野火留開墾は危《あや》ういと申せるのではないか」

「わが藩の城代は、『殿は将来《さき》を読むに非凡な才をお持ちだ』と申しております」

「伊豆守さまは此度の上水堀にどのような将来を見ておられるのか」

「信綱さまは、とりあえず上水堀は江戸の飲み水に給するに足る形状で作り上げ、その後、頃合いを見計らって諸々を満たす大きな形状に改修すればよい、そう思っておられるのではないでしょうか」

「頃合いを見計らうとは？」

「おそらく殿は、此度の上水堀の普請が始まれば、武蔵野に住まう人々らがこれを見て幕府に訴《うった》えを起こすのではないか、そのように思われているのではないかと」

「わしが治める武蔵野の住人が訴えを起こす？　どういうことだ」

「上水堀が武蔵野の住人になんの役にも立たないことに気づくからでございます。気づいた住民は上水堀の水を武蔵野の開墾に分けてくれるように幕府に訴える、そういうことです」

「言われてみればそうなるのが必定のように思えてくる」

「幕府がこれにそ知らぬふりをすれば、訴えの波は武蔵野全域に広がりましょう。そうなれば幕府として放っておくわけにもいかず、上水堀の形状を大きく改修して武蔵野に水を分ける算段をしなければならなくなりましょう。むろん武蔵野からの訴えが老中に届けば伊豆守さまは率先して上水堀分水を進めようとご尽力なさることは明らか」

「知恵伊豆ありて金右衛門あり、だの。それを聞いてわしの中で何かがストンと腑に落ちた。さすれば上水堀の経路決めは武蔵野と野火留への分水を頭に入れて決めねばならぬ」

「水は高きより低き地へ流れます。すなわち武蔵野のどの地にも、また野火留にも上水堀の河水を流せるように常に高所に上水堀の経路を決める、そのことが経路決めの眼目になりましょう」

「いつの日か荒野の武蔵野が実り豊かな田畑に変わるかもしれぬな」

真上に十三夜の月が昇っていた。座り込んだ地から全身に厳寒が忍び込む。

「小助がやきもきしながらわしが戻ってくるのを待っているであろう」

忠治はひとつ身震いして立ち上がった。

第四章　算盤

（一）

翌日から金右衛門らは昨日の作業の続きに没頭した。忠治らは金右衛門らの手伝いにまわる。小助は金右衛門の作絵図具操作にひとしお興味を持つ。

金右衛門らは木杭を跨《また》いで木盤を据え、木盤の上に水盤を置き、水を満たした水盤に測高儀を浮かべて、杭頭上に立てた目盛尺を読む。そして二十間間隔で斜面に木杭を打ち増して経路を決めていく。それは地味で根気の要る作業であった。

木杭を打つごとに斜面を登っていくような錯覚にとらわれながら、三日目の昼、ついに斜面（段丘崖）の頂《いただき》、すなわち最上段の段丘面に達した。金右衛門らはその頂に木杭を打ち込んだ。

段丘崖にさえぎられていた眺望が一挙に開ける。南西方を流れているタマ川との離隔はさらに開いて十町（一キロ強）は超えている。

頂はそのまま尾根になっている。その尾根はすべて茅で覆われて西から東へと続いていた。

「羽村からここまでの里程は」

忠治は遠くにかすむタマ川の流路に目を遣りながら金右衛門に訊いた。

「この頂に打ち込んだ木杭が百二十二番杭となります。したがって羽村からここまではおよそ一里（四キロ）ほどになりましょうか」

「妙どのはおるか」

忠治はタマ川から尾根に目を移して声を高める。

「ここに」

直ぐそばで返事が戻ってきた。

「まるで忍者のようだの」

「ワレに気づかぬのは老いて目が衰えたから。父《てて》もそうだ」

ズバリと言われたが忠治は腹が立たない。本当だからである。目ばかりか耳も鼻も衰えていることを近頃は特に感じている。家臣らはその衰えに気づいているくせにそ知らぬふりをする。いっそ言ってくれる方が楽になれるのだが老人扱いされるのを忠治が嫌っていると思込んでいるらしく、若者と変わらぬ扱いをする。

――確かに老人扱いされることはいやだが、わしは紛れもない老人だ――

心中で呟き、その呟きを払拭するように、

「このあたりに人は住んでいるのか」

と訊いた。

「小さな集落（現福生市熊川《くまがわ》）がある。その集落から半里（二キロ）上流に戻れば福生《ふっさ》の集落だ」

「では尾根の先は？」

「十町ほど先に行けばそこにも小さな集落（現昭島《あきしま》市拝島《はいじま》）がある」

「その集落まで尾根伝いに行く道はないか」

「ない」

即座に妙が応じた。

「ない、では困る」

「ないものはない」

「妙どのはサチモンであろう。獲物を追いかけて武蔵野の荒れ野を走り回っておるのではないか。この一帯を知り抜いているはずだ」

「どうしても行きたいなら獣道《けものみち》」

「獣道？　獣道がどうかしたのか」

「獣道がこの先の尾根道を教えてくれる」

「ほう、それはなぜか」

「鹿、狸、兎、猪、狐はおのれの危険を知るため高い地を選んで進む。尾根道は獣道」

「わしらをその獣道に連れて行ってくれ」

「藪こきをすることになるぞ」

「藪こき？　なんだそれは」

忠治の問いに答えることなく妙は茅が密生した尾根に目をこらす。そして一か所に目をとめると、そこまで歩いて茅をかき分けて足を踏み入れる。忠治に否応はなかった。あわてて妙の後を追う。その後を小助らが続いた。

妙はかぶっている竹製の笠のてっぺんを進む方向に傾け、それで茅を押し分けて進む。忠治らは妙の後を追って茅を両手でかき分け、足で押し踏み倒して続く。

――藪こき、とはこうして茅などを押し分け踏み倒して藪の中を進むことなのか――

忠治はそう思いながら妙を追っているうちに藪こきをすることなく進めるようになった。茅が何者かによって踏み倒されて小道らしきものが出来ているのだ。

――これが獣道か――

半刻（一時間）ほど妙の後に着いて獣道を進み、下方を見るとタマ川はますます遠のき、高度はさらに増していた。

「その先で尾根は尽きる」

妙の声が茅の中から聞こえた。

「すると尾根を下《お》りることになるのか」

「下りたくなければ隣にもう一本の違う尾根道が同じように東の方へと走っている」

「この近くに先ほど妙どのが教えてくれた集落があるのだな」

「小半刻（三十分）も藪こきをすればそこに行き着く」

先にも記したが、この熊川から拝島にかけての尾根を後世、拝島丘陵と呼ぶようになる。さらに妙が言ったように東に向かう尾根も立川丘陵と呼ぶようになる。この二つの丘陵の尾根筋が武蔵野の東から南にかけた一帯では一番の高所である。

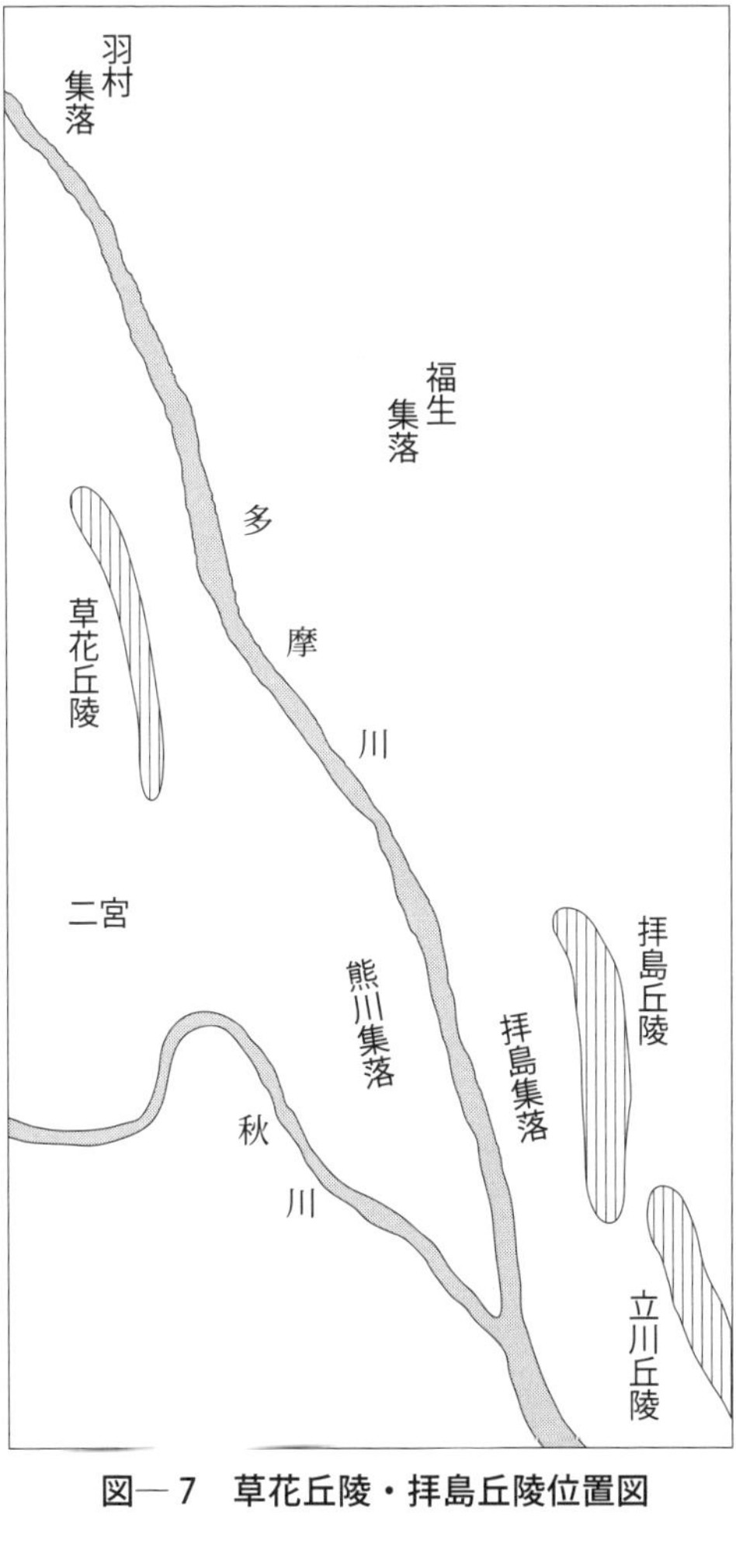

図―7　草花丘陵・拝島丘陵位置図

その日の夕、忠治らは丘陵に近接する集落（拝島）に赴いて、長《おさ》の家を訪れた。

「夕餉と宿の用意は調《ととの》っております」

長は一行の来訪に驚きもせずに心得顔で出迎えた。

「わしらがここに参ることとわかっておったのか」

忠治は長に何も報せていない。

「小田中代官さま並びに羽村の長どのより、郡代さま一行のこと聞き及んでおります」

──また小田中の奴、要らぬ気遣いをしおって──

と内心で舌打ちしながら忠治は、

「一晩だけ厄介になる」

頭をさげた。

なれぬ藪こきと枯れた茅のノコギリの刃のような葉であちこちに切り傷を負った一行の疲労は極に達していた。

（二）

その晩、忠治ら一行は集落の長が供してくれた五軒の農家に分散して宿泊することになった。むろん夕餉も集落の農民らが総出で供してくれた。

忠治は農民らのもてなしを断ろうと思ったが、それはあきらめた。もしこの集落の饗応を断れば、長をはじめ農民らは、

――なぜ羽村では饗応を受け入れ、ここでは受け入れてくださらぬのか。なにかわたしどもにご不満でもおありなのでしょうか――

と訊くに決まっていた。

羽村の長、加藤徳右衛門の供応を許したことにより、行く先々でこうした饗応を受けることを覚悟しなければならない仕儀になってしまったことに忠治は内心忸怩たる思いであった。こうなることはわかっていたのだ。

――かれらはかれらなりに饗応で郡代の覚えがよくなれば集落への見返りが必ずあるはずだ――

そう思っているに違いない、と忠治はいやな気分になる。

（三）

翌朝、忠治は朝餉を終えた一行を集落の広場に集めた。

忠治はすっきりした顔をしている。昨夜はよほど疲れていたのか、朝まで目を覚ますことがなかっ

たからである。

「本日は尾根筋に生えている茅を刈り取って小道を作り、そこを上水堀の経路と定める」

「それはならぬ」

横から声が飛んだ。いつの間にか妙が一行の中に混じっていた。妙は加わった初日から欠かさず早朝から忠治の許に顔を見せ、日が暮れると挨拶もせず去る。むろん三度の食事を一行と共にしたことはない。

「ならぬとは？」

忠治は妙のぞんざいな言い方が気に障ったのか強い語調で聞き返した。

「尾根筋はサチモンの狩り場。狩り場はサチモンの命。尾根筋に上水堀を作るなどとんでもない。作るというならこれからの先導はせぬ」

「小粒金を受け取ったのであろう。ならばそれに見合う働きをしてもらう、と強く申したいところだが妙どのの申し立て、わからぬではない。だがのう、これは江戸万民のためなのだ。わかってほしい」

妙に向けた忠治の顔は温和そのものであったが目は鋭かった。

深くかぶった竹笠で妙の表情はわからなかったが、小刻みに震える肩に気づいた金右衛門は妙の怒りが生なかなものでないことを察した。

「上水堀の経路決めは昨日をもって伊奈さまご一行にお返しします。わたしらは測定した諸々を精査したいので同行は控えさせたいただきたい」

金右衛門が申し出た。忠治は無言で頷くと一行を引き連れて尾根筋に向かう。その後を妙が音も発てずに従った。

一行を見送った金右衛門は集落の長《おさ》に会うと、部屋を借りたいので世話してくれるように頼んだ。

「よろしゅうございます。僕《やつがれ》の家でよければ気ままにお使いくだされ」

「ならばそうさせていただく」

金右衛門は忠治と違って集落の者から便宜をはかってもらうことがそれほど苦にならない。

――この集落に上水堀が敷設されるようになれば、この地から上水堀の河水を分水し荒れ野を開墾することができる、それが便宜をはかってくれた彼らへの返礼となる――

そうした思いが金右衛門の胸中にあった。

金右衛門は借りた部屋に新八郎ら三人と籠もると、今まで書きためた野帳を取り出した。

「まずわれらが最初に為すことは、取水口の備《そなえ》（施設）となる地に打ち込んだ一番杭（基準杭）の地盤高を決めること」

金右衛門が言う。

羽村の取水口から四谷大木戸までの距離とその二地点間の高低差を求めておくことが金右衛門らの職務である。二点間の高低差を求めるには、先だって決めておかなければならない大事なことが一つあった。

それは、最初に打ち込んだ木杭（一番杭）に仮の地盤高を設定することである。この仮に決めた地盤高を基準としてすべての木杭の高さを測定してそれぞれの木杭の高い低いを数値で表していく。大事なのは基準杭の真の高さではなく、金右衛門らが便宜上決めた高さであるということだ。

現今、土地くの地盤高を〈海抜〉〈標高〉で表記するのは周知のことである。しかしこの時代に〈海抜〉〈標高〉の概念はない。地盤の高低は相対的なもので、

——あの丘は顔を上向けて望むのでここより高い——

——ここは坂上だから坂下より高い——

——水が流れていくから流れていく方向が低い——

等々、土地の高低は自分の目線が上になるか、下になるかあるいは水平になるかで判じるしかない。つまり視界に入っている範囲の土地しか高低はわからないのである。

だから自分が立っている場所（羽村の取水口の備《そなえ》を設ける地）から視界に入らぬ遠地（四谷大木戸の受水口所《どころ》）の高低差などわかるはずもなかった。

余談だが〈青梅の地盤高はおよそ二百メートル〉と現在の人が聞いたとき、標高二百メートルであると誰もが理解する。この標高とは海水面（東京湾中等潮位）をゼロメートルと定めたうえでの二百メートルであることは周知のこと。

しかしこの時代、ゼロという概念もなければ、またなにを基準にして地盤高を表せばよいのかの決めはない。標高、海抜を取り入れたのは明治期以降である。

金右衛門はこうしたことから一番杭に仮の高さを与え、それを基準として羽村から四谷大木戸までの地盤の高低計測を行う手法をとることにしたのである。すなわち一番杭（基準杭）と二番杭の高低差を測高儀で測定する。次に二番杭と三番杭も同じ作業で高低差を測定する。これを四谷大木戸の受

水箇所まで行い、それぞれの高低差を全て加算して羽村と四谷大木戸間の高低差を求めるというものである。

「羽村と四谷大木戸の高低差がどれほどのものなのか、この計測が終わるまでわかりようもありませぬが、いくらなんでも百間（百八十メートル）もの差はないと思われます。ですから一番杭の仮高さを百間（百八十メートル）に定めておけばよろしいかと」

新八郎が提案する。

金右衛門が訊く。

「茂一はどう思う」

「わたしも新八郎さまの申されるように百間としておけば十分かと」

茂一の返答に勇馬も無言で頷く。

「では一番杭の高さは百間と決める」

むろんこの高さは羽村の標高とまったく関係ない。

金右衛門は皆の前に記帳綴りを広げ、側に置いた袱紗《ふくさ》包みの中から算盤《そろばん》を取り出した。

〈算盤〉は大坂や京ではすでに使われていたが、江戸ではまだ珍しく一握りの商人らが利用しているに過ぎなかった。

この算盤こそが地盤の高低計算に欠かすことのできない貴重な一具であった。

金右衛門が川越領内の新河岸《しんがし》川改修に腕を振るえたのも、地盤の高低測量に算盤を存分に使ったからである。

打ち込んだ木杭の高さを知るには測高儀で目盛尺の数値を読み取っただけではわからない。読み取った目盛尺の数値を演算処理してはじめて地盤高がわかるのである。

その演算処理は足し算、引き算、かけ算、割り算を何度も行ってはじめて明らかになる。

これらの演算処理を算盤がない時代には紙面に書いて行っていた。その作業は手間と時間がかかった。

算盤を使用しないでの計算に時間を要したのはなぜなのか、それには二つの事柄が大きく影響しているからである。

その一つは数値を表記するに〈一・五・十・百・千・万〉の漢数字（別名和数字）を用いるしかなかったことである。

二つ目は長さを〈里、町、丈、間、尺、寸〉で表記するしかなかったことである。

一里は三十六町、一町は三十六丈で六十間のこと、一丈は一間四尺、一間は六尺、一尺は十寸。

これらには四進法、六進法、十進法とさまざまな進法が混在して、足すにしても引くにしても時間と手間がかかった。掛けるとか割るとなればそれはもう神業としか言いようのない高度の技を必要とした。

計測結果は即日か翌日までに出しておくことが肝要であった。

なぜなら計測には常に誤差と目盛尺の読み違いがつきものだからである。測定で得た地盤高がほかの地盤高と比べて異常な数値となって算出されれば、それは測量の過程で目盛尺の読み違いや測高儀の操作の扱いの不適切によるものである。こうした間違いを見つけ出すためにもすみやかに測量の数値整理をしておくことは欠かせなかった。

ところが算盤《そろばん》なしの演算処理は右記に述べたように複雑、難渋で間違いも多く、時間もかかるのである。とてもすみやかにとはいかない。

それらの問題を一挙に解決したのが算盤であった。

算盤の優れたところは漢数字を算用数字に近い形で置き換えることが可能であったことである。算用数字とは1、2、3、……9、10、のことである。

算用数字が日本に入ってきたのは江戸末期から明治初期にかけてである。したがって金右衛門の時代は漢数字が唯一の数を表す手段であった。

漢数字が加減乗除の演算に向かないのは漢数字と算用数字を並べて表記してみれば一目瞭然である。

例として漢数字での足し算を表記すれば〈一万二百三加える四万五千六百七十八〉となる。

算用数字で同じに表記をすれば〈10203＋45678〉である。

算用数字での表記の方が簡略でわかりやすく従って演算がしやすい。

それに一番の違いはゼロ（〇）が算用数字には存在することである。

この時代、数値に関して日本ではゼロの発想や概念はない。十、百、千を一〇、一〇〇、一〇〇〇と表記することはあり得なかった。

ところが算盤ではこのゼロの概念が日本にまだないのにもかかわらず、取り入れていた。

「旦那さまは算盤の名手。川越の御自邸で算盤塾を開いておられますが、藩士の中には算盤は町人、商人《あきんど》が扱うものと申して毛嫌いする者も少なくありませぬ」

勇馬が演算作業に入ろうとする金右衛門に何気なく言った。

百姓出の茂一と勇馬は金右衛門を〈旦那さま〉、川越藩士の次男である新八郎は〈殿〉と呼んだ。

「徳川さまの世になって五十年が過ぎようとしている。戦《いくさ》は遠い昔の話になった。武士が二本差しで肩をいからせ風を切って城下を歩く時代は去った。町人や商人に先んじて御家中の者が算盤を使えるようになれば川越藩は繁栄する、そう信綱さまはお考えになってわたしに算盤塾を開かせたのだが、学びに参る者は勇馬が申すように町人や商人ばかり。せめてここに居る三人がわたしからしっかり算盤術を学び取り、領内に広めてほしい」

「いつも不思議に思うのですが旦那さまは算盤を手にする折に必ず懐からなにやら得体の知れぬ冊子を出して机の上に置かれますが、その冊子を見るでもなく算盤玉をはじき、はじき終わるとその冊子を再び懐にしまい込みます。その冊子は算盤玉をはじく際にどんな役割を果たしておられますのか」

ちょうどよい機会だと思ったのであろう、勇馬は平素から疑問だったことを口した。

「この冊子のことか」

金右衛門は懐から二冊の冊子を取り出し三人の前に置く。

二冊とも表題は書かれておらず、いつも懐に入れているためか表紙はぼろぼろである。

「こちらの一冊は〈割算書〉そしてこの一冊は〈塵劫記《じんこうき》〉と申す冊子の写しだ。この二冊には算盤の使い方が詳しく述べられている。わたしは算盤を使うとき必ずこの割算書と塵劫記の写しを傍《かたえ》に置くことにしている」

「塵劫記は上方の商人《あきんど》らの間で引っ張りだこだと聞いております。江戸でもそうなのでしょうか」

新八郎が興味深げに二冊子に目を遣る。

「江戸府内でも塵劫記を持っている者は居られるに違いないが、それはほんの一握り。割算書にいたってはほとんど持っている者はおらぬであろう」

「そのような貴重本を旦那さまはどのようにして手に入れましたのか。いえそれより旦那さまの出自がわたしども三人には明かされておりませぬ。どうでしょう差し支えなければわたしどもにお教え願えませぬか」

茂一が恐る恐る頼んだ。

「いずれ話さねば、と思っていた。まずは経路となる地点に打ち込んだ杭の高さを算出してしまおうではないか」

金右衛門はそう告げて算盤を手にとった。

（四）

三人を使って杭頭の高を算出し終わったとき、集落の長が四人の昼餉を用意して持ってきてくれた。

粟と稗、それに少しばかりの麦が混じった握り飯である。米だけの握り飯と違って粘りけがないので手加減して摑まないとぽろぽろとくずれる。このあたりでは水田がないので米は手に入らないのだ。

「では朝の続き、殿の出自それに塵劫記と割算書についてお聞かせ願います」

握り飯を食べ終わった新八郎が促す。茂一と勇馬が姿勢を正す。

「わたしの出自は西国。曾祖父は神吉《かんき》城と申す播州（現兵庫県南西部）の城主だった。豊臣秀吉の中国攻めで城を攻め落とされ、神吉一族はちりぢり。神吉の姓を秘し安松と名乗ると一族は息を潜めて時節のくるのを待った。待っているその節に曾祖父が、そして祖父が身罷った。一族の長子となったのがわたしの父。わたしは父の三男として慶長十六年（一六一一）に生まれた。やがて徳川さまの世となって播州姫路の城に池田輝政公がお入りになると、どのような伝《つて》があったのか知らぬが父は池田家の臣となった。とは申せ家臣とは名ばかりで一日五合の扶持米《ふちまい》をもらうだけの赤貧の武士。この俸禄で一家の飢えをしのいだが、どうにもこうにもならなくなった。三男であったわたしは口減らしのために家を離れ京にのぼった」

「旦那さまがお幾つの歳でありましたのか」

茂一が訊く。

「元和九年（一六二三）であったから十二歳の時であった。姫路を出るに当たって父は『京に毛利重《しげ》能《よし》と申す学者が居るので、その者を訪ね弟子にしてもらえ』そう申してわたしに一通の封書を渡した」

金右衛門はその封書を懐深くしまい込んで母が密かに渡してくれた幾ばくかの銭を握りしめて単身京に行った。

重能の家は直ぐにわかった。京で評判の男だったからである。京二条通りの一等地に大きな看板をだしていた。

「看板でございますか」

勇馬が訊く。

「〈天下一割算指導〉なる看板だ。幼かったわたしには何の看板だかわからなかった。わからぬままに毛利さまにお会いして、父の書き付けを見せた」

封書を開いて読んだ重能は、

――そうか安松どののご子息であるのか。よろしい今日から弟子にして進ぜるゆえ、ここに寝泊まりいたせ。三食もたっぷり食わせて進ぜよう。だがその見返りとしてここでしばらくの間、下《した》働きをしてもらう――

その日から金右衛門は弟子兼下僕として重能の館に身を寄せることになった。

「殿の御尊父とその毛利重能さまとはどのような関わりがありましたのか」

新八郎が訊く。

「毛利さまは摂津の出で京に出る以前は姫路藩士であったと父から聞いた。お互い同藩の貧乏武士。相通ずるところがあって親しく行き来をしていたとのことだが、幼かったわたしには重能さまについての記憶はまったくない。重能さまは赤貧の日々から脱するため武士を捨てて、一旗《ひとはた》揚げようと京に出られたのだ」

重能は京に出ると室町期後期に中国から輸入された算盤にいち早く目をつけ、算盤術を独学で学んだ。その頃の算盤の使い方は複雑で覚えるのが大変だった。

重能は一部の人しか使っていなかった算盤を誰にでも使えるようにと思い立ち、難しい計算技術を整理、元和八年（一六二二）に〈割算書〉を著す。

この書は京、大坂の商人や町人に重宝がられ、評判となった。だが割算書は文盲の者には猫に小判、そこで重能は自宅を開放して字が読めぬ者にもわかる〈天下一割算指導〉を開塾した。

これが評判を呼び文盲の人ばかりか裕福な町人、商人らも塾に押しかけた。

「その塾生の中に京の豪商角倉《すみのくら》家のご子息が居られた。わたしはその方と肩を並べて算盤術を学んだ。その方の名は吉田光由《みつよし》。光由さまはわたしより十三歳年上で今でも角倉家をお支えになっておられる」

「確か京に高瀬川なる川舟専用の掘り割り（運河）を自前で作ったとか申す京の豪商のことですな」

新八郎が興味ありげに金右衛門を窺う。

「江戸では角倉家のことはそれほど知られていないが京、大坂いや西国では豪商として名が通っている。その光由さまと塾で肩を並べているうちに親しくなり、誘いをうけて光由さまのお手伝いをするようになった」

「光由さまに見込まれて商いの道に入られたわけですな」

茂一も金右衛門の経歴にひとかたならず興味をいだいたようだ。

「いや、そうではない。光由さまはわたしが算盤術の習得に熱心なのを見て手を貸してほしいと申されたのだ」

光由は〈天下一割算指導〉の塾で学んでいるうちにそれだけでは飽き足らなくなり、算盤を日常の生活のさまざまな分野で広くそして手軽に誰でもが使えないか、と考えるようになった。

光由は金右衛門の助力を得て、かけ算わり算の九九、算盤操作の図解、比例計算、検地算、さらにねずみ算などを面白おかしく記述して誰にでも学べるような冊子を出版した。

「その冊子が寛永四年（一六二七）世に出された〈塵劫記〉だ。塵劫記はたちまち京、大坂はもとより西国で評判の冊子となった」

「吉田光由さまの御名とともに旦那さまのお名前も広く知れわたったのですな」

茂一がそうであったか、というように深く頷く。

「いや、わたしの名など知れわたるはずもない。光由さまにお力を貸したのはわたしひとりではない。実は光由さまの叔父に当たる角倉の当主、角倉素庵《そあん》さまが陰になり日向になりして塵劫記を世に出すことにご尽力なされた。わたしはそのほんの一端に加えていただいただけ」

素庵（与一ともいう）は京に運河（高瀬川）を作った初代当主角倉了以《りょうい》の長男であり、角倉家と徳川幕府の仲を取り持って角倉を豪商に育て上げた功労者である。書を本阿弥光悦に学んで一家をなし、さらに高名な儒学者である藤原惺窩《せいか》の許で学んで儒学者としても著名であった。

「角倉素庵、ですか」

茂一にははじめて聞く名だった。

京から百二十里余（およそ五百キロ）も離れた江戸では京、大坂の商人の噂などまず入ってこなかった。ましてその江戸から十里余（およそ五十キロ）離れている川越領の百姓であった茂一には知る術《すべ》もなかった。

「まあよい。つまりわたしの名などを京で知る者などまったくといってよいほど居らなかった。塵劫記はその後さらにわかりやすく親しみやすいようにと何度か改訂された」

「その改訂にも旦那さまは手を貸されましたのか」

勇馬が訊いた。

「算盤を絵図師の方々にも使えるように塵劫記を改訂することになり、わたしがその改訂を担当することになった」

金右衛門は改訂するに当たって絵図師がどんな仕事をし、何が問題なのか探るため大和、東大寺に赴いた。東大寺は広大な寺領を管理するためと寺院を新しく建てるため、何百年にもわたって土地の測量や建物を建てる際に必要な伽藍の軸線や方向の計測をしてきていた。これら測定をする人々を江戸期には〈絵図師〉と呼んで特別な資格を与えた。

「わたしは東大寺の絵図師の許で土地の高低、広さ、方向、長さ等をいかに計測して正《まさ》しく算出するかを一年近く学んだ。そして彼らから絵図師としての資格を与えられた」

一年ぶりに京、吉田光由の許に戻った金右衛門は算盤での測量術を詳しく塵劫記の改訂版に加えることができた。

「その改訂版が刷り上がってわたしの手元に届いた時だった。皆も存じている〈島原・天草の変事〉

が勃発した」

「存じておりますとも、この事変に大殿(松平信綱)は大活躍なされ一躍名をあげられましたからな」

新八郎の声が高ぶる。

この変事については先にも記したが、寛永十四年(一六三七)、島原・天草に起こった百姓とキリシタン、小西家の残党、さらには商人、町人らが組んだ一揆のことである。当初幕府は一揆の鎮圧に失敗し、多数の犠牲者をだした。そこで幕府は老中松平伊豆守信綱を上使として現地へ送り込んだ。信綱は江戸を出立すると天草に向かうため東海道、山陽道を下った。その下向途中、道々の近隣を領する外様大名らから兵を出させた。天草に着く頃にその兵数は十二万にも達した。

「伊豆守さまは京にもお寄りになった」

金右衛門が言った。

「では旦那さまは御城主(信綱)さまの勇姿を見られたのですな」

勇馬が目を輝かせる。勇馬は血気盛んな年頃である。

「いや、わたしはお目にかかっていない。信綱さまは角倉玄紀《はるのり》さまを呼び出した」

「玄紀さま？　素庵さまではないのですか」

勇馬が訊く。

「素庵さまはこの変事が起こる五年も前にお亡くなりになっている。玄紀さまは素庵さまの長子だ」

信綱は玄紀に算術に優れた者を探しているので、心得のある者を推挙せよ、と命じた。玄紀は光由と相談して安松金右衛門を推挙する。

「まさかわたしに白羽の矢が立つとは思ってもみなかった。断ることも能わず、わたしは幕臣の能勢《のせ》四郎右衛門《しろうえもん》さまと申される武将が率いる軍に配属となった」

「大殿（伊豆守）はなにゆえに算術に優れた者を求めたのでしょうか」

新八郎が半身を乗り出す。

「能勢さまは軍の兵糧《ひょうろう》、兵站《へいたん》を任されていた」

兵站とは戦《いくさ》において兵への食料補給、車両・軍需品の輸送、補給、武具武器の修理などを行う機関をいう。

「兵站の任務を完遂するには兵を養う米、米を炊きあげる薪、火縄銃に使用される火薬、野営地で使われる松明や灯明に用いる油、そのほか戦に欠かすことのできぬあらゆる物品の量を算出しなければならない。しかもすみやかにだ。戦は待ってはくれぬからのう。すみやかに算出するには、かけ算、わり算、足し算、引き算等を駆使することが要」

「その御役を旦那さまが算盤一本でおやりになった」

勇馬が感嘆の声をあげる。

「それから一年後のことだった」

急に金右衛門の声が暗くなった。

「一年後のことより原城攻防での旦那さまの武勇をお聞かせくだされ」

勇馬はひと膝前に出た。

「武勇などない！」

穏和だった金右衛門の顔がゆがんだ。

三人がその豹変に息を飲む。気まずい沈黙のあとに、

「天草・島原の変事には武勇などと申すものなど何一つないのだ」

うめくように呟き、

「それから一年後のことだった。京に戻っていたわたしに江戸におられる老中伊豆守さまから一通の封書が届けられた」

と気まずさを払拭するように心持ち明るい声で言った。

そこには、

――かねてよりわたしは算術に優れた者を川越藩に登用しようと探していた。そのことを能勢四郎右衛門どのに話したところ、貴殿を推挙された。能勢どのによれば、貴殿は原城攻城に際し兵站での働きが抜群であったとの由。どうであろうわが藩にきてもらえまいか。もし承知してくれるなら俸禄五十石の川越藩士として召し抱えたい――

と記されていた。

「わたしは光由さまにその封書を見せて相談にのってもらった」

光由は、

――これからの世は徳川幕府が政庁を置く江戸が中心、川越藩は江戸に接する領国と聞く。金右衛門どのは妻帯して居らぬゆえ身軽。川越藩士となって領内に算盤を普及させてみては――

と助言した。

「そのようなわけでわたしは川越藩士になったのだ」

その夜、金右衛門ら四名は昨夜と同じように農家に泊まることになった。

昼の疲れもあって夕餉が終わるとすることもない。昨夜と違って燭台は一台しか用意されていない。おそらく今夜、金右衛門らが続けて投宿することをこの家の主は考えていなかったのであろう。百姓でなくとも夜はなるべく灯明を控えて油代を節約する。一台の灯明で済ますのが常であった。

一台の灯明では算盤をはじくことも字を書くこともままならない。金右衛門ら四名は明日に備えて就寝するしかない。

おのおのが持参してきた夜具（油紙）にくるまる。

この家の主のことを思って灯明を消すと、深い闇である。すると今まで聞こえなかった瀬音が金右衛門に届くようになった。

瀬音は豊かで絶えることなく同じ調子で金右衛門を包み込むように伝わってくる。金右衛門は瀬音に身をゆだねる。

うとうとし始めた時、直近から瀬音をかき消すような音が鳴り響いた。茂一と新八郎の鼾《いびき》で、それはまさに〈鳴り響く〉と言うほかない。勇馬は若いのか鼾というより寝息で、いかにも生きている、という思いを金右衛門に想起させる。

——そういえば勇馬にはちと言葉が過ぎたかもしれぬ。『武勇などない！』と怒鳴りつけるより、事をわけて話すべきだったのかもしれない——

と金右衛門は反省する。しかし勇馬に、原城に籠もったキリシタンや百姓二万数千人を殺しつくした惨劇を伝えることははばかられた。勇馬も同じ百姓の出自である。そしてまた金右衛門とて今までたどってきた途は百姓と変わらない。金右衛門は算盤の腕を買われて能勢《のせ》四郎右衛門《しろうえもん》の配下となって言われるままに兵らが毎日喰らう米の量や鉄砲に使用する火薬の量を算盤で算出した。それが結果的には二万数千の籠城者を殺戮する手助けとなった。殺戮を命じたのは松平伊豆守信綱である。その伊豆守に仕えるなど思いもよらず、またどこかで、おれは二万数千の人々を殺した一端を担っているのではないか、という後ろめたさがつきまとっていた。それゆえ勇馬に、武勇などない、という強いひと言になったのだ。

金右衛門は一つ欠伸《あくび》をし、考えることをやめて鼾に打ち勝てる眠気がくるのを待った。

(五)

忠治一行が二つの尾根筋（明治期になって命名された拝島丘陵、立川丘陵）の茅を刈り取り小道作りを終えたのは、金右衛門ら一行が杭頭の高さを算出し終えた翌々日であった。

それから二日かけてさらにその先、東へと経路となるべき小道を作り続けた。

忠治と金右衛門それに妙の三人が作り終えた小道の先端に立っていた。

その先端部は十畳ほどの広さに茅を刈り取ってある。一行が携帯してきたさまざまな土木用具を置くために忠治が小助らに命じて刈り取らせたものだ。茅を広く刈り取ったことで思わぬ展望が開けた。

忠治と金右衛門はふり返って作り終えた小道に目を遣る。小道は尾根筋と見まごう盛り上がった帯状の地形の頂に細々と作られている。そして前方を見れば、これまた同じような帯状の盛り上がりの地形が連綿と東に向かって続いている。タマ川はどこに流れていのかさえわからぬほど南方に遠のいて、見渡す限り枯れた茅の茫々たる荒れ野が広がるばかりである。

「この地形はまるで武蔵野の背骨のようじゃな」

忠治は帯状に盛り上がる地形を目を細めて見定める。

「武蔵野の背骨とは言い得て妙ですな」

「妙どの、この直ぐ先に見える家々はどこの集落じゃ」

忠治は細めた目をさらに細めて訊いた。

「昨日通り越した集落は砂川村。あれは小川村に相違ない」

「おお、あれが小川村か。してみるとこれから先は諸処に集落が散在するようになるな」

「確かに村が多くなる。だがこの先のことはワシにはわからぬ」

「サチモンでもわからぬのか」

「この先はワシらの狩り場ではない。だからここから先に踏み入ること能わぬ。ワシの役は終わった。ここで御免蒙る」

妙は告げると辞儀もせず茅の中に消えていった。

ふたりはあっけにとられて声も出ない。ややたって、

「歯に衣を着せぬ物言いがワシには好もしく思えた。上水堀が尾根筋に通るようになれば狩り場は小さくなるやもしれぬ。そうなれば妙どのらはどのようにして露命を繋いでいくのか気がかりではある」

忠治の気がかりは金右衛門の気がかりでもあった。

「妙どのは生まれてこの方、唇に紅をひいたこともないと存ずる。これから先、同じサチモンの男と所帯をもって世をはばかるように武蔵野の茅を押し分け獣を獲り鳥を射止め、竹細工を売って生きていくのでしょうな」

上水堀が敷設されることによって妙の将来は今よりさらに厳しいものになるのが金右衛門には目に見えるようだった。

「サチモンだけではない、この武蔵野には荒れ野にしがみつくようにして多くの集落が散在する。砂川村、そしてあそこに見える小川村、さらにこの先々に住み暮らす百姓らは覆い尽くした茅を引き抜き刈り取り、雨後に短期間だけ湧き出す地下水を頼りに猫の額ほどの畑を作って命を繋いでいる。それは羽村、福生、拝島等の集落がはるか下を流れるタマ川との大きい高低差に難渋しながら暮らしているのと違った苦難だ。だが彼らは今もこれからもこの武蔵野という荒れ野にしがみついて生き抜いていくだろう」

「そうした苦難を少しでも減らすため数日前に伊奈さまと話したごとく、上水堀の経路は江戸府民の飲料と武蔵野の荒れ野開墾に供する用水、その二つを満たせるように決めなければなりませぬな」

「この尾根筋に上水堀の経路をとれば双方を満たせる」

「尾根を見つけてくれたのは妙どの」

晩秋の陽は遠くに望める奥多摩の主峰大岳山《おおたけさん》の頂に沈もうとしていた。どこまでも澄み切った天空は夕焼けだ。

茅を刈り取った空地はあかね色に染まり、そこに斜陽が作り出す忠治と金右衛門の影を黒く落としていた。

大岳山腹に陽が隠れた時、忠治ら一行は小川村に入った。

一行を出迎えたのは小川村の長《おさ》であった。

「顔や手に切り傷、もしやその傷は茅の鋭い枯れ葉によるものでは」

長は挨拶もせず痛々しげに忠治の顔を見る。

十月初旬、新暦に置き換えれば十一月中旬に当たる時節、茅はことごとく枯れ、硬くなった葉はノコギリのように鋭い。

「枯れた茅は刀と同じ。草々が生い茂るただなかに踏み入ることをこのあたりの者は〈藪こき〉と申します。この辺の者は秋になると藪こきはいたしませぬ」

「藪こきと申すことサチモンから聞き及んでいる。してこの出迎えはなんだ」

「小田中代官より、御一行三十名が当村近くを通るので、一夜の宿と夕餉並びに朝餉を用意せよ、また風呂の用意もいたせ、との命を受けております。聞けば羽村、福生、拝島集落の方々、さらには砂川村も御一行をお世話したとか」

「また小田中が要らぬことをしたというわけか」

「郡代さま御一行のことについてはこの武蔵野に散らばる村々の者たちことごとくの耳に届いております。どうかこの小川村に上水堀を通してくだされ。この茅で覆われた荒れ野を開墾するにはまず水、その水が小川村を流れ下るとなれば、やがてはこの一帯は青々とした田や畑に生まれ変わる、それが目に浮かびます」

「上水堀は名の通り、飲み水を通すことを専《もっぱ》らにする。開墾のための河水を砂川村にも小川村にも分けるようなことはない」

忠治はことさらに強い口調で言い切った。

「ではこの小川村に上水堀を通しても何の益もないと」

「益などない」

長の顔が硬直した。だがそれは一瞬だけで忠治が気づくことはなかった。

「まあ、ともかくお疲れの御様子。風呂の用意が調っております。傷にしみるかもしれませぬが、ゆるりとお召しくだされ」

長は腰を低く折って一行を慇懃に村内へ招き入れた。

「噂は千里を走る、と申すからの」

風呂に入り、夕餉を馳走になった忠治が囲炉裏《いろり》を前にして一息ついていた。

「益などない、と長どのに申された伊奈さまの顔は苦しそうでしたな」

忠治が内緒めかした声で言った。

「武蔵野への分水、これは伊豆守さまとわし、それに金右衛門どのの間でしか通用せぬ事柄。うっかり長の口車に乗せられ、首を縦に振ろうものなら、わしらの思惑は頓挫しかねない。そう思うからこそ、あのように強く、益などない、とつっぱねたのだ」

「上水堀は江戸の民の飲み水のため、それ以外には使わぬ、これを押し通して四谷大木戸までの経路を決めていかねばなりませぬな」

「その経路決めだが羽村からこの小川村までの里程は？」

「およそ四里八町（十一・八キロ）」

「その羽村と小川村の高低差は？」

「先ほど算出しましたので綴り帳を見るまでもありませぬ。二十三間二尺（四十二メートル）」

「すると里程四里八町の上水堀を高低差二十三間二尺で河水が流れ下る、そういうことだな」

「いかにも。ですから上水堀のタレ（勾配）は見た目でもわかるほど大きなもの」

「それでは河水が速く流れすぎる。どうにかならぬのか」

「わたしどもは武蔵野の荒れ地に上水堀の河水を分水できるようにと尾根筋とそれに続く武蔵野の背骨に経路を決めました。もしこの経路を選ばず、もっと南よりの低い地に経路を決めたならば羽村との高低差はさらに大きくなります。つまり地勢上、羽村と小川村間の上水堀の高低差をこれ以上小さくはできぬ、ということです」

「わしが懸念しているのは小川村から先、四谷大木戸までの上水堀の経路だ。羽村から小川村までの里程は四里八町、その高低差は二十三間余。それに比して小川村から四谷大木戸までの里程は羽村、小川村間の里程より長いと思われる。しかるに小川村と四谷大木戸の高低差が二十三間より大きくなるとはとても思えぬ」

「わたしもそのように思っております」

「となればこれから先小川村から四谷大木戸間の上水堀の経路決めはこれまで以上に難渋しそうじゃのう」

「経路の選び方次第では上水堀の河水が流れなくなるかもしれませぬな」

「そうならぬために、これから先の経路決めはさらに金右衛門どのらの計測術に頼らねばならぬ。頼むぞ」

そう言って忠治は黙り込んだ。囲炉裏の火が爆《は》ぜて一瞬あたりが明るくなる。忠治は心地よげに寝息を立てていた。

第五章　黒子

（一）

承応元年（一六五二）十二月二日。

江戸城東の呉服橋詰めにある松平伊豆守信綱の江戸屋敷奥庭は一面の雪に覆われていた。

奥庭に面した部屋に信綱、忠治、金右衛門の三名が畳一畳ほどもある絵図面を囲んで座していた。

各々の傍《かたえ》には抱火鉢《かかえひばち》が置かれている。障子は閉められているが、雪明かりで部屋の隅々まで明るい。

「羽村から小川村までの上水堀経路は郡代どのの微にいり細にいたる説明《ときあかし》と金右衛《きんえ》が作った経路絵図でよくわかった。それにしても両名には足労をかけた。礼を申す」

両名の半刻（一時間）におよぶ経路探索結果を聞いた信綱は座したままで軽く頭をさげた。

「小川村までは尾根筋から武蔵野の帯状の背骨に沿わせて経路を決めていけばよかったのですが、小川村から先、四谷大木戸までの敷設経路探しには難渋しました」

忠治が日焼けした顔を信綱に近づけ、

「小川村から江戸に向かう街道沿いには、このように数多《あまた》の集落が散らばっております」

絵地図の一か所を指さす。

「小川村から東へ一里半（六キロ）ほど上水堀の経路を決めましたが、そこからさらに東へ延ばせば経路は四谷大木戸と離れた方に向かってしまいます。そこで四谷大木戸に向けた経路探しに入りました。探すにさまざまな苦労や見直しがありましたが、それについてはここで話しても詮無きこと。行きつ迷いつしながら決めた上水堀の経路は、小川村、田無《たなし》村、上保谷《かみほうや》村、関前村、西久保村、それから牟礼《むれ》村、久我山村」

忠治は絵地図に書き込まれた村名を一つ一つ読み上げ指さしていく。

絵図面を見ているだけで忠治と金右衛門の苦渋が信綱にふつふつと伝わってくる。信綱は先の将軍家光の鷹狩りに随従して何度か武蔵野に足を運んでいる。茅に覆われ足を踏み入れるのもままならなかったその折のことを思い出した。ただ忠治が上げた集落の名は信綱にとって馴染みの薄いものばかりだった。

「それらの集落は大きいのか」

「江戸にも近いのでそれなりに人の往来もあります。また谷部や窪地からの湧水もあり、年貢を納めても十分に食っていけるくらいの畑を持っている村人が何人もおります。さて久我山村から先の経路

図—8　羽村～四谷大木戸　上水経路図

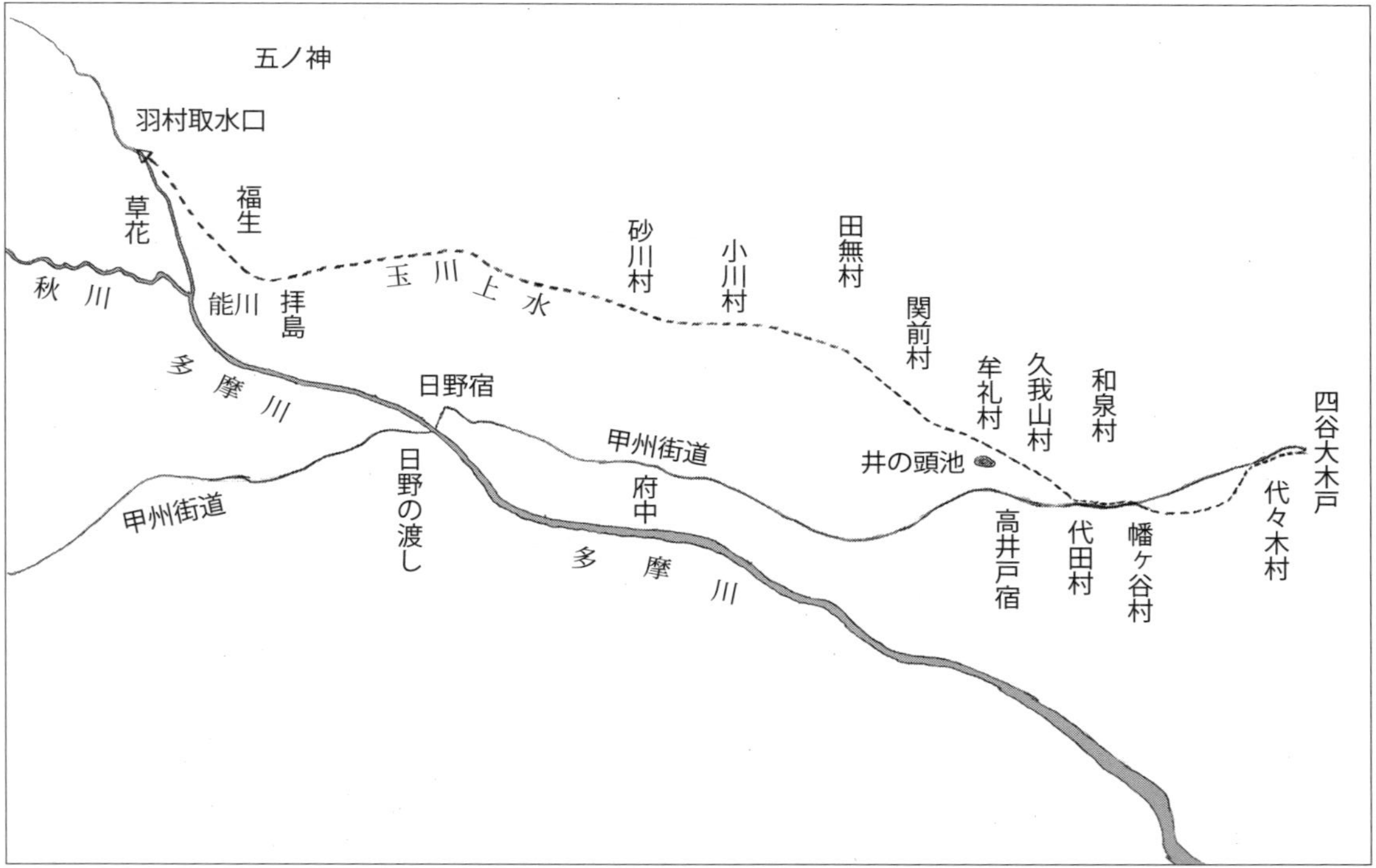

ですが、久我山村から半里（二キロ）ほど進んで高井戸宿に達し、ここで経路を甲州街道にとりました。経路を甲州街道を上高井戸、下高井戸、和泉村、代田村、下北沢村、幡ヶ谷村、代々木村、角筈《つのはず》村、千駄ヶ谷村と決めて、それから四谷大木戸に達するように決めました」

「ほう高井戸宿から上水堀の経路は甲州街道沿いと決めたのか。定かではないが、たしか幡ヶ谷村の先あたりから甲州街道は谷部に向かって下り坂となるのではなかったか。そこに経路を決めたとなれば上水堀の水は流れぬのではないか」

信綱は何度か甲州街道を下って高井戸宿まで行っているので幡ヶ谷村近辺の土地勘がある。

「わたしの説明《とき》明《あ》かしが舌足らずでした。経路絵図をよくご覧くだされ。経路はこのように幡ヶ谷村近辺で甲州街道から外れて谷部を避けて大回りし、再び甲州街道に戻るように決めております」

忠治は絵図面の一か所を指さす。

「なるほど確かに街道を外れてまた街道に戻る経路になっている。さすがだの」

「迂回せずに高い橋を作って谷を越すことも考えましたが、それは銭のかかる大業。やめました」

信綱は無言で座を立つと奥庭に面した障子を開いた。そこから江戸城の天守が望めた。

寒気が一気に部屋に入ってきた。

「ご苦労であった。よくぞここまで調べ上げてくれた。両所の苦労に報いるためにもこれを絵に描いた餅に終わらせるわけにはいかぬ。必ずや食える餅にこの信綱がいたす」

江戸城天守の屋根に雪が積もっている。しかし鯱は冴えた寒空に雪に隠れることもなく黄金の光を放っていた。

「そのお言葉、経路を決めた甲斐があったと安堵しました。そこでひとつ、お尋ねしたき儀があります」

忠治は信綱の背に向けて抑えた声で言った。

「なんなりと訊かれよ」

信綱は鯱に目を奪われたまま穏やかに応じた。

「野火留のこと、安松どのよりお聞き申しました」

「野火留？」

信綱は身体を反転させて金右衛門を咎めるような鋭い目で見下ろした。

「安松どのをお責めにならぬようお願いします。もし安松どのが野火留にかける伊豆守さまの御存念を打ち明けてくださらなかったら、上水堀の経路探しにそれほど熱心に取り組むことはなかったでしょう。伊豆守さまが上水堀から野火留への分水を考えておられることが御老中の知るところとなれば、方々はよい顔はいたしますまい。いえ御老中ばかりでなく金蔵を預かる勘定方さらには町奉行の面々も渋い顔をなさるに相違ありませぬ」

「伊奈どのはわたしの存念を金右衛門から聞いて渋い顔をしなかったのか」

「上水堀から分水して野火留まで水を引くにはわたしが差配している天領すなわち武蔵野に長い掘り割りを作らねばなりませぬ。幕府から〈川越領野火留開墾に供する用水を上水堀から分水しても差し障りがないか〉との御下問があれば〈支障ございませぬ〉と返答する所存」

「ほう、ひとり川越藩に味方してくれる者が現れてくれたか」

「わたしがお話申す前に伊豆守さま御自身はこの件について腹案をお持ちではありませぬのか」

「たしかに持っている」

「それを先にお教え願いませぬか」

「虎ノ門近くにある溜め池上水に此度の上水の終末を繋ぎ込む、わたしはかねがねそう考えている」

「わたくしもそれ以外に上水堀の終末はないと思っております。溜め池上水に繋げておけば後は御城内、大名屋敷、町民らの家々に自在に給水が叶いますからな」

溜め池上水は赤坂の谷から涌き出す水を虎ノ門近くで堰き止めて溜め池となし、これを江戸南西地区の住民に飲み水として給している。江戸住民の飲みは水は神田上水と溜め池上水の二上水で賄っている。それが人口の増加で今は賄いきれないのだ。

「ほかの案はないのか」

「ありませぬ。上水堀の終末地は虎ノ門（溜め池上水）」

「ではそれに決めよう。異議はないな」

「異議はございませぬ。ございませぬが……。それにしても今日の冷え込みはきついですな」

神尾はそう言って小さく身ぶるいし、どう切り出せばよいのか逡巡するような素振りを見せた。

「なにかまずいことでもあるのか」

信綱が何を躊躇するのかと言わぬばかりに先を促す。

「……」

「四谷大木戸から甲州街道に沿って上水堀を掘り割ってゆけば自ずと虎ノ門に達する。迷うことなどあるまい」

「これが口で言うほど易《やさ》しくありませぬ」

「羽村から四谷大木戸までの里程は十里余。その上水堀の経路は決まった。それに比べ四谷大木戸から虎ノ門までは一里ほど。なんのことがあろうか」

「甲州街道を含む五街道、すなわち中山道《なかせんどう》、東海道、日光街道、奥州街道の道幅は六間（約十一メートル）と決められております」

「そのようなこと神尾どのに言われなくとも存じている」

「甲州街道の道幅を狭めることなく上水堀を敷設するには街道と家屋の間に広い空き地がなくては能いませぬ。しかるに四谷大木戸から虎ノ門までは街道際ぎりぎりに屋敷が建ち並んでおります。この家々を立ち退かせることなど叶うものではありませぬ。町奉行の立場からすれば立ち退きを命ずるわけにはまいりませぬ。おそらく幕閣の方々もわたしと同じ考えかと」

「ならば街道の真ん中に上水堀を通し、蓋をして街道として使えばよろしかろう」

「神田上水には蓋がかかっておりませぬ。なぜなら上水を清水《せいすい》に保つには常に掘り割りを掃除して塵芥《ちりあくた》を取り除かなくてはならぬからでございます」

「蓋をしてしまえば塵芥は取り除けぬと申すか」

「御意」

「この上水の件は町人らが町奉行所に押しかけ、対応に当たった神尾どのが困り果てた末にわたしの許《もと》に持ち込んできたのであったな。つまりこの上水堀普請は元を質せば、神尾どのが発端といえる」

信綱の声が一段低くなった。

「わたしが老中の伊豆守さまに持ち込んだことは確かでございますが、それは町奉行が処すべき案件ではなく、御老中が対処すべきと思ったからでございます。この上水堀普請は老中をはじめ幕府がこぞって取り組むべきことと心得ております」

「幕府がこぞってとな。南町奉行神尾備前守元勝どのはれっきとした幕府の要人であろう。『立ち退きを命ずるわけにはまらぬ』とまるで他人事のような言い方。よう言えたものじゃ」

「…………」

神尾の額にじっとりと汗が滲《にじ》んだ。

「明日、ここで待っている。それまでに四谷大木戸から虎ノ門まで、上水堀を甲州街道にいかにして敷設するか考えてこられよ」

信綱はその場を立つと後も見ず御用部屋を出た。


川越藩江戸屋敷に戻った信綱は金右衛門を呼び出した。

金右衛門は経路決めで得られた資料を整理している最中で、何事か、と思いながら信綱の許に伺候した。

信綱は神尾南町奉行とのやり取りを話したうえで、

「そのようなわけで金右衛《きんえ》も四谷大木戸から虎ノ門まで甲州街道の道幅を狭めることなく上水堀を敷設できる策を明朝までにひねり出してくれ」

と苦々しげな顔で頼んだ。その顔から金右衛門は信綱と神尾の間が険悪であることに気づいた。

金右衛門は資料整理など放り出すと一室に籠もった。

――わたしが策をひねり出し、それを殿（信綱）にお伝え申すことはかまわぬが、もし神尾さまが妙案を考えつかなかった節には神尾さまのお立場はどうなるのであろうか――

金右衛門は心中でそのことを繰り返し思った。

金右衛門は半紙を机上に置き、筆を執って頭に浮かんだ案を半紙に書き込む作業に没頭した。没頭すると金右衛門はまわりのものが見えなくなる。だから部屋に灯明を持ってきた下女にも気づかなかった。

書き散らかした半紙の中から一枚だけを残し、ほかを処分すると残った一枚を畳んで封書に包み、それを懐に入れた。それから金右衛門は部屋を出ると下女に提灯を借りて屋敷を抜け出した。

外はすでに深い闇である。身を切るような寒気が金右衛門を襲う。年の瀬が押し迫った武家通りには人影もない。提灯の灯を頼りに金右衛門は小半刻（三十分）ほど外堀沿いを歩いて数寄屋《すきや》橋門内にある南町奉行所の門前に立った。

「お頼み申す」

金右衛門は大門の脇につけられた小扉を叩いた。

直ぐに小扉が開いて門番らしき老僕が顔を出した。

「内密で神尾奉行さまにお渡ししたいものをお持ちしました」

金右衛門は老僕に頭をさげる。

「火急でなければ今夜はこのままお戻りなされて明日の開門を待って再度来なされ」

金右衛門の風体から武士と判じた老僕の対応は慇懃だが明らかに迷惑そうだった。

「火急の用でござる」

そう言って金右衛門は懐から封書を取り出し、

「これを神尾さまにお渡し願いたい」

「お手前さまの身分がわからぬままに受け取ったのでは番卒としての役儀がおろそかになる。どなたさまの御家中かお教え願いたい」

「藩の名は故《ゆえ》あって明かせぬ」

「身分も明かせぬ者の封書をわが殿（神尾）にお届けするわけにはまいらぬ」

「そこをなんとかお願いしたい」

金右衛門は懐から財布を取り出しその中から幾ばくかの銭を取り出して、老僕に差し出した。老僕が銭と金右衛門の顔を交互に見る。

「なんの真似だ」

いささかムッとした老僕の声が尖る。

金右衛門は老僕の機嫌をとるように媚びるような顔をすると老僕の手を摑み、無理矢理銭を握らせた。

「この封書を必ず今夜中に御奉行にお渡し願います。もしお渡ししなかったことが後々わかれば、そこ許《もと》はしかるべき筋から厳しき沙汰がくだりましょう」

金右衛門は老僕を脅すように顔を近づけて低く押しつぶした声を出した。

（三）

翌早朝、金右衛門は信綱の許に伺候した。

「よい策は浮かんだか」

信綱は顔を前に出して金右衛門をのぞき込むようにした。

「夜を徹して考えてみましたが、良策は浮かばず夜が明けました。わたしのような者がいくら時をかけて策を考えても詮なきこと。ただただ知恵のなさを恥じ入るばかりでございます」

「金右衛《きんえ》をもってしても策が浮かばぬとなれば、南町奉行は推して知るべしじゃの」

「神尾さまは聡明な方と聞き及んでおります。必ずや殿が得心なさる策をお示しくださるとわたしは信じております」

「信じておる？」

「あっ、はい……」

金右衛門の目線が一瞬中空を泳ぐ。それを信綱は見逃すはずもなかった。

「金右衛《きんえ》が会ったこともない神尾どのをなにゆえをもって信ずるのかは知らぬが、わたしもそう信じたい。徹夜ではさぞ眠かろう。今日はゆるりと過ごせ」

金右衛門は平身し逃げるようにして部屋を辞した。


その日の午後、奥御殿老中御用部屋に信綱と神尾元勝が再び顔を揃えた。

「今日は奥右筆に申しつけて角火鉢を二つにしてもらった。これで少しは部屋の寒さも和《やわ》らごう」

「ご配慮、痛み入ります。ここに参る道々溶け始めた雪に難渋しました」

「徒歩《かち》で参ったのか」

「籠で登城できる身分ではありませぬ」

神尾の言葉は信綱に嫌みに聞こえたがふたりの間にはそれだけの身分差があるということにほかならなかった。

「で、なにか策は浮かんだか」

「浮かびませんでした」

「策なしのままここに参ったのではあるまいな」

「わたしは策なし。しかしながら策は持ってまいりました」

「どういうことか」

「と申すのもわたしの考え出した策ではなく、ある者が考え出した策をこの場に持参した、ということでございます」

「ある者が考え出した策？　してそのある者とは」

「それは伊豆守さまがご存じではありませぬか」

「何を申しておるのかわたしにはまったくわからぬ。まあよい、ある者の詮索は後にして持ってきた策について話してくれ」

「これがある者が考えた策でございます」

神尾は懐から封書を出し、開いて信綱の膝元に置いた。絵図面だった。

信綱は食い入るようにそれを見る。

「おわかりのようにこれは京、大坂などの西国で盛んに使われている深井戸の絵図でございます」

井戸用に掘った穴の崩落を防ぐため、底を抜いた桶《おけ》を垂直に数個を重ねて土留め壁とした絵図が細かい筆遣いで描かれていた。そしてその井戸底を木製の管《くだ》が貫いている。

「この一枚の絵図、伊豆守さまはご存じのはず」

「いやはじめて見る絵図」

「四谷大木戸から甲州街道の道端《みちはし》にこの絵図のような木樋《もくひ》（木製の管《くだ》）を地中に埋め込んで虎ノ門まで敷設いたします。街道の屈曲箇所にはこの絵図のような井戸を設けて木樋の方向を変えてゆきます。むろん木樋にはタレ（勾配）をつけます。木樋の中を流れる上水はタレがあるので滞りなく虎ノ門方向へと流れましょう。また木樋には二町（二百二十メートル）ごとにこの図のような井戸を設けます。井戸の役割は上水を町民に給するためと木樋が詰まった折に井戸に下りて、そこから詰まりを取り除くため」

「四谷大木戸から虎ノ門まで設ける井戸の数は」

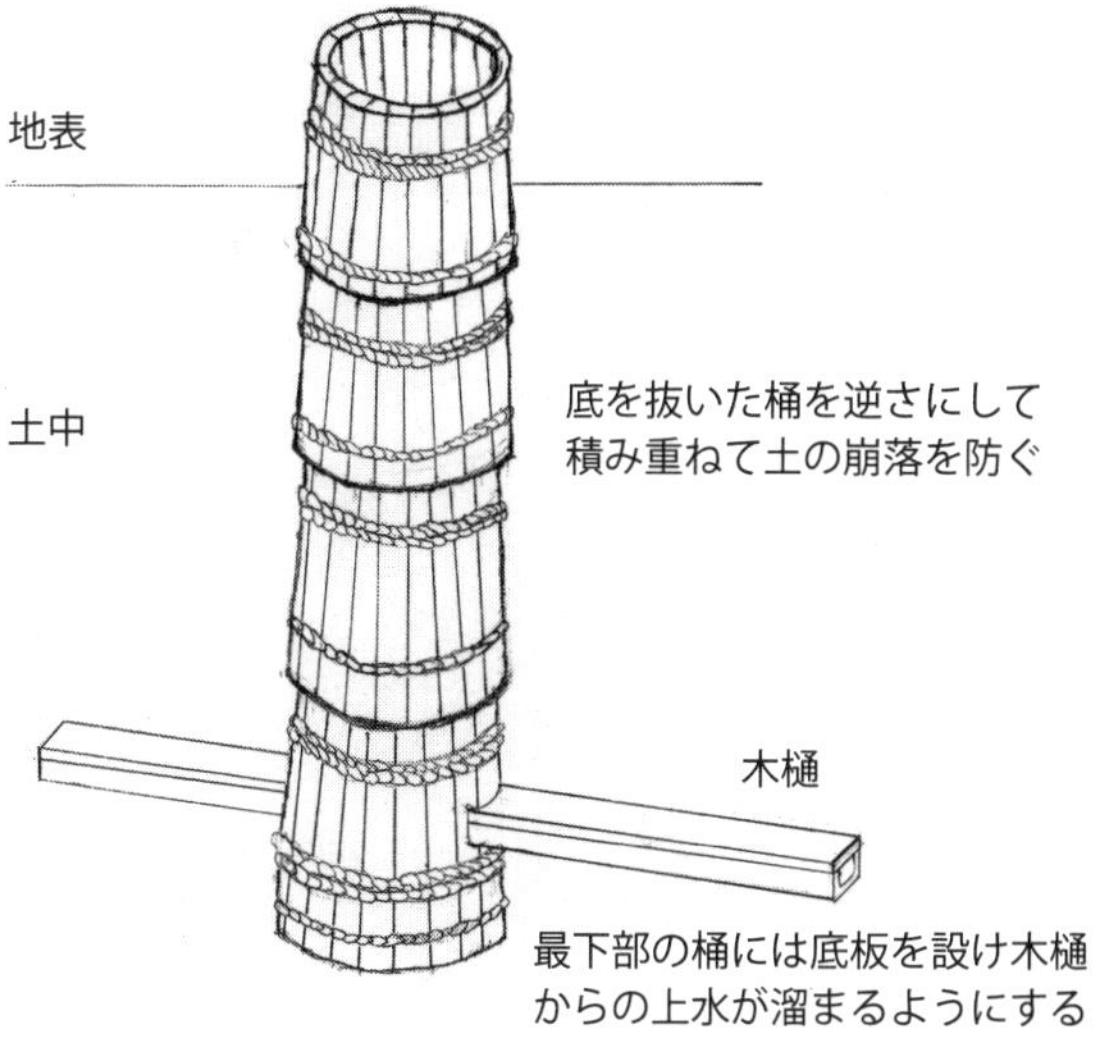
地表
土中
底を抜いた桶を逆さにして
積み重ねて土の崩落を防ぐ
木樋
最下部の桶には底板を設け木樋
からの上水が溜まるようにする

図—9　深井戸と木樋

「その間の里程はほぼ一里。となれば二十か所ほど。井戸は人の集まる所。街道沿いにしかも二町ごとに飲み水を給する井戸があれば江戸の民はどんなに喜ぶか」

「井戸は街道の道幅を狭めることになる。城下の道を差配するは町奉行の神尾どの。その神尾どのは異議を申し立てぬのか」

「街道の道幅を狭める箇所は井戸のあるところのみ。人馬の往来にさしたる障害にはならないと存じます」

「昨日の神尾どのは、一寸でも道幅を狭めるような仕儀となれば幕閣らは首を横に振る、と申し立てたのではなかったか」

「申しました。しかしこの妙策に幕閣が首を横に振るならば、わたしが必ずや説得してみせます」

「よう申された。じつは昨日、神尾どのに強く言いすぎたのではないかといささか気になっていた。府内の上水普請は町奉行の肝煎《きもいり》が欠かせぬからのう」

「伊豆守さまとわたしが上水堀で思いが一《いっ》になったのは、この一枚の絵図面があったればこそ。そこでこの絵図面を届けた者の正体を教えていただけませぬか」

神尾はあらたまった顔で訊いた。

「封書にはこの絵図以外に身元を明かすような書き付けなどが添付されておらなかったのか」

「この絵図面一枚のみ。一字の文字も書かれておりませぬ」

「するとこの絵図面を見ただけで神尾どのは、甲州街道に木樋を埋設すること、木樋の屈曲部に井戸を設けること、井戸は二町ごとに作ること等々の構想を思いついたのだな」

「いかにも」

「おそらくその者は神尾どのならば、この絵図から秀逸な策を思いつくであろうと思い、ひそかに絵図面を届けたのであろう」

「昨日の伊豆守さまとわたしのやり取りを知っている者でなければ、このような仕儀に及べませぬ。わたしは昨日のことはだれにも口外しておりませぬ。となれば伊豆守さまのご配慮としか思えないのでございます」

「その詮索は無用といたせ。よしんばその者の正体がわかったとしても、おそらく神尾どのはその者を存じてはおるまい」

「ではこれは伊豆守さまのご配慮」

「いや、断じて違う。わたしの差し金ではない。余計な詮索はやめてその絵図面を神尾どのに届けた者の心情を察してやれ」

「その者の心情とは」

「まだわからぬか」

「はて」

「もし一晩寝ずに考え続けても策が浮かばぬとしたら、神尾どのはなんとした」

「南町奉行の職を辞す伺い書を懐にしてここに参上する覚悟でした」

「そうならぬようにとその者は慮《おもんばか》ったのであろう。むろんわたしは伺い書など受け取らぬ。受け取らなくとも神尾どの面目は潰れたことであろう」

「御意」

「そうなれば、神尾どのとわたしの間に亀裂《ひび》が入る、ある者はそうも思ったに違いない」

「ますます伊豆守さまのご配慮と思えるようになりました」

「いや、わたしはそれほど人がよくない」

「伊豆守さまでないとすればいったい誰が？」

「だから詮索はやめよと申している。その者が絵図を神尾どのに届けたのは、ひとえに上水を江戸市中に引きたいがため。それには神尾どのとわたしが心を一にすることが肝要、そのように思ったにちがいない。そしてその者の思いはみごとに叶ったということだ。そうであるなら、その者が何者であるかなどという詮索はやめてふたりで手を組み、羽村から四谷大木戸、大木戸から虎ノ門までの上水普請をやり遂げようではないか」

　そう言って信綱は今までの厳しかった顔を収めて柔和な眼差しを神尾に向けた。

――今の一言をもってその者は伊豆守の差し金。それをわしに負担と感じさせぬように知恵をまわす。これが知恵伊豆と呼ばれる所以《ゆえん》か。それにしてもみごとな懐柔、この男についていくしかない――

神尾は心中で呟きながら深々と頭をさげた。

第六章　近江屋

（一）

承応二年（一六五三）一月十五日。
松の内も終わった江戸にようやく活気が戻ってきた。
四代将軍家綱への新年の挨拶に登城する二百家を超える諸大名らの姿も見かけなくなった城内、奥御殿の一室に将軍の臨席を仰いで会議が開かれた。
臨席者の顔ぶれは、
将軍補佐役の保科正之と水戸光国（光圀）
大老酒井讃岐守忠勝、老中井伊掃部頭《かもんのかみ》直孝、松平伊豆守信綱、阿部豊後守忠秋

作事奉行　牧野織部《おりべ》
南町奉行　神尾備前守元勝
関東郡代　伊奈半十郎忠治
勘定頭《がしら》　曾根吉次《よしつぐ》
それに奥右筆三名
いわゆる幕閣と呼ばれる家綱政権の重鎮たちが正月早々に顔を揃えたことになる。
余談だが勘定頭はおよそ五十年後の宝永年間（一七〇四〜一一）に勘定奉行と名称変更し、寺社奉行、町奉行と並んで三奉行と称されるようになる。
十三歳の祝賀を受けたばかりの家綱が軽く頭をさげる。
居並ぶ面々が深く平伏する。
「面《おもて》をあげよ」
家綱の声はまだ声変わりがしていないのか高くて厚みがない。
「上様のご臨席を仰いだのは昨年九月。その席で〈御府内の水不足を解消するために新たな上水堀を作る〉ことが決まり申した。此度、伊豆守ならびに郡代の両名の足労によってその素案が仕上がった。そこで上様並びにわれらに素案の中身を伊豆守から披露していただく。その後ここに参集した方々にて論議を重ね、衆議が一決すれば普請を始める手続きに入ることにいたす」

保科正之が姿勢を正しやや高ぶった声で告げた。声高になったのは幕閣の誰も彼もが一癖も二癖もある面構えをしていたからである。正之は江戸に出てきてまだ一年余しか経っていない。ここに集まった面々は幼少期から江戸に親しみ江戸を知り尽くした者ばかりである。こうした彼らに気後れしていることを気づかれぬためにわざと声音《こわね》の基調を上げたことを正之はもとより承知しており、それを苦々しく感じていた。

正之の言を受けて松平信綱は奥右筆に、

「方々に素案書をお配りいたせ」

と命じた。奥右筆はかねてより信綱から渡されていた四枚綴りの半紙を各人に配布した。渡された参集者は半紙に目を通す。

綴りの一枚目に羽村取水口備（施設）の概略図とタマ川の川筋を示した図。

二枚目は羽村から四谷大木戸までの上水堀経路図と上水堀の断面図。

三枚目は四谷大木戸から虎ノ門までの木樋埋設と井戸設置箇所図。

四枚目には前三枚に描かれた図に関連する数値、たとえば羽村から四谷大木戸までの上水堀総延長、上水堀の幅と深さ、木樋の径、井戸の数等々が記載されていた。

その四枚綴りの素案書は信綱が安松金右衛門に命じて作らせたものである。

信綱はあらためて列席者の面々に目を遣る。

——上様はお話申してもおわかりになられまい。保科さまは皆をまとめるだけで手一杯。弱年の水戸さまは口をはさまず静観するのみ。大老の酒井さまは御高齢、自領小浜藩から江戸にお戻りになられたばかりでお疲れの様子。井伊掃部守さまは一貫して上水堀普請に異を唱えておられる。阿部どのはこの場の成り行きを見定めているだけで自分《おのれ》はなるべくこの件に関わりたくないと思っている。勘定頭の曾根吉次どのは上水普請にどれほどの銭がかかるかだけが関心事。すると上水堀普請に正面から向き合っているのは郡代の伊奈どのと南町奉行の神尾どのだけ――

心中でそう思いながらも素案書にそってゆっくりと説明し始めた。

小半刻（三十分）を過ぎたとき、

「上様の御臨席はこれまででござる」

正之が信綱の話を中断させた。

「上様は御用繁多で御退席なさるが、このまま衆議を続け、しかる後、上水普請にこぎ着けるよう取り計らえ、とのお言葉いただいている」

それを待っていたように家綱は席を立った。全員が平伏する。家綱は部屋外に控えさせていた表小《おもて》姓の先導で部屋を後にした。

それまで息を詰め姿勢を正して信綱の話に耳を傾けていた面々は膝を崩して両腕を上げ、肩の突っ張りをほぐす。座は一気にゆるんだ。幼君ではあるが家綱の臨席は幕閣らに強烈な威圧となっていたのだ。

「引き続き伊豆守どのには素案書にそって話していただく。だが手短にお願いする」

保科正之がやや砕けた声で告げる。

それから半刻（一時間）ほどで信綱の説明は終わった。

「この上水普請素案書に質《ただ》したき事柄はありますかな」

正之が問う。

「木樋《もくひ》、なかなかの策。これは伊豆守の発案か」

大老の酒井忠勝が私見を述べる。

「神尾どのでございます」

なんの躊躇もなく信綱が答えた。

「取水口のことだが、この素案書の絵図だけではちとわかりにくい。どうにかならぬのか」

井伊直孝が訊く。

「取水口の備《そなえ》（施設）は川普請となります。川普請はやってみなければわかりませぬ。それゆえこのような概略図となり申しました」

「やってみなければわからぬとは恐れ入る。やってみてうまくいかなかったとなれば、いかがいたす」

――この男、相変わらず上水普請が気に入らぬとみえる。老中としてすでに上水普請は行うと決まっているはず、それをなにを今さら――

そう思いながら、

「そのご懸念は無用でございます。幕府には伊奈流をもって任じる郡代伊奈半十郎どのがおられます。伊奈流は川除きの術、その実績は周知のこと」

皆が伊奈半十郎忠治に目を向けた。

「川は常に変わり続けております。今日の瀬は明日の淵となります。その川中に堰を設け河水の流れを変えて取水口に導くには川相を調べあげ、梅雨、野分《のわき》（台風）による出水と水勢を見定めねばなりませぬ。今は野分の時期にあらず。野分の襲う七月、八月が過ぎれば詳細は明示できましょう。申し添えますがこれまで伊奈流をもって川普請がうまくいかなかったことは一度もありませぬ」

忠治は〈一度もありませぬ〉の一語に意を込めて言い切った。

質疑応答はそれからも続いたが、素案書に深く精通している信綱と上水普請のなんたるかを知らない幕閣では所詮、信綱の卓越した弁舌の前には頷くしかなかった。

「どうやら伊豆守どのの説明《ときあかし》に得心なされたようじゃ。では本題に入らせていただく。本普請の施主は徳川家綱公、ご異議ござらぬな」

保科が強い口調で告げる。これはすでに将軍補佐保科と大老酒井の間で合意していて、家綱からの内諾も得ていた。とは言え十三歳になったばかりの家綱に是非を判じられる知識などあるはずもなかった。

「異議ござらぬ」

参集者ことごとくが口を揃えた。

保科の顔には、

――異議などあるはずもなかろう――

という思いがありありと浮かんでいる。

「次の討議に入る前に申し伝えておくことがある。伊豆守どのからそのことを話してもらう」

保科が続けた。

「将軍を施主に仰ぐ、そのような大きな普請は本来なら幕府の直轄普請が筋。だが此度はその法をとらないことにいたしました。すなわち市井《しせい》のしかるべき組に上水普請を請け負わせることにいたしました。これはすでに老中会議で決まったことでござる」

信綱は皆の反応を確かめながら伝えた。組とは組織の意であり、ここでは土木業者のことである。

「市井のしかるべき組に請け負わせるとは驚きでござる。請け負いとは普請のはじめから終わりまですべてに責任をもたせて行わせるということでござろう。そのような法を老中方がお決めになったのはなにゆえでござるか」

普請（工事）の発注形態に通じている作事奉行牧野織部が声を大にして問うた。

牧野の言に一理あるとほかの幕閣も思ったのか一瞬座がざわついた。すると信綱が、

「老中方が請負普請に決めたのには理《ことわり》（理由）がござる。それはこの上水普請が万が一立ちゆかなくなった節、その責を上様でなく請け負わせた市井の者に負ってもらうためでござる。この普請を幕府直轄で行い頓挫いたせば、その責は施主すなわち上様がとることになりましょう。そのようなことは断じてあってはならぬ、そう老中方は慮《おもんばか》ったのでござる。それにもう一つ、普請に掛ける銭をなるべく低く抑えるためでござる」

教え諭すような柔らかな口調である。

「市井の組にこの普請を請け負わせれば銭を抑えられますのか」

銭と聞いて勘定頭《がしら》曾根吉次が割って入った。曾根は幕府の金蔵を一手に握っている。

「上水普請を請け負いたい組に上水普請素案書を示して普請費を見積もらせる。それを見積書として出してもらう。その見積書のなかから最も低い見積額を示した組にこの普請を請け負わせる」

「この上水普請素案書だけで見積書を作成するには無理がある。もう少し詳しい事柄を記した資料が必要でござる」

牧野は四枚綴りの素案書では詳細な見積もりはできないと見抜いている。

「もとより承知しておる。ご懸念は無用。請け負いたい組に渡す素案書には、掘り起こす土の量、人足の数、使用する材料、普請日数等々を別途添付いたす」

伊豆守は動ずることなく応じた。

「上様施主の上水普請とあれば請負者の名は江戸中に知れわたる。多くの組が請け負いたいと名乗り出るのではなかろうか。中には組の名を高めることしか考えぬ不埒な者もおろう。そう言う者は名をなそうと普請費を安く見積もるやもしれぬ」

牧野がさらに言う。

「そのような輩《やから》を入れぬため請け負わせる組は前もって吟味する」

信綱がそっけなく言った。

「誰が吟味役をなさるのか」

牧野が厳しいことを言う。

「その役は町奉行神尾どのに担っていただく。町奉行は府内の道普請などを組に命じて行っておるゆえ、優れた組をよく知っている」

伊豆守に突然名指しされた町奉行神尾はあっけにとられたが、老中が決めたこととあっては断ることも能わず、黙っているしかなかった。

「吟味して、よろしし、となる組は一つや二つではないと存ずるが」

牧野が執拗に食い下がる。

「左様、数多《あまた》の組となろう。その中からこれはと思う組を神尾どのに選んでもらう」

「わかり申した。では神尾さまが選んだ数組が差し出した見積書の吟味はどなたがなさるのでござるのか」

「老中がしかるべき者に命じて厳しく吟味させる」

執拗に問いをくり返す牧野に信綱の口調はだんだんきつくなる。

「しかるべき者とは」

さらに牧野が問う。

「まるで他人事のような牧野どのの言いよう。老中は吟味役として作事奉行牧野どのを任ずるかもしれませぬぞ」

牧野はこの一言を信綱の脅しととったのか、

「わたしごときより伊豆守さまの方が吟味役として適任ではありませぬのか。わたしにはこの普請がいかほどかかるのか見当もつき申さぬ。伊豆守さまなれば御見当がついているのではありませぬか」

いささかムッとした顔で信綱を睨んだ。

「さていかほどか。しかしどうしてもと申されるなら一万両を超えるか超えぬか」

座に衝撃が走った。

「一万両でござるか」

勘定頭の曾根は目を丸くして聞き返した。

「大きな川普請を伴う取水口備の築造、十里（四十キロ）に及ぶ上水堀の敷設、四谷大木戸での受水口の築造、そして四谷大木戸から虎ノ門までの木樋埋設と井戸の設置。二千や三千両ではとても能わぬと思われる。万が一のことを考えて勘定方には一万両ほどを用意していただきたい」

「そのような大枚、幕府の金蔵にはない」

曾根がひと言のもとにはねつけた。

「わたしは上様から命を受けて江戸にあらたな上水を引くため郡代らと今日まで奔走し、やっとの思いで素案書を作りあげた。この素案書は上様の命に十分応えられると自負している。この上水普請素案書が素案として日の目を見ないまま終わるのか、はたまた上様が公になされた〈江戸にあらたな上水を引く〉ことになるのかは、勘定頭の曾根どのが金蔵を開くか開かぬか、その英断にかかっており申す」

曾根の顔がゆがんだ。普請にかかる銭を訊いたばかりにいつの間にか自分《おのれ》が上水堀工事を起工するかしないかの英断をしなければならない立場に追い込まれことに気づいて唖然とした。曾根はこの席に臨むに当たって、信綱らが説明におよんだ素案書をさらりと見るだけにして、最後に〈幕府の金蔵にそのような大枚な銭は眠っておらぬ〉と一蹴すれば、信綱は頭を抱えて〈素案書を練り直す〉と述べるに違いないと高《たか》をくっていた。それが金蔵に銭がないのは勘定頭の怠慢と言わんばかりの信綱に曾根は怒りがこみ上げてきた。

「ない袖は振れぬ。そう申すしかござらぬ」

曾根は怒りを抑え、つとめて穏やかな声で告げた。

「郡代も町奉行もそしてこの信綱もない知恵を絞りに絞ってこの素案をひねり出した。ならば曾根どのも知恵、いやない袖を振りに振って金蔵から一万両の銭を引き出せるような策をお考えなされ」

「再度申す。ない袖は振れぬ」

「わかり申した。ならばその旨を上様に言上なされよ」

「そのような畏れおおいこと、勘定頭から言上能うはずもござらぬ」

「では老中であるこのわたし松平信綱が直々に上様に言上いたす。ただそうなれば、勘定頭である曾根どのは上様の尊顔に泥を塗ることになりますぞ」

「なんと、泥を塗る、ですと」

曾根はあまりに強烈な信綱の一語に驚愕した。

「上様は万民に〈江戸にあらたな上水を引く〉と公約なされた。その公約が反故《ほご》となれば、上様は万人に嘘をついたことになり申そう」

曾根は、ううっ、と唸って口をぱくぱくさせたが言葉にならなかった。幕閣らは今さらながら信綱の有無を言わせぬ弁舌に舌を巻き、あらためて〈知恵伊豆〉と呼ばれている所以《ゆえん》を思い知った。

「この期に及んで銭がないと申して上水普請を撤回するなどできるはずもない。上様のご臨席を仰いだのはこの普請の決定をみたからである。曾根どのの言い分もわからぬではないが、普請に掛かる銭を工面できるよう勘定方が総力を結集して当たられよ」

保科正之がとりなすように言った。

「言葉が過ぎ申した。金蔵に銭がないことは老中であるわたしが知らぬわけではない。曾根どのの苦衷はよくわかっておるつもりじゃ。だが江戸の水不足は最早やくるべきところまできてしまった。これを放置すれば江戸のこの先の繁栄は望めぬ。それを憂えた幼君家綱公はあらたな上水を江戸に引くことを将軍就任最初の大業としてお取り上げなされたのでござる。ここは保科さまをはじめ大老、幕閣の皆さまが一になって幼君家綱公をお支え申し〈四代将軍は幼少にして名君〉と万人に知らしめることが肝要かと存ずる」

信綱は声を落として神妙な顔つきで言った。幕閣らは下を向いて信綱に目をあわせようとしない。おのおのが信綱に激しく非難されているように思えたからである。

座がしらけるのを案じた保科は、

「この普請は市井の組を請負人とすることに決まった。しかしながら施主が将軍であってみれば幕府がまったく手を出さぬというわけにはまいらぬ。そこでこの上水普請を上様の名代として奉行する者を決めたい。どなたか名乗り出る者は居らぬか」

保科正之の問いかけに応じる者は居なかった。それは当然のことで、金蔵に銭がないことが明白である以上、この普請が支障なく進むとはだれひとり思っていなかったのだから。

〈奉行〉とは上命を奉じて公事《くじ》を執行する者のことである。ここで上命とは家綱の命令、公事とは上水普請を指すのは言わずもがなである。

「上水普請に関して老中は当初から伊豆守どのに任せて今にいたっておる。いまさらほかの者が奉行に就いたとてうまくいくわけがござらぬ」

井伊直孝が決めつけるように言った。

「お言葉ですが、わたしがこの素案書を皆さまにお示し、説明《ときあかし》した今では幕閣の誰でもが等しく奉行いたせると考えております。それにこの普請は請負と決まりました。ならば奉行すると申しても羽村に出張って汗水垂らすこともありませぬ。井伊さまでも担えましょう」

でも、のひと言に井伊は一瞬鼻白んだが、奥歯を噛んでこらえると、

「そう言われても、やはり伊豆守どのをおいて適任者は居らぬ。皆の衆いかがかな」

とってつけたようなやんわりとした口ぶりで返した。

「わたくしも伊豆守さまを推し申す」

先ほど直轄普請にこだわった作事奉行牧野織部が再び口を開いた。すると南町奉行神尾備前守元勝、関東郡代伊奈半十郎忠治も賛意を示した。

「もう一度訊く。名乗り出る者はおらぬか」

保科はしばらく待ったが名乗り出る者が居ないとわかると、

「どうやらだれも引き受ける者は居ないようじゃ。となれば伊豆守どのに上水奉行に就いていただくしかない。老中の役儀も果たさねばならぬ身でさらに多忙となろうが、断ることはならぬ」

保科は意を込めて強く言った。

かつて保科は家綱将軍の補佐役に就くに当たって、松平信綱を協力者として選んだ。保科にとって

信綱が上水奉行になればそれだけ繁多となる分、信綱の協力は得にくくなる。しかし奉行役に名乗りでる者が居ない以上、信綱に担ってもらうしかなかった。

固唾を飲んで皆は信綱を注視する。

――皆はわたしに奉行役を押しつけてさぞや安堵しておることであろう。この普請はうまくいって当たり前、不首尾に終わればいくら請負普請であるといっても請負人に不首尾の責任すべてをとらせただけですむことではない。奉行役に就いた者も連帯責任を負うのは明白。軽くてお役御免、悪くすれば切腹もある。そんな危ない奉行役を引き受けるなどとんでもない。ここに臨席した者の本音はそんなことであろう――

信綱は心中で呟いて、

「お受けいたす」

ひと言一言区切るように告げた。

案の定、皆の顔に奉行役を逃れたという安堵の色がありありと浮かんだのを信綱は見逃さなかった。

「それは重畳。重畳であるが皆にひと言申しておかねばならぬ」

保科は喉に痰がからんだのか、口に手を当ててことさら大きな咳をし、

「上様を施主と仰ぎながら誰ひとり奉行役を引き受けようとせぬのはどうしたことか。このことを上様がお知りになられたらどのような思いを持たれるか、とくと考えられよ」

最後の声が嗄《しわが》れる。保科はあたり構わず再び大きな咳をし、それから苦々しげに口をゆがめた。

三方が奥庭に接する広い部屋に障子を通して冷気が入り込んでくる。炭櫃《すびつ》は将軍臨席もあって部屋の四隅に置かれているが、新年を迎えても去らぬ厳寒に耐えられるほどの暖はなかった。

その寒さから少しでも速く逃れたいのか保科正之（将軍補佐）と酒井忠勝（大老）は衆議の先を急いだ。

そうして決まったのは、上水奉行を支える者として伊奈半十郎忠治と神尾元勝が任命された。両名の役職名は〈水道奉行〉と決まった。また信綱の奉行名称は〈上水総奉行〉と決まった。

伊奈水道奉行の役割は羽村の取水口施設と羽村から四谷大木戸までの上水堀を築造する工事の目《め》付《つけ》。

神尾水道奉行の役割は四谷大木戸に設ける上水受け口所《どころ》の築造工事と四谷大木戸から虎ノ門までの甲州街道に木樋を埋設する工事の目付である。

〈目付〉とは監視するという意である。請負工事であるので現場での監督はしなくてよい立場であるが、請負人が不正を働かぬか、あるいは工事で手を抜かぬかを監視することは請負工事では必須のことであった。

「江戸には二つの上水がすでにあります。二本には神田上水、溜め池上水なる名がつけられております。そこで此度の上水にも名をつけていただきたい」

信綱が散会を告げようとする保科をさえぎるようにして言った。

「そう言われれば確かに名称がない。わしらは上水とか上水堀とか申しているだけであったな」

保科はなるほどと言った顔で、

「タマ川の水を江戸の飲み水とするのであろう。ならばタマ川上水と命名すればよかろう」

こともなげに言った。

即決、誰にも異存はなかった。


幕閣らが去って残ったのは伊豆守、伊奈、それに神尾の三名だった。

「お互い厄介な役を仰せつかったが投げ出すわけにはまいらぬ。そこで神尾水道奉行にはタマ川上水の普請を任せるに足る組、五組ほどを選んでほしい」

「早速心当たる組を選び出します」

「選んでもらうことにして神尾どのならどのような心得で五組を選ばれる」

「上水堀の里程は十余里。生なかな組では為し遂げられませぬ。まずは府内で手広く普請（土木事業）を手掛けている組から選び出す所存」

「わたしもそれでよいと思うが、そうした大所帯の組は四組にして、一つだけ所帯（企業規模）は小さいが上水普請に確かな技（土木技術）を持っている組を選んでほしい」

「小さな所帯ではこれだけの大きな普請、任せられないのでは」

「かもしれぬ。だがそうされよ」

上水工事の経験なら多かれ少なかれ、企業規模の大きい土木業者なら持っている。それをあえて一組だけ小さな業者を選べと命じる信綱の意図を神尾は計りかねた。

――知恵伊豆と呼ばれているお方。此度の幕閣評議ではその噂通りの知恵をまざまざと見せつけられた。なにゆえ一組だけ小さな所帯の組を入れさせるのか伊豆守さまの心底はわからぬが、決して一時の思いつきではない。これには深い理由《わけ》があるに違いない――

神尾は心中で呟き、

「しかと承《うけたまわ》りました。五組については後日、上水総奉行へお伝え申します」

とおもねるように言った。

「さて、伊奈どのにも至急頼みたき儀がある。先ほどの幕閣評議にて老中井伊直孝さまとやり取りした節に取水口備《そなえ》（施設）の詳細は、野分が過ぎた後でなければわからぬ、そう伊奈どのは申しましたな」

「いかにもそう申しました」

「それはわたしを庇うため、そうわたしは受け取った。真《まこと》は野分襲来の後でなくともタマ川に築く堤や堰、さらには取水口備の形のおおよそはわかっているのではないか」

「御意」

伊奈はにやりとした顔を信綱に向ける。

「そこで伊奈どのには、羽村取水口備の築造費の概算額を算出してほしい」

「わたしが出さなくとも選ばれし五組がおのおの算出してくると思われますが」

「上水堀、木樋の敷設にかかる普請費はおそらく五組ともさしたる違いはない。なぜなら五組に渡す素案書には普請費を算出するに足る数値を別に添付しておくからだ。しかるに取水口に関しては素案書のなかにほとんど記載されていない。五組はそれぞれの思惑で築造費をひねり出すに違いない。タマ川上水を総奉行する者として、取水口備の築造費のおよそを前もって知っておきたい」

「心得ました。伊奈家には神君家康公江戸入府以来、関東一円の河川治水に携わった記録書がたくさん残されております。その記録を紐解けば羽村取水口備にどれほどの銭がかかるかわかるでしょう」

伊奈はことさら神君家康公の一言に意を込めた。

（二）

日比谷（現東京都千代田区日比谷）は家康が江戸入りする前までは江戸湾に面した一漁村にすぎなかった。

この寒村が江戸城のお堀を作る際に出る膨大な掘削土の処分地となった。漁民らを追い出し掘削土で湾岸を埋め立てたその土地は広大。ここに武家屋敷と町家が建ち並ぶことになった。

近江屋はこの埋め立て地である日比谷にある。敷地百五十坪に建つ屋敷は塀もなくどこからでも出入りできた。

近江屋は普請（土木業）を家業にしていて江戸城築造時には堀の掘削、土の運搬、石垣積みなどを請け負った。

江戸城は約三十年の歳月をかけて寛永十五年（一六三八）に完成をみた。

その完成三年前の寛永十二年に参勤交代の法が施行される。

参勤交代とは江戸幕府が外様大名に課した義務である。

その義務とは外様大名が隔年交代で石高に応じた家臣を率いて江戸に出仕し、将軍の統制下に入り奉仕するということである。

外様とは徳川氏の家門またはその家臣でなく、主として関ヶ原の戦《たたかい》後に徳川家に臣従した大名を言う。

後にこの制度は譜代大名にも適用されるようになる。

譜代は関ヶ原の戦以前から徳川氏の家臣であった大名のことである。

この制度によって外様大名らは江戸府内に屋敷を構え、随身の家臣らもその近隣に住居を建てるようになった。

大名の居住地は幕府で用意したが随伴の家臣らのそれは自前で探さなければならなかった。すでに府内は城を囲むようにして旗本、御家人、町民、百姓、漁民らの家屋敷が密集して、あらたな家屋敷を建てる空地などほとんど残されていなかった。

土地の値段は跳ね上がった。

こうした世情の中で近江屋の初代当主が病没する。

近江屋の身代を引き継いだ床右衛門は父の死を機に城普請から手を引いた。

江戸城築造はすでに普請（土木工事）から作事（建築工事）に移り、その作事もそろそろ終わりかけ先細りするのは目に見えていたからである。

床右衛門は外様大名の家臣らが土地を求めて奔走する様を見て、これを家業に結びつけることができないかと考えた。思いついたのが空地を探し出し、その地を整備し宅地として彼らに高値で売りつけることであった。

床右衛門は手下《てか》三十名ほどを指揮してひたすら土地取得と宅地造成に邁進した。そして十五年経った承応二年（一六五三）の今、転業はみごとに奏功し近江屋の身代は先代をしのぐ規模となった。

しかしその業からも近江屋は手を引こうとしていた。江戸への人口流入はその勢いを増して土地の需要は続いていたが、近江屋のような同業者が次々に参入し、商売のうまみが半減したからである。

二十歳で近江屋二代目を継いだ床右衛門は三十五歳になっていた。

日比谷の屋敷で妻女葉《よう》と暮らしている。


「松の内はとうに過ぎた。昼酒は慎め」

自邸に招いた弟の清右衛門の顔は酒で赤い。

「年明け早々から業《ぎょう》（仕事）が無《ね》えんじゃ、酒でも飲んでいるしかあるめぇ」

清右衛門は床右衛門より五つ年下の三十歳。独り身である。五年前、床右衛門が妻帯したのを機に日比谷の屋敷を出て日本橋蛎殻町《かきがら》に一軒家を借りて住んでいる。

「なにもせず酒を飲んでいるだけでは業を見つけられるはずもない」

「それでオレに酒を断って業を探してこい、とでも言うのか」

清右衛門は床右衛門に顔を近づけてのぞき込むようにした。酒臭い息が床右衛門にかかる。

「そのようなこと言ったとて無駄なことはわかっている。今日呼んだのはほかでもない。近頃おまえは南町奉行所から呼び出されるような後ろめたいことをしでかさなかったか」

顔をそむけて床右衛門が質した。

「南町奉行？　ばか言うな。オレが悪事など働けんことを誰よりも知ってるのは兄じゃだろうが」

「知っている。喧嘩早《ぱや》くって、そのくせ弱いこともな」

「オレが弱いだと」

「いつも負けるではないか」

「そりゃ違う。オレはひとりを相手に喧嘩したこたぁねぇ。喧嘩相手はいつも四、五人だ。ひとりのオレが勝っちまったらそいつらの面子《めんつ》が立たねえじゃねぇか」

「だから負けてやる、おまえの口癖だな。少しは自重しろ」

「そんなことで呼びつけたのか。オレは正月からこっち、奉行から呼び出されるような悪行《わるさ》も人との諍《いさか》いもした覚えは無《ね》ぇ」

「おかしいな」

「なにが」

「今朝方早々、わたしの許に南町奉行所の与力が参って、清右衛門ともども奉行所に出頭せよ、と申し渡された。わたしには呼び出されるようなことをした心当たりがない」

「だからオレだと言うんじゃあねぇだろうな」

「それしかあるまい。胸に手を当ててよく考えてみろ」

言われて清右衛門は酔眼を見開き上を向く。

「ない」

一呼吸おいて清右衛門は断じた。

「まあ、よい。明日奉行所に行けばわたしかおまえかわかろう。言っておくが奉行所ではそのようなぞんざいな口利きは慎め」

「そのまま牢送りとなることを考えて、オレは着替えを用意して町奉行所に出向くことにする。兄じゃの分も用意しておこうか」

冗談とも本気ともとれる言い方をした。

（三）

江戸府内に町奉行所は二つある。

南町奉行所と北町奉行所である。

江戸の南部地区を取り締まるのが南町奉行所、北部地区を取り締まるのが北町奉行と思いがちだがそうではない。二つの奉行所がたまたま南と北の位置関係にあったからで南、北は地理的の呼称に過ぎない。

奉行所は老中の支配下に置かれており、南と北が月番交代で職務を遂行した。つまり奉行所の役人は一月《ひと》働けば一月休めるのだから、今から比べると実に楽な職場といえる。

町奉行の職務は武家地、寺社地を除いた江戸市中の行政、司法、警察、消防それに府内の土木工事を司った。

この頃、南町奉行所は数寄屋《すきや》橋門内に、北町奉行所は数寄屋橋の北方に当たる呉服橋詰にあった。

南町奉行所の門前に床右衛門、清右衛門兄弟が揃って顔を見せたのは辰刻《たつのこく》を半刻過ぎた頃（午前八時）であった。

両名とも身なりを整えて神妙な顔つきである。

番卒に名乗り出ると、すでに話が通じていたのか心得顔で、門内に入って待つように命じられた。

入って待っていると、一昨日床右衛門に出頭を命じた与力が現れた。

「お奉行がお待ちだ。参られよ」

なにかお咎めを受けるのではないかと思ってできるだけ姿勢を低くして待っていたふたりは与力の丁寧な物言いに戸惑う。

与力はふたりを先導して奉行所内の一室に誘《いざな》った。

「ここで待つように」

そう告げてその場を去った。

「兄上、どうも話が違うようですな。兄上はお奉行さまからお褒めを受けられるようなことをなされたのではありませぬか」

清右衛門は昨日のぞんざいな物言いが嘘のようである。

「兄上などと空々しい。おまえらしくもないぞ」

そう告げた時、

「揃って参ったか」

部屋の襖が開いて神尾備前守元勝が入ってきた。

「年頭の祝賀にも伺わず、御無沙汰をしております」

床右衛門は居ずまいを正して頭《こうべ》を深く垂れた。清右衛門もそれに倣《なら》う。

「わしこそ歳暮の礼も申さず無沙汰をしておる」

ふたりの前に座した元勝は鷹揚に軽く頭をさげる。

町奉行が府内普請事《ふしんごと》（土木工事）を司《つかさど》っている以上、普請事を家業とする近江屋としては元勝への盆暮れの付け届けは欠かせない恒例事である。

「して本日のお呼びは」

顔を上げた床右衛門は恐る恐る訊いた。

「そのことだが、その前に質したき儀がある」

――やはり何かお咎めを受けるのか――

そう思いながら床右衛門は思わず弟と目を合わせた。清右衛門は涼しい顔をしている。清右衛門が地位のある幕臣の前でも物怖じしないのは小さい頃からで、兄の床右衛門はそうした弟の図太さが時として頼もしくうらやましく感じることがあった。しかし、今回に限っては頼もしさより案ずる方が大きかった。

「なんなりと」

床右衛門は身構えるように姿勢を正し、顎をひいた。

「ほかでもない、近江屋の先代のことだ」

「先代と申しますと父一右衛門《かずえもん》のことでございましょうか」

「左様一右衛門どの。奉行所の記録によれば先代は神田上水の普請を手掛けたとある」

「ずいぶんと古い話。たしかに生前父からそのようなことがあったと聞いております」

「それから幕府直轄地である近江八幡の上水普請、さらに桑名御用水の普請も手掛けたと記されている」

「桑名御用水の普請は寛永六年（一六二九）ですからわたくしが九歳の頃かと思います。幼いながら父に連れられて桑名に赴いたことを覚えております」

「近江屋の屋号は近江八幡の上水普請の功により奉行所が許したとも記されている」

「そのように父からは聞いておりました」

「つまり先代の近江屋は幕府直轄の上水普請を手掛けてきたというわけだな」

「父の代ではそのようでしたが、わたくしの代になってからは上水普請は絶えてなく、今は神尾さまもご存じのようにお大名方のご家来衆が住まう土地や屋敷の周旋に傾注している次第。しかしそれも少なくなりました」

　床右衛門は元勝の問いかけに応じながら、なぜそのような質問をするのかわからない。

「近江屋には先代の許で勤めた手下《てか》（人足）がまだ残っておるのか」

「今、手下は三十人ほど。その中で父の代からの手下は半分ほど」

「相わかった」

　神尾元勝は言い置いて、

「そこで訊くが、将軍家綱公の御名にて上水を府内に引く、との公示がなされたこと覚えておるか」

と続けた。

「覚えているもなにも組仲間（同業者）の間ではその噂で持ちきりでございます」

「いよいよその上水普請に手をつけることになった」

　その一言で床右衛門は今日の呼び出しにやっと合点がいった。

「それに近江屋も加われ、との呼び出しでございましたか。喜んでお引き受けいたします。して近江屋の組として人足を何人出せばよろしいのでしょうか」

「いや、そういうことではない。今までは御上（幕府）が命ずるままに近江屋は人足を出し、用材を調達して御上から言われた通りに普請に邁進しておれば事足りたが、此度はそれとはちと異なる」

「仰せられていることがさっぱりわかりませぬ」

「此度の上水普請は御上が取り仕切るのはむろんであるが、普請そのもの一切合切すべてを御上に代わって一つの組だけに請け負ってもらう、ということだ」

「つまり幕府御下命の普請を一組が独り占めする、そう思ってよろしいのですか」

「独り占めとは言い得て妙。そういうことだ」

「独り占めする組を幕府はどのようにしてお選びになるのでしょうか」

「独り占めに能うと思われる組をこの南町奉行であるわしが選び出すことになった」

「まさかそれにこの近江屋が選ばれたというのでは」

床右衛門が思わず上体をのり出す。

「早まるな。わしが選ぶのは一組ではない。五組だ」

「その五組が手分けして上水普請を担うのですな」

「今申したであろう、請け負う組は一組だ。選んだ五組からしかるべき手順を経て一組にしぼり、それをもって普請を担ってもらう」

「その五組の中にこの近江屋も選ばれた、そう思ってよろしいでしょうか」

「近江屋は先代を通して上水普請が得手であった。そのことが選ぶ決め手となった」

「選んだ五組からしかるべき手順を経て、と申されましたがその手順をお教え願いませぬか」

「五組には此度の上水普請にどれほどの銭が掛かるかの見積書を作ってもらい、それをわしに渡してもらう。その見積書を吟味してしかるべき一組を決める」

「つまりは見積書の額が最も低い組を指名すると」

「そうとも言えぬ。上水普請に掛かる銭を正《まさ》しく見積もった組。そう申しておこう」

「正しく、でございますか」

床右衛門は首をかしげる。

――上水普請に掛かる銭を正《まさ》しく見積もるなどできるのであろうか。今までは御上の命じるままに、業（仕事）をしていれば、御上が決めた算出方法で出来高にあわせて銭を支払ってくれた。組はそれをありがたく、時には不満をもって受け取るだけであった。そこには見積書などというものは介在しなかった――

「その見積書とやらはいつまでにお出しすればよろしいのでしょうか」

「半月後。期限は守ってもらう。破るようであれば五組から外すことになる」

「たった半月。そのように性急に出せと申されても無理な話。いったいこのような大業を一組にすべてを請け負わせたことなど今までにあったのでしょうか」

「前例はある。古い話だが美濃南宮神社の境内に建てた三重の塔の作事《さくじ》がそれだ」

作事は建築工事のことである。

南宮神社は現在の岐阜県垂井《たるい》町宮代《みやしろ》にある。

この工事は今で言う、〈大型公共工事請負入札《にゅうさつ》〉という形で行われた。工事を請け負いたい組（今でいう工務店等）は幕府が提示した基本計画書（工事明細書、仕様書等）に基づいて、三重の塔の形、高さを自ら設計し、併せて建築工事費の見積書を幕府に提出した。応募した組は十指にあまった。幕府はこれらの組が提出した見積書から一番安い作事費を算出した組に作事のすべてを任せた。

余談だが、南宮神社三重の塔建築工事は日本最初の公共工事一般入札と言われている。

こうした仕組みを江戸期では〈入札《いれふだ》〉と呼んだ。しかし承応年間ではまだこの入札制度は知られておらず、それゆえ採用されたこともなかった。だから府内の普請を専らにする組仲間（土木業界）でも知る者はないに等しかった。

「此度の上水普請はその前例に倣《なら》って御老中方がお決めになったのだ。それについてわしが云々《うんぬん》することはない」

町奉行は老中の管轄下にあることは前に記した。

「となれば、生なかな組ではこの上水普請をやり遂げること能いませぬな」

床右衛門の口調に勢いがなくなった。

――手下が三十人しかいない近江屋だけで果たして上水普請のすべてを請け負えるのか。いやとても能わぬ――

そう床右衛門は思ったが、こうして内密に呼び出されて神尾奉行と相対《あいたい》するにいたっては断るわけにもいかなかった。床右衛門はどうしたものかと清右衛門を窺った。床右衛門の視線を感じた清右衛門は、

「近江屋のほかに選んだ組を教えていただきませぬか」

頓着せずに訊いた。

「聞いてどうする」

神尾は厳しい声で聞き返した。

「…………」

清右衛門はそのようにきつい言葉を返されるとは思ってもみなかったので二の句が継げない。

「よいか近江屋を除いた四組がどこの誰兵衛《だれべえ》かなど知ろうとしてはならぬ。近江屋は選ばれた一組にすぎぬ。選ばれただけでも名誉と思え。謹んで受ければよいのだ」

「わかりました。とは申せ見積書をお奉行に差し出すとなると近江屋はもとよりほかの四組も、見積書作成に欠かせぬ普請（工事）の粗々《あらあら》（概略）をお教えいただかなければ出しようもありませぬ。でありますので粗々について五組が集まり話し合い、考え教え合いしながら」

「馬鹿者」

神尾が一喝した。清右衛門はなぜ神尾の逆鱗に触れたのかまるでわからないように口をあんぐり開けて、

「はあ？」

と顔を前に出す。

「江戸にあって普請を専らにするおぬしらは他国から江戸に流れ込んできた得体の知れぬ男どもを雇い入れて使い回し身代を大きくしてきたのであろう。生き馬の目を抜くような江戸でそれができたのはおぬしらがしたたかで抜け目がなく、少しのことではへこたれなかったからだ。そうしたおぬしらが此度の上水普請を独り占めしようとすれば、他者四組をけ落とさねばならぬ。四者とて思いは同じ。そんな魂胆を抱く五組が一所に集まり、見積書作成に欠かせぬ粗々を考え教え合う、だと？　それで正しい見積書が作れると思っておるのか。見積書は、上水堀に投ずる人足や用材にかかる銭、そのほか普請に欠かせぬ諸々を積み上げ算出して作るものだ」

清右衛門に向けた神尾の目は厳しかった。清右衛門はプイと横を向く。

「け落とすとはきついお言葉ですが、近江屋としては今、神尾さまが仰せられたとおり、ひとつ一つ積み上げて見積書を作ります。とは申せ上水堀の粗々がわからねば作りようがありませぬ」

床右衛門が弟に代わって答えた。

「やっとまっとうな話ができるようになったようじゃ」

そう言って神尾はぽんぽんと二つ手を打った。すると先ほど部屋まで案内してくれた与力が再び現れた。与力は半紙の綴りを脇に抱えている。

「それを近江屋に渡せ」

与力は神尾の命にしたがって半紙の綴りを床右衛門に渡してその場を去った。

「これは上水普請素案書と申す綴りだ。これに上水普請の粗々が記してある。これを見れば見積書を作れるはずだ」

床右衛門は素案書を手に持ってめくる。およそ二十枚はあるだろうか、絵図と細々した数字がびっしりと書き込まれている。

それは先の幕閣会議で提出された上水普請素案書よりはるかに分厚かった。伊豆守信綱が安松金右衛門に命じて作成させたもので、今で言う基本計画書とそれに関する土工量、使用材料、人足数などいわゆる工事に必要な数量明細書であった。

「なんと、このようなもの幕府でお作りになっていたのですか」

床右衛門は一通り目を通したあとで驚嘆の声をあげた。

「ほかの四組も同じように驚いておった。幕府にはおぬしらが知らぬ優れた才能を持つ者が居るのだ」

　神尾はそう告げて、

「この上水普請素案書を携えて羽村から虎ノ門までを歩くことだな。さすれば正しい見積書を作れるであろう」

「この素案書、ありがたく拝受いたします。ところでこの綴りの表紙には〈玉川上水普請素案書〉と表記してありますが」

「左様、それが何か？」

「以前江戸城築造のお手伝いをさせていただいた折に、タマ川の上流から切り出された木材を使いました。その折、幕府の作事方からいただいた書面にはこの玉の字でなく多い少ないの多、また按摩の摩の二文字で表記されておりました」

「細かいところに気づくものだ。この命名は奥右筆がお付けになった。奥右筆は老中の代弁者。そこで玉川と明記したのであれば、世上で（多摩川）の字を多用しておろうとも此度は丸い玉の方（玉川）の字で表記したとてなんの違和もない」

〈多摩川〉〈玉川〉は丹波《たば》川が訛って〈タマ川〉と変化したことは前に記したが、漢字で表記するに当たっては多摩、玉の両方が江戸期には混在する。

　余談だが今でもそれは統一されることなく、玉川大学、多摩美大、二子玉川、多摩動物公園などと思い思いに使われている。よって現今通用している〈多摩川〉の呼称を本編では〈タマ川〉と記載してきたが、これから以後は〈多摩川〉と記す。

（四）

南町奉行所を辞したふたりは帰宅の途につく。

「兄じゃ、この普請を請け負えりゃ、ボロ儲けだ。なにせ此度の上水普請に費やされる銭は百両、二百両の端金《はしたがね》じゃやねぇからな」

「奉行所を出た途端に物言いが乱暴になったな。ボロ儲けなど幕府がさせてくださると思うのか。うっかりすると近江屋の身代をすべてを失うかもしれぬぞ」

「かまうこたぁねえ。近江屋の身代ははじめっから〈失うかも〉などと言えるほど大きかねぇ。ここは一番、なにが何でも敵をやっつけて上水普請を独り占めしようじゃねぇか」

「敵とはお奉行が選んだ四組のことか」

「四組がどこのどいつか知らねぇが、いずれも顔見知りのはず、持ちつ持たれつの組仲間。だが此度は敵だ。敵はやっつけるためにある。やっつけなきゃ勝ちはねぇ」

「おまえの言いぐさを聞いていると、先ほど神尾さまが『生き馬の目を抜くような江戸で』と申されたことが思い起こされる」

「所詮、町奉行なんぞは組をあぶれ者の集まりぐらいとしか思っちゃいねぇのよ」

「そのこと、あながち間違ってはおらぬ。人がおまえの口ぶりを聞けば誰だっておまえをあぶれ者と思うだろうからな」

「他国で食い詰めた者《もん》たちが江戸に出てくりゃ何とかなるってんで、わんさか府内に入ってくる。そん中で人足として使えそうな奴をオレが捜し出して近江屋の手下《てか》として雇い入れる。兄じゃのようにやわい言葉づきでそいつらに命じても一寸も動きゃしねぇ」

「人足が動くのはおまえが怖いからではない。近江屋が支払う銭で動くのだ」

近江屋では床右衛門が幕府などの施主と折衝事や金銭授受などの事務方を担い、清右衛門は現場で人足らを指導監督し、時には自らも鶴嘴を持ちモッコを担ぐ。近江屋でのふたりは役割分担がはっきりしていた。

「兄じゃは江戸じゃあ珍しく算盤《そろばん》が使える。オレは机に小半刻《こはんとき》（三十分）も座っていたら眠くなるか頭がちらくらする。オレの口汚《くちぎたな》さをとやかく言うより、なぜ神尾奉行は此度の玉川上水普請に〈独り占め〉の手法をとったのか兄じゃにはわかるのか」

「おまえにはわかるのか」

「なんせ独り占めの手法は前例が一つか二つしかねぇらしいからな。オレはそこんところが腑に落ちねぇ。今まで通り御上の言うままに人足を使い回して土を掘り石を運び、木材を組んだりしたその出来高で銭を支払ってくれりゃ、見積書なんぞを前もって出さなくて済むはずだ。これにはなんかカラクリがあるようで気にくわねぇんだ」

「カラクリがあるかどうかはわからぬが、もし近江屋が玉川上水普請に指名されたとして、普請を手掛けてみたが見積書に示した額では足りないとわかった節、幕府は足りない分の銭を支払ってくれるかどうかだ」

「兄じゃは払ってくれると思うのか」

「わたしはその点にカラクリが潜んでいるように思えてならんのだ」

「つまりはオレらをカラクリのようにだまして足りない分は支払ってくれねぇということか」

「わからぬがおそらくそんなことだろう」

「ならばこのカラクリを逆手《さかて》にとればいいんじゃねぇのか」

「逆手？」

「見積書に書く銭高をうんと吹っかけて御上に差し出す。そうすりゃ、濡れ手に粟の大儲け」

「ばかなことは考えるな。水増しした見積書をお奉行に差し出せば、ほかの四組の見積書より高くなる。そうなれば近江屋が指名されることなどまず、ない」

今朝方は路上に雪が残っていたがそれが解けずにあったので草鞋を濡らさず歩けたが、今は陽光に解けて道はぬかるんでいる。雪解けの冷水をたっぷり吸い込んだ草鞋で足のつま先は感覚がない。

「ここで別れるが明日、おまえとわたしのふたりだけでこの玉川上水普請素案書を持って四谷大木戸から羽村までを精査する。蛎殻町に戻って明日の用意をしておけ」

路面に融雪でできた水たまりを避けながら床右衛門は日比谷の自宅へと向かった。

（五）

承応二年（一六五三）一月二十日、床右衛門、清右衛門兄弟が四谷大木戸に着いたのは巳刻《みこく》（午前十時）頃であった。

年が明けて今日まで晴天続き、甲州街道の路面に雪は残っておらず乾ききっていて、少しの風でも砂塵が舞う。

大木戸の番卒に咎められることもなく兄弟はそこを通り過ぎると、〈玉川上水普請素案書〉に描かれた上水経路図にしたがって街道を歩む。

歩むにしたがって、ふたりは上水経路図と現地が狂いなく整合しているのに驚いた。

「兄じゃ、幕府にはこのような優れた普請図（土木設計図）を作れる者が居るんだのう」

清右衛門が感嘆の声をあげる。

清右衛門は普請図を作成することもあり、図面を見る目は人後に落ちない。

「二十間ごとに地面に打ち込んである木杭も上水経路図どおり。江戸城築城時のいい加減な普請図から比べると驚く精度だ。これは素案書などと呼ぶようなものでなく、類《たぐい》まれな詳細で信のおける普請実施書だ」

清右衛門がさらに言う。

「この素案書を見ていると、これを作成した者の玉川上水にかける思いが並々ならぬものであることがひしひしと伝わってくる」

床右衛門はあらためて素案書に見入る。

その日は陽が高いうちに高井戸宿に着いた。

清右衛門は行き交う人をひきとめて、

「この宿《じゅく》で一番高い宿賃をふんだくる旅籠《はたご》を教えてくれ」

なかば脅すような口利きである。問われた老人は、

「一房《ひとふさ》」

一言、発して目の前の宿を指さし、それ以上の関わりを持ちたくない、というようにそそくさと去った。

「なるほど、ほかの旅籠に比べて豪勢だ。兄じゃ、今夜はここに泊まるぞ」

清右衛門は言い捨ててさっさと一房に入っていった。


一房が供した夕餉が終わり、ふたりは早々と寝具にくるまる。

宿泊客はふたりのほかにいない。一月末、甲州街道は一年で最も人の往来が少ない時節である。

「一杯ひっかけねぇで寝るのは久しぶり」

床右衛門は明日の早立ちを考えて清右衛門に酒を飲ませなかった。

「おまえが高井戸で一番高い宿に泊まる魂胆はわかっていた。高い宿なら酒の饗応が叶うからな」

「それに酌婦もな」

「物見遊山ではない」

「わかってらぁ。オレがこの宿に決めたのはそんなことが目当てじゃねぇ」

「ほかにどんな理由《わけ》があるというのだ」

「やっつける敵が誰か知るためだ」

「やっつける敵とは神尾奉行さまが選んだ四組のことか」

「お奉行は四組が誰だか教えてくれなかったが、戦うにゃまず敵の正体がわからにゃ戦うにも戦えねぇ」

「それと高井戸で一番高い宿となんのつながりもなかろう」

「おそらく敵はオレたちと同じように玉川上水普請素案書に導かれて高井戸宿を通ったはず。いやここで泊まったはずだ」

「なぜ高井戸宿に泊まったと思うのだ」

「素案書じゃ、玉川上水の経路は高井戸の先で甲州街道を反れて徒道《かちみち》（歩道）にとっている。徒道沿いにゃ宿などねぇ。高井戸宿に泊まらず羽村に向かえば途中で日が暮れちまう。となりゃここに泊まるしかねぇ」

「それと高い宿賃とはさらになんのつながりもなかろう」

「ある。数千両の大業を幕府から任されるのだ。神尾奉行が選んだ四組は近江屋なんぞよりずっと所帯（企業規模）が大《で》けぇに違ぇねぇ。そんな奴がこの高井戸宿で泊まるとなりゃ一番見映えのする旅籠、つまりこの一房ってぇことになる」

「そうだとしても、それがどうしたと申すのだ」

「兄じゃが湯を使っている間にオレは旅籠の主《あるじ》に会った」

清右衛門と宿の主人のやり取りは以下のようだった。


——町人風の男らがここ三日間のうちに泊まらなかったか——

——泊まりましたとも昨日、お客人と同じような風体《ふうてい》のふたり連れ、それも四組もの方にお泊まりいただきました。なんせこの時節、客足さっぱりなところに八人のお客さま。驚きました——

——四組は別々の客か——

——別々ではありましたが、お互い顔見知りのようで、夕餉はご一緒でした——

——夕餉の席で名を呼び合うようなことはなかったか——

——定かではありませぬが、たしか喜平どん、市次郎どん、そのように呼び合ってずいぶんと親しげでした——

——ほかに聞こえてきた名はなかったか——

——この一房ではそうしたことは詮索しないことになっておりましてな、それ以上のことは、わかりかねますな——

「喜平どんとはおそらく三河屋喜平どの。そして市次郎どんとは相模屋市次郎どののことに違げえねぇ」

「三河屋さんと相模屋さん……」

床右衛門は復唱して絶句した。

「三河屋、相模屋と聞いてびびってるんじゃあるめぇな」

「神尾奉行が選んだ五組のうちの二組は三河屋さん、相模屋さん。あとの二組も似たり寄ったりとすれば、これは敵としては手強《てごわ》すぎる。近江屋はさしずめ返り討ちだな」

床右衛門にそう言わせるほど三河屋、相模屋の組（企業）規模は大きかった。

三河屋喜平と相模屋市次郎は江戸城築城の初期から普請に加わって主に土を動かす仕事、すなわちお堀の掘削、城内の道普請、盛土作業、石垣積み等々を手掛けてきた。

人足数も近江屋などとは比べものにならぬほど多く、双方とも常時三百人ほどを抱えて築城以外にも手広く普請（土木）関連の仕事を請け負っている。相模屋は浅草、三河屋は神田に家屋敷を構えていて、屋敷の大きさ、仕事量、人足数どれをとっても近江屋などは足元にも及ばなかった。

今流に言えば、ゼネコン（大手総合建設業者）と町の工務店ほどの開きである。

「なんだ、敵の正体がわかった途端、負け犬みたく尻尾を丸めて逃げ出す気か」

「三河屋さんと相模屋さんだぞ。お二方には何度か普請分け（仕事の一部を下請けすること）してもらって苦しいときに助けてもらったこともあった」

「それがどうした。只で助けてもらったんじゃねぇ。こちとらは人足を入れて言いつけ通りの業をきっちりこなしたんだ」

「ふたりとも町奉行の覚えもよく、信頼もされている」

「だからどうだってんだ。玉川上水の普請は町奉行の覚えがいいかどうかで決まるんじゃねぇ。素案書とおりの上水普請をいかに安い銭で作るかだ。兄じゃ、今からそんな了見じゃ、勝てる戦も勝てんぞ」

「三河屋さんと相模屋さん、それにあと二組がこの宿で夕餉を共にしたこと清右衛門はどう思う」

「しれたこと。四組はこの一房で顔見せをしたのよ」

「神尾さまはわたしらに四組の名を教えてくださらなかった。それは四組も同じはずだ」

「三河屋にしても相模屋にしても、ほかの二組を突き止めるなんざぁ、朝飯前だ」

「その四組がなぜ、高井戸宿くんだりまで遠出して顔を揃えたのか」

「四組が府内で顔を合わせてみろ、たちまち町奉行に露見する。だから府内から離れた高井戸の旅籠を選んだんだろう」

「だとすれば三河屋さんらはなにを話し合ったのか」

「一つしかねぇ。見積書に書く銭高」

「三河屋さんらは五組の中に近江屋が選ばれていることを知っているのだろうか」

「知ってるとみなけりゃなるめぇ」

「おまえはそうした裏事情に詳しいんだな」

「神尾さまが言ってただろう、江戸は生き馬の目を抜くところだと。生き馬の目を抜いてきたのは三河屋、相模屋だけじゃねぇ。この近江屋だって生き馬の目を抜いてきた。兄じゃには内緒で、このオレがな」

「内緒とはよく言ったものだ。おまえの言う、生き馬の目を抜く、とは酒の上での誰彼かまわずの喧嘩、いざこざのこと。その尻ぬぐいは兄であるわたしがしている。それはどうでもよい。四組の顔合わせが神尾さまの耳にはいったらどうなるか」

「どうにもならねえさ。三河屋らは羽村に向かう途中、たまたま高井戸宿の同じ旅籠で出会った、と言い張るにちげえねぇ。四組で口裏を合わせればそれから先、お奉行は調べようがねぇ。それに四組が会ったとてそれがいけねぇ、などと誰も言っちゃいねぇ」

「四組がこの近江屋を呼ばなかったのはなぜだ」

「わかっていて訊いてるんだろうが、あいつらには兄じゃなど眼中に無《ね》ぇのよ。虎ノ門から羽村まで現地を踏査すりゃ所帯の小《ち》せぇ近江屋じゃ手に負えぬ、見積書作りもままならず玉川上水普請を辞退するに違げぇねぇ。そんなちんけな組とは顔合せするまでもねぇ。さしずめそんなこったろう」

「おまえは近江屋をちんけ、と思っておるのか」

「オレが思ってるんじゃねぇ。三河屋や相模屋らが思っているんだ。こうなりゃ、是が非でも玉川上水普請を近江屋が請け落として三河屋、相模屋らの鼻を明かしてやろうじゃねぇか」

「鼻を明かすなどと人聞きの悪い言い方はよせ。ともかく素案書に従って羽村まで参り、玉川上水普請をこの近江屋が請け負えるか否かをじっくり考えようではではないか」

床右衛門は清右衛門に背を向けると、寝るぞ、と断りを入れて目をつぶった。

（六）

　庄右衛門、清右衛門兄弟が羽村に向かった日から数えて半月後、承応二年（一六五三）二月六日、老中御用部屋に松平信綱と南町奉行神尾元勝が膝をつき合わせて座していた。

「今日は町奉行でなく玉川上水の水道奉行として、先に伊豆守さまより下命のあった五組選定の件で罷り越しました」

　神尾は神妙な面持ちで平身した。

「五組の名はすでに聞き及んでいる。たしか三河屋喜平、相模屋市次郎、杵屋太助、梅屋芳蔵、それに……」

「近江屋床右衛門でございます」

「おお、近江屋であったな。でその五組からの見積書は出そろったのか」

「出そろいました」

「では見積書の吟味に入ったのだな」

「それが………」

　神尾は言葉を詰まらせる。

「どうした？」

「それがまだ見積書を吟味しておらぬのです」

「ぐずぐずいたさずすみやかに頼む」

「実は南町奉行所配下の与力らに吟味するよう命じたのですが、だれひとり受けようとしませぬ」

「なにゆえだ」

「恥ずかしながら奉行所内には見積書を吟味できる算学に長けた与力が居らぬのです」

「そこでわたしにどうにかしてほしい、そういうことか」

「まことに……」

神尾は背を丸めて下を向く。

「老中という役は暇ではない。それを承知でわたしに吟味を頼むとはどういう了見だ」

「いえ、伊豆守さまに吟味していただこうなどとは露ほども思っておりませぬ」

「ではなにゆえわたしの許に」

「伊豆守さまの御家臣、安松金右衛門どのに見積書を吟味していただきたいのでございます」

神尾は床に額がつくほど平身した。

「安松を神尾どのが存じているとは驚いた。いったい誰から聞き込んだのだ」

「郡代、伊奈さまからでございます」

「郡代は今、府内には居らぬはず」

「一昨日、武州足立郡の郡代屋敷に伊奈さまを訪ねました」

「わざわざ郡代屋敷にまで赴いたのは何故《なにゆえ》」

「見積書吟味を頼むためでございました」

「して伊奈どのはなんと」

「伊奈さまはこう申されました」

言って神尾は次のようなことを信綱に話した。

――此度の玉川上水普請は伊豆守さまを総奉行にいただいて神尾どのとこの伊奈忠治が水道奉行として脇を固めることになった。そこで三人が相和して合力するには三者の間に秘事があってはならない。実は玉川上水普請素案書を作成したのは、安松金右衛門と申す川越藩士。かの者は絵図師であり算盤の名手。安松どのの力添えがなかったらあの素案書は作れなかった。老中や幕閣は素案書を作成したのはこのわしだと思って賞賛しているが、わしではない。賞賛されるべきは川越藩士、安松金右衛門どの。見積書吟味はわたしでなく安松どのが適任――

「伊奈さまは川越藩士と申されました。してみると川越藩主は伊豆守さま。そこで今一度その安松どのお力添えをこのわたしにもお願いしたのですが」

「今日、その見積書は持参しておるのか」

「おりまする」

神尾はそう言って脇に置いた布包みを開いた。

「これが見積書。五冊あります」

信綱の膝元に押しやる。

「しばらく預かっておく。伊奈どのが申したように三者の間に隠し事があってはならぬ。しかしながら三者が共有する隠し事は三者以外に漏れてはならぬ」

信綱は神尾に身体が触れるほど近づいてささやくように言った。

むろん三者の隠し事とは安松金右衛門のことを指している。

「御意」

神尾は耳元に伊豆守の息を感じながら言った。

(七)

川越に戻っていた安松金右衛門の許に城代剣持将監《しょうかん》から、算盤を持参して至急川越藩江戸屋敷に行くように、との命があった。

翌早朝、金右衛門は下僕の茂一に供を言いつけ江戸へ向かう。

川越城下から江戸城下まではおよそ十二里(四十八キロ)である。

ふたりは急ぎに急いでその日の夕刻に川越藩邸に入った。およそ五刻(十時間)歩きづめに歩いたことになる。

翌日、金右衛門は茂一に算盤を持たせて呉服橋西詰の松平信綱屋敷を訪れた。

直ぐに小部屋に通されて待っていると信綱が側小姓《そば》を伴って現れた。側小姓は分厚い冊子を抱え持っている。

「大儀。算盤は持ってきたか」

挨拶もせずに信綱が訊いた。金右衛門が腰を折るようにして頭をさげる。

「それを金右衛《きんえ》に」

側小姓に命じて冊子を金右衛門の膝元に置かせた。

「これは玉川上水の普請見積書。五冊ある。これを至急吟味してくれ」

「吟味は神尾さまがなさると聞いておりましたが」

「一昨日、その神尾どのが見積書の吟味は能わぬのでなんとかしてほしい、とわしに泣きついてきた。その折、吟味役として金右衛を名指ししたのだ」

「神尾さまはわたしのことを知らないはず」

「金右衛のことは伊奈どのから聞いたとの由。伊奈どのが金右衛を吟味役として推したそうな」

「伊奈さまのご指名とあらば受けざるをえませぬ。しかと承《うけたまわ》りました。して猶予は」

「きっちり五日、それ以上の猶予はならぬ。わしが平素使ってる書院部屋を使うがよい。また書役《かきやく》の小者と必要とならばわが藩の勘定方の者を遣わす」

「勘定方のお気遣いは無用でございます。書役の方一名とこの者でこと足ります」

金右衛門は少し離れて後方に坐す茂一をふり返る。信綱がそれにつられて茂一に目を遣る。

「名はなんと申す」

信綱の声が柔らかくなった。

「も、茂一と申します」

茂一は床に額をつけて平身し、そのままの姿勢を保つ。

「顔を見せてくれ。茂一と申すか。ひとつ金右衛の補佐をわしからも頼む」

「ひえぇ」

声とも悲鳴ともとれる一声を発して茂一は額を床にさらに強く押しつけた。

――信綱さまの下々への気遣いは天性のもので、おそらくこうした〈人たらし〉にちかい扱いが、ある者には好かれ、ある者には嫌われる一因なのであろう――

と金右衛門は思った。


翌早朝から書役、茂一と共に書院部屋に籠もった金右衛門は五冊の見積書の隅々まで目を通した。

それで一日目は終わった。書役、茂一はなにもやることがない。時折、金右衛門は茂一に算盤を持たせると数字を読み上げ、それを足させたり引かせたりさせた。百姓あがりの茂一は字が読めない。算盤は金右衛門が召し抱えたその日から教え続けている。

二日目、金右衛門は五冊の見積書を畳の上に並べた。

各見積書に提出者の名は記されておらず、表紙の右上に、イ組からホ組の字が記されていた。だから金右衛門には見積書の提出者が誰であるかわからなかった。

見積書の書式は決まってないのか五組ともばらばらの記載である。これでは各組の優劣を決められない。そこで金右衛門は玉川上水普請を五つの工区に分けることにした。そして見積書に記載されている諸々をそれぞれの工区に仕分けして作り直した。

この仕分け作業が終ったのは二日目の深夜だった。

三日目、金右衛門は茂一に算盤を持たせ、自らも算盤を持ち、各工区の工事費について精査する作業に入った。声を出して数値を読み、ふたりしてそれを算盤に入れ、足したり引いたり、掛けたりあるいは割ったりした。

ふたりで算盤をはじくのは誤計算をなくすためである。金右衛門と茂一が同じ演算値をはじき出せば、それを正解とみなせるからである。

四日目もこの算盤入れが延々と続いた。

五日目夕刻、

「これですべて終わった。書役どの並びに茂一、ご苦労をかけた」

金右衛門は髭が延びた顔をふたりに向け、それから深く頭をさげた。書役も茂一も金右衛門と同じように髭を剃っている暇はなかった。

（八）

翌日、松平信綱邸の奥庭に面した一室に信綱、神尾、伊奈それに金右衛門の四名が坐していた。金右衛門の前にはうずたかく積まれた半紙が置いてある。

「この方が川越藩士の……」

神尾は探るような眼差しを金右衛門に向ける。

「安松金右衛門でございます。お初にお目にかかります」

深く頭をさげる金右衛門を見て、神尾は自分が想像していたより安松が若いのに驚いた。神尾は安松を高齢の学者風の男ではないかと思っていたのだ。

「過日は木樋と井戸の絵図を届けてくれた。そのこと礼を申す」

「わたくしであるとなぜおわかりになりましたのか」

「わしは町奉行を務めさせていただく身。人より察しがよいと自負している」

「まあよい。ここに伊奈どのとおぬしを呼んだのは安松に命じていた見積書吟味が終わったからだ。安松にはこの場にて吟味についての私見を話してもらう。われらは安松の諸々を聞き、またわからぬところは安松に聞き質し、その後《のち》玉川上水普請の請負人を一組選ぶことにする。その折り、安松にも選定者として加わってもらう。それに異議はないな」

信綱は告げて金右衛門に見積書吟味について説明するよう促した。

「見積書を隅々まで検分させていただきました。一書、一書、個々に拝見しておりますと五見積書とも遜色のない出来栄え。見積書を作るには生なかな知識では作れませぬ。玉川上水普請素案書に記載されたおびただしい数値の足し引き、掛けたり割ったりを何百回も行わなくては見積額は算出能いませぬ」

「何百回もか？　とすればやはりわたしでは見積書吟味など能《あた》うはずもなかった」

神尾はいかにも安堵した口振りだ。

「素案書には人足の数、使用する木材の数量、モッコや鋤、鍬の数、掘りあげる土の数量など、うんざりするほどの数値が記載されております。このこと神尾さまはご存じのはず」

「あの数値は安松どのが記載したのであったな。わたしはおびただしい数値を見ていたら頭が痛くなったわ。それにそれらの数値を足したり引いたり、はたまた割ったり掛けたりを何百回も行う安松どの頭の中はどうなっているのか、と思ってしまうぞ」

「算盤が使えれば誰でも足し引きは容易《たやす》いものでございます。わたしはお三方が見積書を比較しやすいように五組の見積書を一つの書式に作り直してみました」

「そのようなことが能うのか」

神尾は半信半疑だ。

「能います」

金右衛門は積んである半紙の中から数枚を抜き取るとそれを床に広げた。

「これが作り直した見積書の一覧でございます」

三人が半紙に見入る。

一枚目の半紙には、

第一工区　多摩川に設ける河水導入の築堤工区
第二工区　羽村に設ける上水の取水口の備《そなえ》築造工区
第三工区　羽村から四谷大木戸までの上水堀敷設工区
第四工区　四谷大木戸に設ける上水の受水口所《どころ》築造工区
第五工区　四谷大木戸から虎ノ門までの木桶埋設と木樋清掃用井戸築造工区

と記されていた。

そして二枚目の半紙には、イロハニホの組名の下に五工区の工事費用が列記され、各組の工事費が一目で比較対照できるようになっていた。

	イ組	ロ組	ハ組	ニ組	ホ組
第一工区	千五百両	千五百九十両	千五七十両	千五百二十両	九百五十両
第二工区	六百三十両	六百八十両	六百七十両	六百六百両	五百両
第三工区	三千百両	三千五百両	三千三百両	三千四百両	二千六百両
第四工区	三百七十両	三百八十両	三百七十両	三百九十両	三百五十両
第五工区	千六百両	千六百七十両	千七百両	千六百九十両	千六百両
見積書の額	七千二百両	七千七百四十両	七千六百十両	七千六百六十両	六千両

　しばらくして半紙に目を通していた信綱が呟いた。

「実にわかりやすくつくり直してある」

「これを見てお三方はお気づきと思われますが、こうして工区ごとに分けて列記しますと見えなかったものが見えてまいります」

「第一工区の普請費は四組が千五百両台。残り一組のホ組は九百五十両。いくらなんでも差がありすぎる。わしは伊豆守さまから河水導入の堤築造費を見積もっておけと命じられていた。それによれば千両がせいぜい。千五百両はかからぬぞ」

　伊奈が首をかしげる。伊奈の一族が伊奈流の治水術を編み出したことは前に記した。

「第二工区の普請費、これもまた四組がほぼ同じ見積額。ホ組だけがこれより低い見積額となっております。同じように第三工区もホ組だけ低い見積もり。第四工区、第五工区の普請費は五組がほぼ似《に》通《かよ》った見積額を出しております」

金右衛門が表に記された金額を指さしながら説明する。

「第三工区とは羽村から四谷大木戸までの上水堀敷設。普請費が大きく違うこともないと思われる。それなのにホ組の普請費だけが安い。何か理由《わけ》でもあるのか」

信綱が表を睨むようにして訊いた。

「それなりの理由《わけ》があります」

金右衛門が心得顔で応じた。

「面白い、聞かせてくれ」

「第三工区の普請費のほとんどは人足代でございます。なにせ十里半（四十三キロ）の長きに及ぶ上水堀築造はただただ人足の手になる土の掘り上げが主《しゅ》。であるなら人足の日雇賃の設定で第三工区の普請費は高くも低くもなります。ホ組を除く四組は、この人足の日雇賃をひとりにつき三十五文としております」

「ではホ組が設定した日雇賃は」

神尾が興味深かげに口を入れる。

「ホ組は二十五文でございます」

「それはちと安すぎる。人足の相場は三十五文ほど」

神尾は断ずるように言った。

「今、府内での人足の日当は三十五文が相場でござるのか」

伊奈が質した。

「府内のあちこちで傷んだ道を改修する人足の労賃は一日三十文から三十五文。二十五文では人足が集まらぬのではないか」

府内の小規模土木工事は町奉行の管轄である。このことは前に記した。

「府内ではそうであろうが上水堀は武蔵野を掘り割っていく。すなわち府内ではござらぬ。わしが差配する武蔵野では人足賃が三十五文もいたさぬ。ホ組が設定した二十五文ほどで人足は集められる」

伊奈は金右衛門を弁護するように言った。

「わたしの推測ですが、ホ組を除く四組は人足を府内から連れていくことにしたのでしょう。組には常雇の人足が二百人、大きい組になれば三百人ほどおりましょう。ところがこのホ組だけは人足を現地で雇い入れることとして、安く見積もったのではないかと思われます」

「ならば第四工区と第五工区についてもホ組は普請費がほかの四組より安くてよいことにならぬか。それが横並びとはどういうことだ」

神尾が訊く。

「第四、第五工区は御府内の普請。ホ組はこの両工区では御府内の人足を使うことにして普請費を算出したと思われます。つまりここでの人足の日雇賃は三十五文」

金右衛門は伊奈、神尾の両者の言い分が立つように言葉を選びながら言った。

それから一刻（二時間）ほど四人は見積書についての様々な質疑応答を続けた。

「討議はこれまでとして今から五組がイロハのどこに当たるか普請総額を添えて金右衛門に明かしてもらう」

信綱が告げた。

金右衛門は積み上げた半紙の中から再び一枚の半紙を抜き取り床に置く。

半紙には以下のことが記されていた。

イ組　三河屋喜平　七千二百両
ロ組　相模屋市次郎　七千七百四十両
ハ組　梅屋芳蔵　七千六百十両
ニ組　杵屋太助　七千六百六十両
ホ組　近江屋床右衛門　六千両

「三河屋、相模屋、梅屋、杵屋が出した見積書は七千両台。それに比べて近江屋は千二百両以上も安い。この近江屋とはいかなる組でござろうか」

伊奈が小首をかしげながら神尾に訊く。

「近江屋を除く四組は府内では知られた大所帯の組。使い回せる人足も三百から四百人。それに比べて近江屋が抱えている人足は三十人そこそこでござる」

それを聞いた伊奈は、

「あの節、伊豆守さまの思惑、今になってわかりました」

と感に堪えない声をあげた。

伊奈が言う〈あの節〉とは、今年の一月十五日に将軍綱家の臨席を仰いで開かれた幕閣会議のことを言っている。会議終了後居残った伊豆守、伊奈、神尾がさらに打ち合わせを続けた節に、信綱が神尾に〈五組の中に所帯が小さい組を一つ選べ〉と命じたことを指す。

「この表から読み取れることは三河屋ら四組が結託、いや談合を重ねて見積書を作った、そういうこと。それを気づかせてくれたのが近江屋の見積書。つまり小所帯の組を一組だけ入れるよう神尾どのに命じたのは大所帯組の談合をあぶり出すため。そうでございますな、伊豆守さま」

伊奈は先を考えた信綱の組選びに舌を巻いた。

「なるほどそう言うことでござったか。これでやっと腑に落ち申した」

神尾もひとつ大きく首を縦に振って、

「それにしても三河屋らにはほかの組の名を隠しておいたのだが甲斐ないことであったか」

と悔しさをにじませた。

「近江屋が談合に加わらなかったのは神尾どのの命を守ったということかの」

伊奈は思案顔で訊いた。

「おそらくは三河屋らから相手にされなかったのでは。たった三十人ほどの人足しか居《お》らぬ近江屋が千に近い人足を手足のように使わねばならぬ玉川上水普請を幕府が任せるはずがない、満足な見積書も作れぬであろう、そんな近江屋を談合に加えればかえって足手纏《まど》い、そう三河屋らは考えて近江屋に声をかけなかったのでしょう」

神尾が苦々しげに言った。

「三河屋らが談合した本意は？」

信綱が訊いた。

「見積書を作るに当たって、お互い不分明な項目をわかり合うために談合をもった、などのきれい事でないことだけは確か。本意は、いかにこの普請を高額で請け負うかの一点でしょう。三河屋らのしたたかさはこの町奉行のわたしがことあるごとに思い知らされておりますからな」

「三河屋ら四組の見積書に記された普請総額は一番上が相模屋の七千七百四十両、一番安く見積もったのは三河屋の七千二百両。この中から玉川上水普請を指名するとすればどの組を選ぶ」

信綱がさらに訊いた。

「談合をしたとなればどこも指名したくありませぬが、敢えてと申されるなら三河屋」

苦虫を噛みつぶしたような顔で神尾が応じた。

「その根拠《わけ》は？」

「普請費の見積額が四組のなかで最も低いからでございます」

「この伊奈も神尾どのと同じ」

「最も安いと申すなら近江屋を加えた五組では近江屋になるが」

「いえ、やはり三河屋でしょう」

「わたしも同じ」

伊奈、神尾が口を揃える。

「近江屋は三河屋よりさらに千二百両も低いのだぞ」

「大きな普請には大所帯の組、それが玉川上水を完遂させる確かな途と心得ております」

「伊奈どのも同じ考えか」

「御意」

「三河屋が見積もった七千二百両で勘定方に願い出たとしよう。それで勘定方はすんなりと金蔵の扉を開いて七千二百両の公金を支払うと思うか」

先の幕閣会議の席上で勘定頭曾根吉次と激しくやり合ったことが信綱の脳裏を過《よ》ぎる。

「三役の印さえあれば支払ってくださるのでは」

神尾が言った。

〈三役の印〉とは次のようなことである。

府内の土木工事の普請費を支払うのは勘定方（後の勘定奉行）である。

幕府の金庫を預かる勘定方は公金を払うのであるから、支払うまでの手続きが厳しく決められている。

まず幕府の各役所が必要とする公用費、たとえば公用の物品を買うとか、公用の建物を建てる、あるいは道普請などの土木工事をする場合、必要書類を作成し、これに印を押して勘定方に提出する。

この押印を〈起こし印〉と呼んだ。

勘定方に提出された必要書類は勘定吟味役がさらに精査（吟味）し、間違いがなければ、印を押して勘定頭《がしら》に提出する。この吟味役が押す印を〈中印《ちゅういん》〉と呼んだ。

勘定頭は〈起こし印〉と〈中印〉を確認し、さらに精査したうえで自ら押印する。

この三つの決済印を〈三役の印〉と呼んだ。

金蔵を預かる役人はこの〈三役の印〉を確認して扉を開ける。

この決まりはたとえ将軍の〈お手元金〉であっても〈三役の印〉がなければ金蔵の扉を開けることはなかった。

〈お手元金〉とは平たく言えば将軍の小遣いのことである。

「勘定吟味役は誰であったか」

「勘定頭の下に吟味役は数名おりますが、此度の普請費は巨額。吟味役筆頭の八木勘十郎どのが当たると思われます」

神尾が答えた。

「吟味役に差し出す書類には五組の見積書もつけるのか」

「むろんつけます」

「すると八木吟味役は近江屋が最低額であることを知ることになるな」

「当然知ることになりましょう。知ったうえで八木どのはなにゆえ最低額の近江屋を指名しないのか

わたしども三人に質すでしょう」

うか」

「質されて神尾どのが申した〈大きな普請は大所帯の組〉という論で八木が得心し、中印を押すと思
「八木どののことはよく存じています。彼の者の気質からすれば、まず中印を押すことはないでしょう。なにせ八木どのはしわいですからな」

「となればさきほどその方らが三河屋を推したとて詮なきことになるのではないか。それに八木はしわいのではなく公金の出を少しでも減らそうと考えてのことであろう」

〈しわい〉とはケチ、吝嗇《りんしょく》という意である。

神尾と伊奈は黙るしかなかった。

「安松はどうじゃ」

信綱は黙りこんだ神尾から金右衛門に目を移した。

「わたしのような小者が私見を述べるなど、とんでもございませぬ」

この場に居ることさえふさわしくない、と金右衛門は思っていた。

「この討議を始める前に『安松にも選定者として加わってもらう』と申し添えてあったはずだ。遠慮はせぬことだ」

信綱はきつい口調で促した。

「ならば申し上げさせていただきます。わたしは伊奈さま、神尾さまお二方《ふたかた》のお覚悟さえあれば、近江屋を指名するのがよいかと」

金右衛門は誰にも目を合わせずに遠慮がちに言った。

「覚悟とはどういうことか」

伊奈が訊いた。

「近江屋を指名すれば、伊奈さまも神尾さまも目付の役だけでは収まらなくなると思えるからでございます。と申しますのは、小所帯の近江屋では普請中に起こるであろう様々な難事を乗り越えられないと思われるからでございます」

「普請中の難事とは?」

「さてそれはわたしにも定かではありませぬ。野分で築堤が崩れるか、はたまた上水堀築造の途中で堀壁が崩れ人足が生き埋めになるか。そうした予想もつかぬ難事が起こった折、近江屋だけでは対処能わぬでしょう。その難事を乗り越えるためには伊奈さま、神尾さまのお力添えを必要とします。お二方にはお力添えなさるお覚悟がおありでしょうか」

伊奈と神尾は返答に窮した。ふたりは郡代、南町奉行という幕府の要職にある。決して閑職ではなく、この会合に集まるのさえ難しいほど繁多である。近江屋の補佐をするような余力も暇もあるはずはない。

「三河屋が指名されても同じようなことは考えておかねばならぬであろう」

神尾が言った。

「三河屋さんは大所帯。そうした難事に御上の与力がなくとも乗り切れる財力と人力が備わっておりましょう」

「町奉行の役目を疎《おろそ》かにしてまで近江屋の尻ぬぐいなどできぬ。そのような覚悟なら願い下げじゃ」

神尾は突き放すように言った。

「もう一つ、近江屋をわたしが押す理由《わけ》があります。三河屋さんらが談合で決めたことは二つあったとわたしは推察しております」

「その二つ、是非訊きたいものだ」

伊奈が金右衛門に顎を突き出す。

「これはあくまでもわたしの推察です。推察ではありますが、五日の間、五つの見積書を精査していますと、四組の談合の本意が透けて見えるようになりました」

そこで金右衛門は一呼吸おいた。信綱らが耳を傾ける。

「一つはこの上水普請を三河屋さんに請け負わせるため」

「待て、請け負わせるか否かを決めるのはここに顔を揃えた四人だぞ」

神尾が言った。

「そう申されますがすでに神尾さまは三河屋さんらの術中にはまっております」

「術中とな？」

「談合の席で四組は三河屋さんが指名されるように普請総額を綿密に調整し、四組中で三河屋さんの見積書を一番安く設定しました。さらに三河屋さんが指名された暁には相模屋、梅屋、杵屋さんの三組が三河屋さんの下請けに入り、上水普請に加わることになる密約を交わしたと思われます」

「そのどこが術中にはまった、と申すのだ。三河屋が請け負えば誰を下請けに使おうとわしらがとやかく申すことではない」

神尾は口を尖らす。

「そのようにわたしに申し立てることこそが術中にはまっている証《あかし》」

「なにが証なのだ」

ますます神尾の口が尖る。

「わたしはこの玉川上水の普請費はなに事もなければ六千両ほどですむと思っております。おそらく三河屋さんら四組も同じように六千両ほどで能うと見積もったはずです。そこでこの談合の本意の二つ目です。二つ目は、六千両ほどですむ普請費をどこまで上乗せするかを決めること。その結果、一千二百両ほどを上乗せして普請総額を四組がこぞって七千両台に捏造《ねつぞう》したと考えられます。その捏造した見積書を水道奉行である神尾さまに差し出したというわけです。四組が同じような普請総額。これでは神尾さまでなくとも玉川上水の普請は七千二百両ほどかかるに違いないと思うでしょう。そのことをもってわたしは術中におちいったと申し上げたのでございます」

「つまりは四組総掛かりでわしを騙した、そう申すのか」

神尾の顔が一変した。

「騙したのではありませぬ。わたしは談合とはそういうものだと思っております。神尾さまがそれを得心なされたうえで三河屋さんに決まったとして書類に印を押し、その書類を勘定吟味役の八木さまにお出しになる。首尾よく八木さまが得心なされ、中印を押してくだされば玉川上水普請は神尾さま伊奈さまの手をわずらわせることなく竣工いたすでしょう。普請費の千二百両余の上乗せ分は三河屋さんがお二方《ふたかた》の手をわずらわせずに済むための報償金、そう考えればよろしいかと」

「報償金だと？　そのようなおごり高ぶった三河屋らの傲岸さを受け入れられると思うのか」

神尾は上体を前のめりにした。

「それでは六千両の見積書を出した近江屋さんにこの普請を任せますか」

金右衛門の言に神尾は上体を元に戻した。

「真《まこと》、玉川上水の普請は六千両あれば為せるのか」

信綱が念を押した。

「わたしは先ほど〈なに事もなければ〉と申し上げました。でございますからなに事かが起これば六千両では足りなくなりましょう」

「そのなに事とは何か」

神尾が訊いた。

「先にも申しましたが野分で築堤が崩れるか、はたまた上水堀築造の途中で堀壁が崩れ人足が生き埋めになるか、そればかりではありませぬ。この普請は羽村から四谷大木戸、大木戸から虎ノ門まで十三里余を掘りおこして上水堀を作ることと木樋の埋設が主《おも》。土は掘ってみるまではわからないことだらけでございます。地表からは見えない地下に大岩があるやもしれませぬ。もろい土で掘ると崩れて上水堀を作れない所も出てきましょう。ですからいつどこで〈なに事〉かが起こってても不思議ではありませぬ。〈なに事〉かが起これば六千両での普請は立ちゆかなくなりましょう。四組の談合を擁護する言い方をいたせば、三河屋さんらはそうした〈なに事〉かが起こることを先取りしてその対策費として千両余を上乗せした見積書を作ったとも言えます」

これを聞いた伊奈と神尾は頭を抱えて考え込んでしまった。

「なに事もなければ六千両ですむ普請に七千二百両を出費するのは業腹《ごうはら》。かと申してこの普請がなに事もないとは到底考えられぬ」

やや経って神尾が呟く。

「ならばなに事かが起こった折にその対策費を新たに金蔵から出してもらえばよいのではないか」

伊奈が言った。

「そうはならぬでござろう。六千両もの大枚をどうやってひねり出すかに汲々としている八木どのや曾根どのに『普請に予期せぬ難事が起こったのでその対処費を出してほしい』と書類を送ったとて印を押してくれるとはとても思えぬ」

神尾が即座に応じた。

「ではどうすればよい」

伊奈は困惑した顔で神尾を見返す。

「こうなったら近江屋ははじめからなかったことにし四組だけにする。そのうえで三河屋を指名することにし、四組に関する書類を勘定吟味役の八木どのに提出することにしてはいかがか」

神尾は苦しまぎれの解決策を披露する。

「外すことはならぬ。五組を選定することは幕閣の席で決まったこと。そのよう姑息なことはすぐに露見する」

信綱が首を横に振る。

「ならば近江屋でいくしかござらぬのでは」

伊奈は迷いながら言った。

「その言をもって伊奈さまのお覚悟が決まった、と」

金右衛門が恐縮した声で言った。

「決まってなどおらぬ。おらぬが談合の真意を知ってしまったからには三河屋を指名するわけにはいかぬであろう」

「近江屋でいくとなると安松どのが申されたように伊奈どのとわしは普請に何か起これば目付の役だけに専念していればよい、とはいかなくなる」

神尾はいまいましげに言った。

「神尾どのの目付は四谷大木戸から虎ノ門まで二里にも満たぬ里程。なに事もなく木樋を埋設し終える公算は大きいと存ずる。しかしわしの目付は羽村から四谷大木戸までの十里余。とてもなに事もない、とは思えぬ。覚悟はこの伊奈こそがせねばならぬ。腹は決まった。わしは近江屋を推すことにした」

伊奈は低めた声できっぱりと言った。

「落ち着くところに落ち着いたようじゃ。此度の玉川上水普請は近江屋と決まった。明日、近江屋を奉行所に呼び、このこと伝えよ。その折、幕府はどんな難事が出来《しゅったい》しても六千両以上の銭は払えぬことをはっきりと申し渡しておけ。それで近江屋が指名を受諾すれば、わたしは老中に諮って近江屋でいくことに決め、それから上様にお伝え申し上げる。伊奈どの、神尾どのには勘定吟味役に出す書類を至急作成するよう頼んだぞ」

信綱は強い口調で告げた。

金右衛門の緊張が一気に解けた。そして自分《おのれ》は何か大きな間違いをしてしまったのではないか、と思った。

（九）

「見積書はいかようにして算出した」

南町奉行所の一室で神尾元勝が近江屋庄右衛門に質した。

昨夜、奉行所与力から出頭するよう命じられ、庄右衛門は弟清右衛門と共に南町奉行所に駆けつけた。

「見積書と申しますと玉川上水の普請額を見積もったあの見積書のことでございますか」

清右衛門が訊いた。

「ほかに見積書があるはずもなかろう」

神尾のトゲのある応答に、

――どうやら近江屋は玉川上水普請の請負人に指名されなかったようだ――

と庄右衛門は推測した。そう思うと気が楽になった。

「弟とふたり、羽村から虎ノ門まで素案書に添付されていた絵図に導かれて足を棒にして歩き回りました。あの絵図は実によくできております」

「絵図のことではない、見積書のことを言っておるのだ」

「あの絵図を見ておりますとわたしも弟も描いた者の玉川上水にかける並々ならぬ思いを強く感じ取りました。ですからその思いに負けぬよう誠意をもって見積書を作り上げました。あれが近江屋のできる精一杯の見積書、そう申し上げるしかございませぬ」

「見積書を作るに当たって算術に長けた者がおったのか」

「兄じゃは府内じゃ名の知られた算盤《そろばん》の名手。近江屋の身上は算盤で持っているようなもの」

清右衛門も玉川上水普請の請負人になれなかったと覚ったらしく、神尾に忖度しないもの言いになる。

「算盤で土は掘れまい」

神尾がじろりと清右衛門を睨む。

——てやんでぇ——と喉から声が出かかるのを抑えて、

「ごもっとでございます」

横を向きながら言った。

「その算盤で玉川上水の普請費を六千両とはじき出したのか」

「算盤は嘘をつきませせぬ」

床右衛門は指名されなかったことにそれほどの落胆はなかった。

「六千両の中に近江屋の儲けは含まれておるのか」

「この普請で儲けようなどと露ほども考えたことはありませぬ。近江屋が潰れることなく明日へ食いつないでいければそれで十分。そう思って見積書作りに精を出しました」

「殊勝なことを申す」

「殊勝なのは兄じゃだけ。わたしは近江屋の儲けを三百両ほど入れろ、と言い張ったのですが、手ひどく断られました。それはともかく玉川上水普請はどの組に決まりましたのか」

「清右衛門、言葉が過ぎるぞ。どこの組に決まろうと、それはもはや近江屋には関わりのないこと。神尾さまが近江屋を五組の中に選んでくだされたことだけでもありがたく思わねばならぬ」

「わしはまだどこの組を指名したか申しておらぬぞ。近江屋かもしれぬ」

「ご冗談を」

清右衛門が即座に応じた。

「なぜ冗談と思う」

「お奉行さまが選んだ近江屋を除く四組は江戸では普請四天王と呼ばれている三河屋、杵屋、相模屋それに梅屋ですぜ。そんなご大層な組を出し抜いて近江屋が指名されるわけがございません。おからかいになっちゃいけませんや」

清右衛門は四組を出し抜こうと考えに考えて見積書を作り始めたのだが、作っているうちに、出し抜こう、などとの邪心は消えて、真摯に玉川上水の普請にかかる銭を算出する作業に没頭した。それはそれで楽しい作業でもあった。

「近江屋にはほかの四組の名を伝えてなかったと思うのだが」

「御府内を歩きなされ、はな垂れ小僧まで此度の上水普請に選ばれた五組の名を知っていまさぁ。おまけに世上じゃどこの組が指名されるか推当札《おしあてふだ》まで作って辻々で売ってまさぁ」

〈推当札〉とは今で言う馬券のようなものである。

「わしは玉川上水の請負人が最終的に決まるまで五組の名を伏すよう申しつけたはずだが、どこから漏れたのか」

「申しつけ通りにいきゃ、町奉行は暇じゃぁねえんですか。それがいつも蜂の巣を突いたようにぶんぶん動き回っているのは、申しつけたことに皆が従わねぇからじゃありませんか」

「きついことを申す。で、推当札はどの組の札が一番売れているのか」

神尾は思わず清右衛門の話題に乗ってしまう。

「そりゃもう、頭《ず》抜けて三河屋が天辺でさぁ。なんせ普請四天王のなかでも所帯の大きさといい御上の覚えの良さといい、ほかの四組を圧してますからな」

「清右衛門、言葉を慎め」

たまりかねた庄右衛門がきつい口調でたしなめた。

権力者に媚びるのが嫌いな清右衛門の口調はまるで幼なじみの悪ガキを相手にしているようだ。しかし神尾はそれを気にするどころか楽しんでいる風がある。

「よい、わしに遠慮はいらぬ。清右衛門、思うところを話せ。それにしてもわしが選んだ四組が世上で普請四天王と呼ばれているとは露ほども知らなんだ」

「そんな下々《しもじも》のことなどお奉行さまが知ることたぁねえ。とは言っても三河屋の初代は家康公に付き従って江戸入りし、神田に土地を与えられ今にいたっているてぇことぐらいは知ってるんじゃありませんか」

「三河屋の履歴を調べていたらそのような記録が残っていた」

「三河屋はそれをことあるごとにちらつかせて、でけえ面をしておりやす」

「神君の江戸入りは五十年近くも前のこと。そのようなことはあるまい」

「お奉行さまの申されるとおりです」

たまらず床右衛門が割って入った。

「近江屋は一度三河屋さんに手ひどい目にあったことがありました。後になってみればお互いの思い違い。ところが弟はそうは思わず今でも根に持っておるのでしょう。お聞き捨てくだされ。三河屋さんが指名されたのであれば、世上はなるほど、と納得なさるのではありませぬか。わたしとしても三河屋さんなら玉川上水普請はうまくいくと思います」

「三河屋が指名されたとなりゃ、近江屋が見積もった六千両より低い銭ってぇことになるんじゃありませんか。そんな安くこの普請はできるわけがねぇと思いやすが、一体、三河屋は幾らと見積もったんですか」

兄の心配などどこ吹く風の清右衛門。

「無礼な口利きはよせと申したはずだ。三河屋さんが指名された、そのことをお伝えしていただいただけでありがたく思え」

庄右衛門はきつく言って神尾に頭をさげ、その場から腰をあげようとした。

「話は終わっておらぬ」

神尾は両手を前に出して引き留める。

「まだなにか？」

庄右衛門は座り直して訝《いぶか》しげに神尾を窺《うかが》った。

「与力に近江屋の財を調べさせた」

「なぜそんなことをしなくちゃならねぇんだ」

清右衛門が声を荒げる。

「黙れ」

神尾が一喝した。穏和だった今までの顔は厳しくなっている。清右衛門が横を向く。

「日比谷に百五十坪の土地と家屋があるな」

「ありますが」

「あれは庄右衛門が先代から引き継いだことになっているが、それに相違ないか」

「そのこと奉行所に届けて了解を得ているはずですがなにか不備なことでも見つかりましたか」

「いやそういうことではない。そのほかに財となるものはないか」

「ありませぬ」

庄右衛門は応じながら、なぜそのようなことを訊くのか訝《いぶか》しんだ。

「ひと月後に三百両を用立てよ、と申したら用立てることは叶うか」

「日比谷の家と土地を売ってもせいぜい百二、三十両。しかしながら蓄えも少しあります。なんとか三百両は工面《くめん》できると思います」

神尾の問いかけがますます訝しくなる。

「頼れる組はあるか」

「組はお互いに頼り頼られる仲と心得ております」

「相わかった。これからが大事な話となる。心して聞け。清右衛門もだ」

神尾は〈もだ〉をことさら強く言った。その声があまりに厳しかったので清右衛門は座を正して背を真っ直ぐに伸ばす。

「昨日、伊豆守さま、郡代の伊奈さま、それにわしとで玉川上水普請をどの組に任せるか話し合った。話し合った事柄については申せぬが、近江屋を指名することで衆議は一決した」

「なんと」

清右衛門が上体を神尾の方に大きく傾けた。

「そのお言葉、信じてよいのでしょうか」

今までの話の流れからすれば庄右衛門が疑うのは当然に思えた。

「もう一度訊く。玉川上水普請は六千両で請け負えるのだな」

「むろん請け負えると思ったからこその六千両でございます」

「どんなことが普請中に起こったとしても幕府は六千両以上の銭は出せぬ。それでも指名を受けるか」

「待ってくだせぇ。そりゃあねえんじゃねえですか。普請ちゅうもんは現場合わせが筋てぇもんですぜ。十里もの長《な》げぇ堀を作るんだ、途中に何があるかわかりゃしねぇ。何かあったらそれをきっちり考えてくれるのが御上てぇもんじゃありませんか。それをびた一文まかりならんじゃ、近江屋のような小せぇ組にとっちゃ、そりゃスッカラカンになれって言ってるようなもんじゃありませんか」

「御上は六千両以上びた一文の銭も支払えぬ。スッカラカンになる覚悟で指名を受けるか否か、腹を据えて答えてくれ」

神尾の眼光が鋭くなった。

「三百両の工面が叶うか、との下問は弟が申したように普請途中で何かが起こり、その対処に銭がかかっても近江屋が自腹で払えるか否かを確かめるためでございましたか。では逆に神尾さまにお伺いいたします。もしその何かが起こり、それを乗り切るために三百両、すなわち近江屋の全財産をつぎ込んでもなお足りない節は御上はなんとなされますか」

「そうであっても銭は出せぬ」

「ではその節で近江屋は潰れ、玉川上水普請は頓挫、ということになりましょう」

「潰しはせぬ。考えてもみよ。この普請は将軍徳川家綱さまお声掛かりで始めるのだ。頓挫し、近江屋を見殺しにすれば上様の威信は大きく失墜する。近江屋を選んだわしらもその責はまぬがれまい」

「ならば頓挫せぬよう銭を払ってくだされてもいいように思えますが」

「幕府の金蔵は潤沢だ。支払ってやる銭は十分にある」

神尾は幾分後ろめたい気持ちを抱きながら嘘をつく。金蔵に金がないのは勘定頭の曾根からさんざ聞かされている。

「ならば払ってくだされてもよいように思えますが」

「幕府にもいろいろな思惑があっての、とどのつまりは上水普請の請負人が算出した見積額以上の銭はどんなことが出来《しゅったい》しようと出さぬことになったのだ」

これは嘘ではない、そのように取り計らえと伊豆守から申しつかっているのだ、と思いながら神尾は言った。

「それなら近江屋は潰れるしかないのでは」

「いや、わたしと郡代の伊奈さまが近江屋を支える」

「神尾さまと伊奈さまが銭を出してくださるのですか」

「わしらに銭を出せるわけがない。実はわしと伊奈さまがこの普請の目付として水道奉行を仰せつかったのだ。それだけではない、わしらふたりを統轄する上水総奉行に老中の松平伊豆守信綱さまがお就きになられる」

聞いた庄右衛門は、町奉行、関東郡代、老中ときらびやかな顔ぶれに仰天し、それに比して近江屋があまりに弱小であることを思い知った。

——この顔ぶれに互することが叶うのは三河屋しかおらぬのでは——

庄右衛門は心底そう思った。

「支えると申されましたが足りぬ銭が天から降ってくるわけではありませぬ。普請が終わった暁に、近江屋に残されたのは膨大な借金だけ、ということになりはしませぬか」

「だからこそおぬしに腹を据えて、と申したのだ」

「恐れず申し上げさせていただきます。この普請、うまくいっても儲けはなし、下手をすれば土地、屋敷を売り払ったうえでさらに借金を背負う。近江屋としてはなんのうま味もありませぬ」

「先ほど申したが上水普請は上様の御旗の許で進められるのだ。その御旗を掲げるのが近江屋。こんな誉《ほまれ》なことはあるまい」

「お言葉を返すようですが、誉で飯は食えませぬ。まして誉が近江屋の破滅を救ってくれるわけもありませぬ。まことに心苦しいのですが、此度の玉川上水普請についてご辞退申し上げます」

「兄じゃ、それはねえんじゃねぇか。上様はともかく伊豆守さま、伊奈さま、それに神尾さまが顔を揃える大業。わしは伊奈さま、それに知恵伊豆と呼ばれている松平さまの尊顔を見てぇ。それにあの普請素案書を作った者の正体も知りてぇ」

「だから玉川上水の普請を受けると申すか。そのようなおまえの勝手に近江屋の生き死にはかけられぬ」

「近江屋の身代なんぞは吹けば飛ぶようなちっぽけなもんじゃねえか。ここで尻尾をまいて逃げ出しゃ後々兄じゃもわしも世間から臆病者、負け犬と罵られるに決まってる。そうなりゃ、御上の普請ももらえなくなる。兄じゃが受けぬならこの清右衛門が近江屋から兄じゃを追い出し、オレが近江屋の身代を引き継いで玉川上水普請を請け負う」

「おまえひとりで何ができる。普請途中で投げ出し、のたれ死にするのがせいぜいだ」

「そうなったら、オレの骨を兄じゃが拾い、坊主にでもなって菩提を弔ってくれ」

「神尾さまの御前でそのような戯言《たわごと》は失礼だ。だが戯言であるが近江屋が吹けば飛ぶようなちっぽけな身代であることは真《まこと》。ちっぽけではあるが父から受けついだ身代と思って後生大事に続けてきたが、世間から誹《そし》られてまで続けていくつもりはない」

「それじゃ、兄じゃは指名を受けるというのだな」

「おまえを見殺しにはできぬからな。いかにも受けよう」

「そうこなくちゃな。これでオレも兄じゃを近江屋から追い出さずにすむ」

「神尾さま、お受けする前に一つだけお訊ねしたき儀があります」

庄右衛門は神尾に向き直り座を正した。

「近江屋の身代を調べたのであればさしたる財がないことはおわかりでしょう」

「三河屋などから比べれば足元にも及ばぬ。そのこと承知している」

「そこでお伺いしますが、六千両はいつお支払いいただけるのでしょうか」

「しれたこと。普請が竣工した折」

「すると近江屋は普請が終わるまで一文の銭も幕府から支払ってもらえないのでしょうか」

「いや、そうではない。普請を始めるに際しては諸々の準備に銭がかかるであろうことは先刻承知しておる。そこで前払い金として御上から幾ばくかの銭が支払われるであろう」

「前払い金はいかほどの額でしょうか」

「普請総額の五分ほどと思われよ」

五分とは三百両。神尾としてはその額なら普請前でも八木にねじ込んでなんとか金蔵を開かせる自信はあった。

「それではいかにも少なすぎます」

「少ないとな」

「普請を始めるに当たっては木材、鋤、鍬、モッコ、木車、人足小屋、厠《かわや》、風呂、炊事場なぞを前もって用意しなくてはなりませぬ。これにかかる銭は生《なま》なかな額ではありませぬ」

「ならば、どれほどの額を前払いで受け取りたいのか」

「千二百両ほどをお願いできれば、と」

「千二百両も、か」

神尾は仰天する。

「千二百両は少しばかり吹っかけすぎではないか」

神尾の顔がたちまち不機嫌になる。

「六千両のうちの千二百両、すなわち普請総額の二割ということです。わたしは前払いしていただく額として二割は決して無理なお願いではないと思っております」

千二百両と聞いただけで勘定頭の曾根吉次は口をへの字に曲げて中印を押さないに違いない、と神尾は思った。

「千二百両を普請前に支払うとなればわしの力の及ぶところではない。上水総奉行の伊豆守さまにお諮り申してなんとか支払ってもらうよう手はずする。とは申せ望み通りの千二百両がすぐ出せるとのなら確約はできぬ」

「千二百両を確約してもらわねぇと近江屋は日比谷の土地と家を売り払って銭をつくらにゃならねぇ。それでも足りなけりゃ、巷の金貸しから借りることになる。金貸しの金利は目が飛び出るほど高い。毎日、毎日十両、二十両の銭が金利で飛んでいく。そうならねえために神尾さまにはぜひ踏ん張ってもらわにゃならねえ。曲げてお願い申しやす」

清右衛門は殊勝にも深々と神尾に頭をさげた。

第七章　天の声

（一）

承応二年（一六五三）二月二十日、辻々に高札が立った。
そこに記されてる文言は前回と同じように簡潔であった。

予《かね》てより公布しておいた上水の件、
ここに将軍家綱公の御名をもってあらためて公布する。
一、武州羽村より多摩川の水を府内に導き、飲み水に充てる
一、上水総奉行　老中　松平伊豆守信綱
一、水道奉行　関東郡代　伊奈半十郎忠治

同　　右　　　　　　　　南町奉行　神尾備前守元勝

一、普請人　　　　　　　近江屋庄右衛門

一、普請開始日　　　　　承応二年四月

この高札を見て市井の人々は仰天する。まさか近江屋が指名されるとは思ってもみなかったからである。

辻々で売られた推当札《おしあてふだ》は町奉行の目をかすめて飛ぶように売れていた。驚いたことに取り締まる側の町奉行の与力さえ札《ふだ》を買い求める始末であった。

推当（予想）の第一位は三河屋、最下位は近江屋であった。それも大差の最下位で近江屋札を買った者はほとんどいなかった。

近江屋を予想して購入した推当札（近江屋札）の倍率は四百倍ほどにもなった。

高札によって請負人が近江屋とわかると、人々は誰が近江屋札を買ったのかでもちきりとなった。近江屋札を買った者は十人ほどで、しかもそのなかに十枚も買った者がいた、との噂がまことしやかに流布した。

推当札は一枚一文である。もしそれが本当であればその購入者は四千文（一両）もの大金を手にすることになる。人足の日雇賃が三十五文の世上にあって一両は目を剥くほどの高額である。

一両を得るにはおよそ百十日ほど働かなくてはならない。これは休養日、雨、雪等の働けない日を考えると半年間ほどの賃金に匹敵する。

ところが近江屋札を買った者に一文の銭も支払われなかった。

推当札を売った胴元が持ち逃げしてしまったからである。

もともと推当札を売ることそのものが違法であったし、胴元が誰とも知れぬなかで町奉行の目を避けながら札を売る手口ははじめから胡散臭《うさんくさ》かった。しかしながらそうした怪しい推当札に人々が群がったのは、江戸に上水を一日も早く引いてほしい、と願う人々の気持ちの裏返し、とも言えた。

推当札の騒動は一躍、近江屋の名を江戸中に広めることになった。

そして推当札の騒動が収まったのも束の間、府内で売られている木材、藁縄、木車、モッコなどの土木材料が値上がりしたり買い占められたりした。

利に聡い材木問屋らが、上水普請でこれらの土木材料の使用が増えると見込んだからである。

「兄じゃ、聞いたか、飲み水に四苦八苦している地区の地価が倍に跳ね上がったそうだ」

羽村に向かう準備で忙しい庄右衛門に弟の清右衛門が言う。

「利に聡いのは材木問屋だけではないようだ。玉川上水が貫通すれば、飲み水に窮している地区は潤うことになる。そうなればその地区の土地の値が上がるのは当たり前」

「地価が上がりゃ、そこに建つ家も値が上がる。空き家を探して買っておきゃ、ボロ儲けができるんじゃねえか」

「そんなことを考える暇があったら、わが家の戸口に押しかけてきた者たちを追い払う算段をしろ」

庄右衛門は苛立った声で清右衛門をしかる。

高札が立ったその日から、人足として雇ってほしいと浪人、食い詰め者、あぶれ者などが近江屋に押しかけるようになっていた。その数は日毎に増して今は一日百人を超える。

「放っておけ。相手にしなけりゃ、しびれを切らして退散する」

「退散などする気配もない。何度か引き取ってくれるよう諭したのだが集まってくる者にはそれぞれの事情があるのだろう、数は増えるばかり。これでは諭す方に手間がかかり、羽村行きの下準備もおちおちできぬ」

「兄じゃのような優しい口ぶりじゃ、おっぱらえねぇさ。おれに任せておけ」

清右衛門は部屋を出ると戸口に群がる男たちの前に仁王立ちする。

「だれも雇うわけにゃいかねぇ。帰《けえ》れ、帰れ。帰らなきゃつまみ出すぞ」

声を荒げて押し寄せた者らを脅す。だがそれで引きさがるような者は誰もいない。口々に力自慢を告げて、

「おれを雇えば損はさせねぇ」

腕をまくって力こぶをつくってみせる。

そうかと思えば、

「妻子を養わなくてはならぬ。田舎から出てきたばかり、助けると思って雇ってくれ」

痩せた浪人風の泣き落としもある。

清右衛門はお構いなく両手を広げて戸口から追い出そうとする。諦めて去る者もいるがすぐに新手が現れて戸口は職を求める男たちであふれる。

業を煮やした清右衛門は、

「よし、みんな、雇ってやらぁ。だからよく耳の穴をかっぽじって聞け。日雇賃は十文」

声を張り上げた。

押し寄せた男どもは口をあんぐりと開け、わが耳を疑った。

府内の人足の日雇賃は三十五文前後、それがたったの十文では冗談としか聞こえない。

「もう一度言ってくれ」

押し寄せた者のひとりが首をひねりながら訊く。

「十文、十文だ」

清右衛門は両手を広げて指十本を皆に晒す。

「そりゃ、朝夕の飯付きか」

「そんなものは付かねぇ」

「将軍さま肝いりの普請じゃろう。十文は将軍さまの御意向か」

「こりゃあ、おれの御意向だ」

清右衛門は胸を反らせ親指を突き立てて自分を指す。

「頭は確かか。小童《こわっぱ》でも十文じゃ働きゃしねぇ。まっぴらだ」

捨てぜりふを吐いてひとり去りふたり去り、そして潮が引くように戸口から男たちの姿が消えた。

（二）

翌日、庄右衛門と清右衛門兄弟は神田に屋敷を構える三河屋喜平の許を訪ねた。

この業界では幕府から新しい普請を申しつけられた組が近しい同業者にその旨の挨拶をする習わしになっている。兄弟は玉川上水普請の請け負いで競い合った三河屋に挨拶するために訪れたのである。従って三河屋への挨拶が終わればその足であとの三組、すなわち相模屋、梅屋、杵屋にも順次挨拶回りをすることにしていた。

三河屋の屋敷は大きかった。三百坪はあろうかと思われる土地を囲んだ黒塀の中に建つ家屋は大名屋敷を思わせるほど豪奢な造りである。

兄弟は門を潜り、玄関に立って訪《おと》ないを入れる。

すぐに顔見知りの手代が現れて、その場で待つように告げて奥に引っ込んだ。

「兄じゃ、この玄関を見ると何様だ、とオレは思う。兄じゃもそう思わんか」

清右衛門が耳元でささやく。

この時代、玄関は武家、寺社、公家などの権力者の屋敷に設けたが、町人、商人、百姓らの家屋には贅沢なものとして許されていなかった。玄関は権力の象徴でもあったのだ。玄関が庶民の家に設けられるようになるのは江戸期末である。といっても一般庶民の玄関は豪奢な造りでなく、単に従来から設けている〈戸口〉を〈玄関〉と言い換えたにすぎない。

「家康公が特別に設けることをお許しになったと喜平さんから聞いている」

「家康公は四、五十年も前にお亡くなりになっている。そんな昔の話なんざぁ、今となっては嘘か本当かわかったもんじゃねぇ。だが町奉行が取っ払えって言わねぇところを見ると、どうやら話は本当らしい。それにしても立派すぎねぇか」

「小さな声で話せ。ここは三河屋さんの玄関先。聞こえたらどうする」

「嘘をいってるわけじゃねぇ。聞こえたって構やぁしねえ」

「これから一切、おまえは三河屋さんの前で口を開くな。どんなに腹を立てても口をかたく結んでいろ。わかったな」

清右衛門が言い終わった時、

「何がわかったのですかな」

玄関の奥から三河屋喜平が顔を出した。

三河の地から家康に付き従って江戸に出てきた初代三河屋喜平の孫に当たる三代目喜平は四十路半《よそじなか》ば、肉置《ししお》きのよい体つきで浅黒い肌をしている。

「いいえ、こちらのことで」

庄右衛門は清右衛門を後ろに隠すように一歩前に出て、

「今日、お伺いしましたのは玉川上水普請を請け負うことになったことをお伝えするため」

腰を折った。

「驚きました。いや驚きました」

三河屋は玄関口に立たせたままの兄弟に大仰に告げて、

「この三河屋はともかく相模屋さん、梅屋さん、杵屋さんをけ落として近江屋さんが上水普請の請負人。いやぁ驚きました」

〈驚いた〉を連発したが、庄右衛門には驚きの表情など喜平の顔のどこを探しても見あたらなかった。

「まさかこの近江屋がご指名に与《あずか》るとは思いもよりませんでした」

庄右衛門は下手《したて》にでる。

「神尾さまへどのような手を使えば指名していただけるのか、お教え願いたいものですな」

せっかく訪ねてきたのだから屋敷内に招き入れてくれてもよさそうなものだが、喜平は玄関を塞ぐようにして立ったままだ。その様子から、

——三河屋は歯牙《しが》にもかけなかった近江屋に玉川上水の普請を持っていかれ、腸《はらわた》が煮えくりかえっているのであろう——

庄右衛門はそう思った。

「誠心誠意の見積書を町奉行の神尾さまにお出し申しただけ。三河屋さんでなく、なぜ近江屋が指名されたのかわたしにもさっぱりわかりませぬ」

〈三河屋〉とわざわざ庄右衛門は口に出して告げた。むろんその一語には皮肉も少し込められている。

「この三河屋も誠心誠意の見積書を神尾さまにお出ししたつもりです。それが近江屋さんのが通り、三河屋のは没。おかしな話ですな」

「わたしどもの方が三河屋さんより見積もった額が低かったのでしょう」

「低かった。なるほど。ならばひとつ教えてくだされ。玉川上水の普請、一体、幾らと見積もったのですかな」

「それは町奉行の神尾さまから『口外ならぬ』と厳命されております」

「それはこの三河屋も命じられました。とは言っても日を経ずして江戸中に五組の名は知れわたりました。おかげで推当札まで出回った挙げ句、三河屋は大恥をかきました。五組の名が漏れたこと、怪しげな推当札を売りさばいた胴元、ともに町奉行は咎めもしません。であるなら近江屋さんが見積額をわたしに教えたとて、咎めだてされることもありますまい」

「咎めだてされるのが怖くて教えないのではありませぬ。これは近江屋の先代の遺訓『人を裏切っては、普請業は成り立たぬ』を守るため」

「つまりはわたしに見積額を教えるということは人を裏切る、そういうことですかな」

庄右衛門の背後から清右衛門の鼻息が伝わる。

「まあ、いいでしょう。教えていただかぬとも、いずれはわかりましょう。なにはともあれ、この三河屋をはじめ相模屋さん、梅屋さん、杵屋さんを差し置いて玉川上水普請の請負人となった。せいぜいお気張りなされ」

「そのように突き放したもの言い、思ってもみませんでした。三河屋さんには近江屋が窮した折に何度か助けていただきました。此度の普請では近江屋のような小さな組では乗り切れぬ難事が待ちかまえている、そうわたしは思っております。その折、以前助けていただいたように三河屋さんのお力、お知恵をお借りしたい、そう思ってここに兄弟揃って参った次第」

「それは殊勝な心がけ。とにもかくにも三河屋は近江屋さんに請け負けしたんだ。お手並みをじっくり拝見させていただきますよ」

喜平はそういって踵《きびす》を返し、奥へ向かおうと一歩足を踏み出した。

「待ちゃがれ」

清右衛門が庄右衛門を押しのけて前に出た。

喜平が二歩目を踏み出さずにふり返る。その顔を清右衛門は睨《ね》めつけた。

「さっきから黙って聴いていりゃあ、言いたい放題。そんなに近江屋に出し抜かれたことが悔しいか。ならば教えてやろう。近江屋が請負人になれたのは、神尾さまに抱えきれねえほどの賄《まかない》を渡したからだ。悔しかったら、今からでも三河屋さんの財をかき集めて神尾さまに差し出せば、その日のうちに近江屋から三河屋さんに請負人の名が変わるに違げぇねぇ」

「そのようなこと、この三河屋が信じると思っておるのか。あの方は賄の多寡で心を動かされるような方ではない。今の雑言が神尾さまに知れれば、清右衛門どのはきついお叱りを受けることになるぞ」

清右衛門が粗暴であることを喜平は先刻承知である。

「それがどうした。おれは町奉行から何度もお叱りを受けている」

「組仲間ではそのこと知れわたっていますからな。お叱りを受けることを恐れぬのなら、見積額を打ち明けるのもやぶさかではないのでは」

「打ち明けてもかまわねぇが、三河屋さんが指名されなかったのは高井戸宿で三河屋さん、相模屋さん、梅屋さん、杵屋さんの四組がよからぬ相談をした、そのことが神尾さまや老中の伊豆守さまらに露見したからじゃあねえんですか」

「ばかな、わたしどもが高井戸宿で顔を合わせたなどとんでもない。そのような根も葉もないこと申すとこの喜平にも覚悟があるぞ」

清右衛門を睨み返した喜平の目は清右衛門を刺すように鋭かった。三百人を超える人足を手足の如く使い回す喜平は家康の遺恩にぬくぬくと甘えて今の身代を保っているのではない。人足の中には荒くれ者や無法者も多い。三河屋喜平にはそうした人足たちをねじ伏せて仕事をさせる威圧と剛胆さが備わっている。

「頭に血がのぼると何を言っているかわからなくなるのが弟の悪い癖。どうか今の暴言はお忘れください。近江屋が請負人に指名されたのは偏《ひとえ》に見積額が五組のなかで一番低かったからでしょう。こうなったからには申しますが、近江屋が見積もった額は六千両」

「六千両」

鋭かった喜平の目は途端に消えて口の端がわずかに上にあがった。

「そうですか六千両ですか。六千両に神尾さまらは騙された、というわけですな。どうやらわたしは近江屋さんを甘く見ていたようですな」

喜平はそう告げて、

「近江屋さんがお帰りだ。門までお送りせよ」

と吐き捨てるように告げた。

数名の雇い人がふたりを取り囲むようにして門外まで導く。雇い人は屈強な者ばかり、清右衛門は無言のまま素直に従った。

（三）

「おまえが余計なことを言うから、請負額を教える羽目になった。口を開くな、とあれほど言っておいたのに」

次の訪問先である上野の杵屋へ向かいながら庄右衛門は不機嫌な声で言った。

「兄じゃに言っとくが、おれは自分《おのれ》が悪し様に言われても腹は立たねぇ。そう言われるような毎日を送っているからな。だがよ、近江屋を貶《おとし》めるような口利きをする奴にゃ口をつぐんでいるこたぁ出来ねぇ。それが三河屋であってもな」

「三河屋さんがおまえの口を封じることなど容易《たやす》い。門まで送ってくれた連中を見ればわかるだろう」

「あいつらのなかにおれをたたきのめした奴が居た。あん時ゃ、相手は三人だった。三人が束になって向かってきたんじゃあ、このおれは負けるしかねぇ」

「そんなことは聴きたくもない。次の杵屋さんではひと言もしゃべるな。それが守れぬようなら、ここから引き返せ」

神田から上野まではゆっくり歩いて半刻（一時間）ほど、二月末、時折ふたりの頬に当たる風にはわずかな暖かみが混じっている。北へ向かう道は陽気に誘われたのか多くの人々の往き来で賑わっている。進むに従って沿道に建つ家は小振りになっていく。上野界隈は武家屋敷より、町人、商人の家の方が多いのだ。


杵屋の屋敷は上野寛永寺の寺域からわずかにはずれた不忍池《しのばずのいけ》の畔にある。

三河屋の屋敷から比べると杵屋のそれは塀もなく、むろん玄関もない。

庄右衛門は戸口に立って、

「杵屋さん、太助どん。太助どんは居《お》られるか」

大声で呼びかけた。

待つ間もなく戸口に杵屋太助が現れた。

「おおこれは近江屋さん。まずはおあがりなされ」

太助はふたりを屋敷の一室に誘った。

太助は庄右衛門より三つ、四つ年上であるから三十七、八歳、杵屋の婿養子である。先代の杵屋宗右衛門にはふたりの娘のほかに家業を継がせる息子がいなかった。そこで宗右衛門は手代（使用人）の中から太助を上の娘の婿にして家業を継がせた。宗右衛門は早くに妻を亡くしていたので、家業を娘夫婦に引き継がせるとさっさと隠居して上野からさして遠くない根津という地に親子ほども年の違う女と暮らしている。

通された六畳ほどの部屋にはまだ炭櫃《すびつ》（火鉢）が置かれているが炭は取り除かれて灰が平《たいら》に均してあった。

「まずは玉川上水普請の請負人に指名されたことおめでとうございます」

杵屋太助は明るい声で頭をさげた。

三河屋のように嫌みを言われるのではないかと身構えていた床右衛門は拍子抜けする。

「それにしても清右衛門どのにお目にかかるのは何年ぶりでしょうか。あの節はまことに面目ないところをお見せし、そのまま今日まで会うことがありませんでした。あらためてお礼を申します」

太助は深く頭をさげる。

「清右衛《せいえ》が人様から頭をさげられるなど見たこともない。それよりふたりが知り合いとは驚いた。一体、いつ知り合いに」

庄右衛門には意外なことだった。

「知り合ったと訊かれれば、まあ知り合ったと答えるしかありませんが、あれはわたしがまだ杵屋の手代だった頃でした。清右衛門どのと諍《いさか》いを起こしたことがありました。なぜ会ったのか、なぜ諍いとなったのかは今となっては定かではありませんが、些細なことだったのは確か。あの折、清右衛門どのはしたたかに酔っておりましたな」

酔っぱらいの清右衛門と素面《しらふ》の太助、殴りかかる清右衛門の拳を何度もかわした太助はたった一発のげんこつで清右衛門を倒した。

「ぶっ倒されたオレが太助どんに言ったこと、オレは今でも覚えてるぞ」

「わたしだって覚えておりますぞ。『酔っぱらいのオレを素面《しらふ》の太助どんが殴り倒したって勝ちにゃならねえ。明日この場所で太助どんがおれと同じように酔っぱらったうえでもう一度喧嘩をやり直そうじゃねえか。おれは大酒をかき喰らてくるから、太助どんもたらふく酒を呑んで待っておれ』そう言ったのには驚きました。並のものなら、素面で、というのが当たり前、それがたらふく酒を呑んでこい、ですからな」

「それでオレは翌日、同じところで待っていた」

ところが待てど暮らせど太助は来ない。腹を立てた清右衛門は太助の住まいに怒鳴り込むことにした。杵屋に近い不忍池の畔にある長屋に行くと、そこに太助が青い顔をしてさも苦しそうに伏せている。

清右衛門は太助に水を飲ませて、どこか悪いのか、と訊いた。

すると太助は、酒を飲み過ぎたのだ、といかにも気持ち悪そうな顔で言った。

どれほどの量を呑んだのか、と清右衛門が訊くと、指を一本立てた。

「オレは『一升か』と訊いたことをよく覚えている」

すると太助は首を横に振る。では一斗か、と訊きなおすと、一合だ、と答えた。

太助は全くの下戸だったのだ。土や石を相手にする人足で酒が呑めぬ者はごく少数である。呑めぬといっている人足でも一合くらいは呑める。ただ酒を呑んでも美味くないだけなのだ。しかし太助は本物の下戸《げこ》のようだった。

やり直しの喧嘩どころかその日一日、清右衛門は太助の介抱をする羽目になった。

それ以後、清右衛門と太助は会っていない。

一年後、太助は杵屋の婿養子に納まり、ますます疎遠となった。

「少しは酒が呑めるようになりましたか」

清右衛門が太助をのぞき込む。

「相変わらずの下戸。清右衛門どのは少しは酒を控えるようになりましたか」

「相変わらずの酒呑み。おかげで今でも独り者《もん》」

こんな穏やかな口利きをする清右衛門を近頃、見たことがない、そう思いながら庄右衛門は、

「今日はふたりの昔話を聞きにまいったのではありませぬ。玉川上水普請の請負人に指名されたことをお伝え申すため」

ふたりの会話に割って入った。

「近江屋さんが指名されたとわかった節、驚きより前に、良かった、という安堵の思いでいっぱいでした」

「安堵の思い?」

「そう安堵の思いです。今だから申しますが、玉川上水普請の請負人候補に杵屋が選ばれたとの報せを町奉行の神尾さまから受けた折、わたしは欣喜しました。玉川上水普請素案書を手に現地羽村に赴こうとした矢先、三河屋さんから、内密で話したいことがあるので手代ひとりを連れて二日後に高井

戸宿の〈一房《ひとふさ》〉という宿で待っている、必ず来るように、とのご案内がありました。そこでわたしは手代を連れて高井戸宿に向かった次第」

行ってみると宿には三河屋喜平のほかに相模屋市次郎、梅屋芳蔵も手代を連れて顔を揃えていた。

「その日の夕、一房で四人が話した諸々をこれからお話すれば、わたしが安堵した理由《わけ》がわかっていただけましょう」

そう告げて太助は次のような話をふたりにした。

（四）

一房での諸々は、床右衛門、清右衛門兄弟が高井戸宿に投宿した二日前、すなわち一月十八日のことであった。

一房に相模屋、杵屋、梅屋を招待した三河屋は、突然の誘いの無礼を詫びた後、

「三河屋の名は神君家康公より賜った屋号。わたしの曾祖父の出自は家康公と同じ三河」

いかにも重々しく話を切り出した。

聞く三人は何度もこのことを喜平から聞かされている。しかし、さもはじめて聞く話であるかのように耳を傾ける。神君家康の話を聞き飽きた、と無碍にすることははばかられたからだ。やがて三河

屋の自慢話が終わった。三人は座を崩して間もなく出てくるであろう膳を待つ。

「もうおわかりのように此度、玉川上水普請の請負人候補者として、お三方とこの三河屋が選ばれた、その顔見せをするためお三方をお誘いした次第。それにもう一つ、わたしから聞いていただきたい儀があったからです」

「顔見せなら近江屋さんの顔が見えませんが」

杵屋太助が訊く。

「近江屋さんには声をかけませんでした」

「それはなぜでしょかな」

相模屋市次郎が怪訝な顔をする。市次郎は四人の中では一番年上で還暦間近い。

「三河屋を含めてここに顔を揃えた方々は府内で、普請四天王、と呼ばれております。ところが近江屋さんはずっと格下で小さい普請は得手でしょうが、此度のような大業を請け負うのはまず無理。逆立ちしても近江屋さんが玉川上水普請の請負人に指名されることはないでしょう」

「それでここに呼ばなかった。それはなんとも見くびったお考えですな」

梅屋芳蔵は同じ普請を手掛ける仲間に上下はないと思っている。

「玉川上水普請は家康公曾孫で在《あ》らせられる新将軍家綱さま手ずからの御普請。となれば請け負う組もそれにふさわしくなければ、とこの三河屋は思っております」

「ならばこの相模屋も杵屋さん、梅屋さんもふさわしい、などと胸を張れるほどの組ではありません」

相模屋が鼻白んだ顔で梅屋と杵屋に同意を求める。相模屋市次郎は一代で組を築き、大所帯に育てた苦労人である。

「わたしの先代梅屋も小所帯の組から今の大きな組にした。いわば最初はどの組もみな小所帯」

梅屋がおもむろに言った。

「いえいえ、お三方の誰もが請負人となっても遜色はないとこの三河屋は思っております。しかしながらこの普請は先にも申したように家康公の曾孫《ひまご》で在らせられる新将軍が最初に手掛ける大業。何事もなく普請を完遂させることが何よりも求められております。もし途中でしくじろうものならば新将軍の御顔に泥を塗ったとして請け負った者は組を取り上げられ江戸所払いとなるやもしれませぬ。そうお三方は思いませせぬか」

三河屋喜平の言はほとんど脅しに近かった。

「思いませぬかと言われても答えようがない」

梅屋芳蔵が苦々しげに応じた。

芳蔵ら三組はまだ玉川上水の現地踏査もしていないのだ。普請の現場も把握できてない今、普請を投げ出すようなしくじりがある、などと軽々に言えることではなかった。

「答えようがないのであれば、わたしの思いを披露させていただきます。神尾奉行さまから『玉川上水普請を請け負う候補者のひとりとして三河屋を選んだ』と伝えられた節、これは〈天命〉だと思いました」

「天命？」

相模屋が胡散臭《うさん》げな顔をする。運命とか天命とかを使いたがる奴は、人を道理で説得する力がないからで、そんな輩《やから》にろくな奴がいたためしがない、と相模屋は常々思っている。

「天命、すなわち天から家康公のお命じになる声が聞こえてきたのです」

「家康公……」

相模屋の胸中にますます胡散臭さが広がる。

「そのお声を披露すれば『おまえは初代喜平の曾孫《ひまご》。喜平はわしに従って江戸に参った忠義者。新将軍の家綱もわしの曾孫、同じ曾孫同士。初代喜平がわしを助けたように、此度の上水普請、おまえも家綱を助けよ』そう聞こえたのです」

なんの衒《てら》いもなく言ってのけた三河屋喜平は相模屋らを嘗めるように見て、おのおのの出方を待った。

三名はそれぞれ二百人を超える人足を手足の如く使い、組を束ねる豪腕を持ち、奸智にも長けている。これは、と思う普請を得るには競争相手をけ落とすための姑息な手段も厭わない。そうでもしなければ二百人超の人足を遊ばすことになる。むろん遊んでいる人足に労賃は支払わぬが、彼らは独り者とは限らない。親、妻子を養っている人足も多い。それらの人足を遊ばすとなれば、彼らの親、妻子はたちまち困窮するのだ。

だから玉川上水普請の請負人候補者に選ばれたとき、三者が三者とも、是が非でも請け負いたいとの思いは強かった。

その思いがあったから三河屋が家康の威光をちらつかせるという奸智をはたらかせて玉川上水普請

を請け負いたい気持ちは理解できた。ならば天命などと偉ぶった言葉を使わず、素直に自分の心底を話してくれればよいものを、と相模屋は思った。

「つまりはわたしどもに此度の普請を辞退せよ、そう三河屋さんは申されるのですかな」

相模屋が努めて平明な声で訊いた。

「いや、そうではありません。お三方の心内《こころうち》はよくわかっております。ただわたしは天から届いた家康公のお声を将軍にお伝え申すことに決めたのです」

「決めるのは勝手でしょうが、将軍は市井の組（土木業者）の声などお聞きなさるはずもないと存ずる」

相模屋が強い調子で言った。

「先ほども申しましたが三河屋は神君家康公と浅からぬ縁《えにし》で繋がっております。市井の組とはわけが違います。あらゆる手ずるをつかって将軍のお耳に届かせてみせます」

「仮に将軍さまのお耳に声が届いたとしても、此度の普請はわたしどものなかで一番安い見積書を出した組が請負人に指名されることに変わりはないように思われます」

相模屋が続ける。

「かもしれませんが、そうならぬかもしれませんぞ」

「なにせ家柄がわたしどもよりよろしいのですからな。しかしながらわたしら三組の中の誰かが三河屋さんより安い見積書を出せば、いくら三河屋さんの家柄がよくとも三河屋さんの目論見通りにいくとは思えません」

相模屋は皮肉を交えながら思うところを言う。

「さて、そうでしょうかな。たとえばの話ですが、相模屋さんが一番安い見積書、この三河屋が二番目に安いとしましょう。幕府は相模屋と三河屋を遡上にのせて吟味なさる。相模屋さんの見積書がわたしのそれより千両も安いとなれば、すんなりと相模屋さんが指名されましょう。しかしながら相模屋さんがこの三河屋より二、三百両ほどの下値ならば、三河屋がご指名に与《あずか》ると思っております」

そう嘯《うそぶ》く三河屋喜平の顔は自信にあふれていた。

「相模屋さんが三河屋さんより千両も安い見積書を作るなどないでしょう。おそらくここに顔を揃えた四組の見積書は似たり寄ったりでさしたる差はないと思われます」

梅屋芳蔵が言った。

「そうなればこの三河屋が指名されるのは明らか。どうしてもお三方が請負人に指名されたいなら思い切って身銭を切った安い見積書を作って神尾さまにお出しするしかなさそうですな。しかし身銭を切る大損をしてまでこの普請の請負人になろうとまでは思わぬのではありませんか」

三河屋は声を低めて三人を窺《うかが》う。

三名は頷くでもなく、また首を横に振るでもなく口を開かない。

「そこでひとつ、話にのってほしいのですが、どうでしょうこの大業（玉川上水普請）を三河屋が請け負えるよう心添えを願いたいのです」

「わたしらが三河屋さんに心添えすることなど無用と思われるが」

相模屋が言った。〈心添え〉とは〈協力〉の意である。

「そんなことはありません。是非ともお三方の心添えで三河屋を此度の大業の請負人にしてほしいのです」

「請負人はわたしどもの心添えで決まるのではない。幕府がお決めになること。それにわたしどもには玉川上水普請を辞退する気など毛筋ほどもない」

相模屋がきっぱりと言った。

「辞退してください、などとは申しておりませぬ」

「心添え、とはわたしどもに此度の上水普請を辞退せよ、というふうに聞こえるが」

相模屋はわからぬ、といった顔をする。

「違います。違いますが辞退しなくとも、請負人に指名されるのはこの四組の中のたった一組。あとの三組は紙くずのようにお払い箱行きです。見積書を作るには何日も現地を調べ回り、頭を絞りに絞って作らねばなりませぬ。その労苦を銭に換算すれば二十両、三十両に価するかもしれませぬ。そうした労苦が報《むく》われるのはたった一組。あとの四組は水の泡」

「それは五組の中に選ばれた節にわかっていたこと。だからこそ水の泡にならぬようにとこの相模屋はほかの四組に気を尖らせながら見積書を作ろうとしているのです」

「そうやって互いが腹を探り合って自分《おのれ》の組が請負人となれるようほかの組より安い見積書を作ろうとする。それで仮に相模屋さんが請負人になったとして、儲けはあるのですか」

「一銭の儲けでも見積書に上乗せすれば、三河屋さんや杵屋さんより高くなりましょう」

「つまりはお互いが叩き合いをした挙げ句の見積書と言うことですな」

三河屋がしたり顔で言った。

「そうしなければ請負人になれないのでは」

相模屋の渋い顔。

「それが幕府の思うつぼ。どうやら話の先が見えてきましたな。さきほど『三河屋を此度の大業の請負人にしてほしい』と申したのはそうした無益な叩き合いをお三方の心添えでやめ、幕府の思うつぼにはまらないようにしたいがため」

「心添え、心添え、と三河屋さんは申されるが一体その心添えとは何に対しての心添えなのか、わたしには今ひとつわかりません」

梅屋が苛立ちを見せる。

「それをお話する前にお三方の心添えが得られれば、その見返りとして等しく二百両を謹呈いたしたい、そう思っております」

「二百両をわたしども三人に謹呈ですと？　すると三河屋さんは六百両もの身銭を切ってまでしてわたしらの心添えがほしいのですか」

杵屋には信じられない。

「それはおかしい。わたしどもに六百両を支払うより、その六百両分を減じた見積書を作って幕府に差し出せば文句なく請負人に指名されるはず。わたしらの心添えなど無用ではないか」

梅屋が首をかしげる。

「わたしもそう思う。はじめからそうなされれば、わざわざわたしどもを府内から離れたこの高井戸宿に招かなくともよかったのでは」

相模屋が梅屋に頷く。

「いえ、わたしは身銭を切る気などさらさらありません」

「六百両は身銭ではない？　では六百両はどなたが払ってくれるというのですか」

梅屋が質した。

「六百両は幕府の金蔵から出していただきます」

三河屋は胸を反らせて事もなげに言ってのけた。

「ばかな、いくら三河屋さんが家康公と浅からぬ縁で繋がっているにしても、そのようなこと及びもつきません」

相模屋はあきれ顔で手を左右に激しく振った。

「ですから先ほどからお三方のお心添えを、と申しておるのです」

「その心添えがわたしにはわからないと言っているのです。はっきり心添えがなんであるのか話していただきたい。でなければ心添えしようにも、しようがない」

杵屋がじれたように口を尖らせる。

「三河屋は明日から現場踏査に入ります。踏査には十日ほどかかるでしょう。その後、見積書の作成にかかります。それに五日。つまり三河屋の見積書は今から半月後ということになります。そこで今日から十五日後にお三方それぞれに内密に三河屋の見積書をお渡しします。お三方にはその見積書より少しばかり高い見積書を作っていただきたい。お心添えとはそういうことです。お心添えをいただければ二百両を差し上げる、そう申しているのです」

「その見積書にはどんなからくりが仕組まれたおりますのか」

杵屋が訊く。

「からくりとまでは言えませんが、本来の見積額にお三方にお支払いする六百両分を上乗せした見積書となります」

「六百両も上乗せした見積書にさらに幾ばくかを上乗せした見積書を捏造《ねつぞう》せよと言われるのか」

相模屋があたりをはばからぬ大声を出す。

「捏造とは人聞きの悪い。そうではありません。三河屋の見積書にちょっとばかり色をつけてくだされればいいだけのこと」

「そのような姑息なことをすれば見破られるに決まっている」

梅屋が首を横に振った。

「三河屋だけがそのような見積書を作り、お三方が各自で算出した見積書を出せば、幕府は四つの見積書をつき合わせて三河屋が飛び抜けて高い見積書であることを訝《いぶか》しむでしょう。しかしながらここに顔を揃えた四組が四組とも同じような見積書であれば幕府は、玉川上水の普請にかかる銭はそんなものか、とお思いになるでしょう」

「幕府は当然、玉川上水普請のおおよその額を算出しているはずです。その額と大きく違えば、〈普請額はそんなものか〉などとは思わぬでしょう」

相模屋が言い返した。

「今の幕府には玉川上水の見積書を作れるような方はだれひとりおりません」

「そんなことはない。三河屋さんは玉川上水普請素案書を見ているはず。あの素案書のなかに描かれた絵図と細々した普請に用いる材料の明示、それらを作った者が幕府の中に居るはず」

相模屋が苦々しげに言った。

「わたしも素案書を誰が作ったのか気になって手代らに調べさせました。しかしながらその人物は杳《よう》としてわからぬまま」

「あの絵図を作った人物なら玉川上水の正しい見積書を作れるのではないか」

「さて、そうでしょうか。わたしはその人物はもう江戸府内には居《お》らぬのではないか、と思っております」

「そう思う理由《わけ》は？」

相模屋は執拗に訊く。

「その人物は京、大坂あるいは奈良あたりから呼んだ絵図師ではないかと思うからです。絵図師では見積書など作れない、そうわたしは思ったからこそ、幕府には玉川上水の見積書を作れる者が居ないと申したのです」

「幕府で作れないとしてもこの場に居ない近江屋さんが偽りのない正《まさ》しい見積書を作るのではありませんかな」

相模屋は何とかして三河屋の策謀をやめさせたいのだ。

「近江屋さんは論外です。幕府が所帯の小さなあのような組をなぜ此度の玉川上水普請の請負人候補者として選んだのか、その意図が今ひとつはっきりしません。おそらくは四天王と呼ばれるこの三河屋、相模屋さん、杵屋さん、梅屋さんだけを候補者として選べば、近江屋さんのような小さな所帯の組から異論、不満を言い立てられる、そう幕府は思ったんでしょう。なにせ小さな所帯の組は掃いて捨てるほどたくさんありますからな。つまりそうした掃いて捨てるほどある組からの不満不平を封ずるために四天王の端《はじ》っこに近江屋さんを入れた。そうわたしは思っております。ですから近江屋さんがどんな見積書を出そうと、幕府はお取り上げなさらないでしょう。それに此度の玉川上水に関しては、これが正《まさ》しい見積書だ、などと言うものはない、とわたしは思っております」

この確信めいた三河屋のもの言いはどこからくるのだろうか、と相模屋は思った。そして〈三河屋は家康公と浅からぬ縁で繋がっている〉というひと言に思い至った。

「話は尽きたようです。どうでしょうかお心添えをいただけますか」

三河屋が相模屋らを窺う目は射るように鋭かった。

三人はことの重大性に気づいて口を噤んだまま三河屋と目を合わさない。重苦しい気配がその場を包む。

「灯明《あかり》をお持ちしました」

沈黙を破って締め切った部屋の外から声が届いた。

気がつけば室内は薄闇である。

杵屋がその場の重苦しさから逃れるようにして立ち上がり襖を開ける。手持ち行灯《あんどん》を持った宿の主《あるじ》が立っていた。

「お話が盛んなようですが夕餉の支度が調いました。お持ちしてもよろしいでしょうか」

行灯を杵屋に渡しながら訊く。

「あと少しで話は終わる。終わったらわたしが教えるのでそれまで夕餉を出すのは待ってくれ」

三河屋は、最後の詰めのところで水をさされたことに気分を害しながらその場に座したまま言った。緊迫した気配を察した主は襖を閉めるとその場から逃げるようにして立ち去った。

「ここまで腹を割って話したからには、後へは引けません。お三方のお心添えが得られても得られなくとも三河屋は此度の普請を請け負わせていただきます。お心添えを得られないのであればむろん六百両を上乗せした見積書でなく、身銭を切り、大損覚悟の見積書を作成して幕府に届けます。お心添えをいただけるのであればその見返りとして、二百両を後日お支払いします」

三河屋は追い打ちを掛けるように語気を強めた。

（五）

話は再び、庄右衛門兄弟が杵屋太助宅を訪れた時点に戻る。

「つまりは三河屋さんの気迫、策謀、姑息、誘惑、甘言にわたしども三組、すなわちこの杵屋と梅屋さん、それに相模屋さんは負けたというわけです」

「一房という宿坊に杵屋さんらが顔を揃えた翌々日にわたしと弟は羽村に向かう途中で同じ宿、一房に泊まりました。その折、宿の主から聞き込んだ話から、二日前に三河屋さんらが宴を持ったことを知りました。しかしわかったのは三河屋さんと相模屋さんだけでした。そうですか杵屋さんと梅屋さんがその席に加わっていたのですか」

「三河屋さんの甘言にのってしまったことにわたしは内心忸怩《じくじ》たる思いでした。ですから三河屋さんが玉川上水普請の請負人と決まった折には見返りの二百両は受け取らぬ、と腹で決めておりました。しかしどのようにして断ればいいのか、と悩んでいたのです。それが三河屋さんでなく近江屋さんが請け負うことに決まった。安堵しました」

「今までの話を聞いて、三河屋さんへの挨拶で喜平さんがよそよそしく対応したこと、合点しました。たしかに近江屋は玉川上水普請という大業にふさわしくないと思われるでしょうな。力足らずして途中で普請を続けられなくなることも考えられます。幕府から賜る銭だけでは足りず、大損をするかもしれません。また首尾よく成し遂げても近江屋の儲けなどないでしょう。請負人になって何一ついいことなどないように思えます。それでも請負人になれたことの喜びが胸中にわき起こるのは何故なのでしょうか」

「さて、それはなんであるのか、請負人になることを投げ出してしまったこの杵屋太助にはわかりかねます。しかしながらそういうわたしでもわかることが、一つだけあります」

「それはなんでしょうか」

「六十万とも七十万とも言われている江戸の民は飲み水を喉から手が出るほど欲しています。その願いを叶えるための玉川上水。七十万の民の目はこの玉川上水を手掛ける近江屋庄右衛門どの、清右衛門どのに向けられています。十数里（四十数キロ）も遠く離れた羽村という地から取水した多摩川の水が江戸府内に導水されれば、江戸にはさらに人々が集まってきましょう。八十万、いえ、百万も夢ではありません。その夢がおふたりの肩に掛かっている。それが喜びでなくてなんでありましょう。普請中で困ったことが起こったら杵屋太助、手助けをします。いえ杵屋ばかりでなく相模屋さんも梅屋さんもわたしと同じ思いであると思います」

杵屋の言葉は庄右衛門の胸中に惻々として浸みた。弟もそうであろうと清右衛門を見ると、清右衛門はまるで杵屋の言など聞いていない風だった。

「清右衛《せいえ》、杵屋さんの話、聞いたであろう。七十万人の目となれば百四十万もの眼玉《めんたま》がおまえに向けられていることになる。百四十万もだぞ。それを考えればいつまでも酒ばかり呑んでいるわけにはいかんぞ。どうだ杵屋さんの爪の垢でも煎じて飲めば下戸になるのではないか」

「てやんでぇ。下戸なんぞになりたかねぇ。太助どん、民の夢だかなんだか知らねえが、オレにそんな夢を託されたってちっとも嬉しかねぇ。兄じゃに見積書作りを手伝わされてしぶしぶやっていたら、そのうち面白さに嵌《はま》っちまって、気がついたら仕上がっていた。それを神尾さまに届けたら、どうしたことか近江屋が請負人になっちまった。なっちまったからにゃ力《りき》を入れて玉川上水普請をやるだけ。普請にゃ千人を超える人足を集めにゃならねぇ。どうやって千人もの人足を集めるか、その人足らをどう使い回せばいいのかでオレの頭はいっぱいだ」

「相変わらず威勢がいいですな。庄右衛門どのは折り目正しい人柄、それに比べて清右衛門どのは仮にも折り目正しいとは申せませんが、おふたりが組むと双方のよいところが際だつように思えます。おふたりが手を携えて此度の上水普請を手掛ければ、人足も集まりましょう。普請は上首尾に終わると思います」

「そういけばよいのですが、難しいのは人足集めだけではありません。何が起こるかは羽村に行ってみなければわかりません」

「羽村にはいつ発たれるのですか」

「幕府は鍬入《くわいれ》の儀を四月四日に行うと申しております。その下準備には四、五日かかります。ですから三月の終わり頃に羽村へ参るつもり」

〈鍬入の儀〉とは今で言う〈起工式〉のことである。

「その儀に幕府側からは誰が顔を出すのですか」

「関東郡代の伊奈忠治さまおひとりとのこと」

「江戸から十一、二里も離れた羽村での鍬入の儀ともなると将軍はもとより老中の伊豆守さまや町奉行の神尾さまの臨席は難しいのでしょうな」

「伊奈さまにはまだお目にかかっておりませんが、武蔵野を差配しているお方。羽村の地には精通しておられると思われます。伊奈さまの御臨席があれば鍬入の儀は充分です」

「無事に普請を成し遂げるよう祈っておりますぞ」

「その言葉、痛み入ります」

「そして清右衛門どの、普請を上首尾で為し終えた暁には今度こそ延び延びになっている喧嘩の決着をつけようではありませんか。ただその折はお互いに素面《しらふ》でということで願います」

杵屋は穏やかな顔を清右衛門に向けた。

ふたりは無言で杵屋に頭をさげ、屋敷を辞した。

次に向かうのは浅草の相模屋喜平の屋敷である。

早朝に日比谷の自邸を出たとき、まだ陽は昇っていなかったが、いつの間にか頭上にあって朝の寒さはすっかり失せ、歩いていると汗ばむほどである。

行き交う人々の歩みは神田界隈の人たちと違って心なしかゆっくりしている。広い寛永寺の境内が人々にゆったりした気分を与えるからかもしれない、と庄右衛門は思った。

「杵屋さんの打ち明け話で三河屋さんの悔しさがよくわかった」

「三河屋のしくじりはこの近江屋を抱き込まなかったからだ。もっとも兄じゃはたとえ誘われても三河屋の抱き込みなんぞにはのらなかっただろうがな」

「いや、三河屋さんに頼まれれば杵屋さんらと同じように首を縦に振っただろう」

「そうなりゃ、すんなりと三河屋が請負人に決まり、この近江屋にも二百両近い銭が懐に転がり込んできたはず。儲かりそうもねぇ玉川上水普請の請負人になるより、そっちの方がよかったんじゃねぇか」

「清右衛は真《まこと》そう思うか」

「思うはずもねぇ。そんな手垢のついた二百両なんざ触りたくもねぇ」

「おまえが年末に神尾奉行さまにお届けする賄《まいない》、あれも近江屋の手垢がついている」

「全くだ。賄は近江屋当主の兄じゃが奉行所へ届けるのが筋。それをオレが代わってやっている。たまにゃ兄じゃが持っていけばいい。そうすりゃ、どんなに糞面白くもねぇ習わしかということかが身に浸みてわかるってぇものだ」

「賄賂《わいろ》を賄と言い換えただけ。そのようなもの持っていく気などわたしにはさらさらない。だからおまえもそのような悪習にのることはない。これから先はやめることだな」

「やめりゃ御上からの普請は廻ってこなくなる。今まで近江屋がなんとかやってこれたのはオレが御上に気を使ってきたから。大酒をかき喰らうのはそうした糞面白くもねぇ気遣いで汚れちまった身を清めるためよ」

いつの世も、酒を呑む言い訳に酒呑みが使う話は言い訳にもならない、と庄右衛門は弟の言うことを聞いてつくづく思う。そう思うかたわら、酔っぱらった清右衛門を嫌だ、と思ったこともなかった。交渉ごとで相手の無理難題に尻をまくって言いたいことを口にしようと思ったことは何度もあった。言ってしまえば交渉ごとは破綻する、そう思って我慢し苛立っている折、清右衛門は自分《おのれ》に代わってその言えないことを的確に捉えて交渉相手にぞんざいな口調で言い立てる。相手は清右衛門に腹を立てるが、酔っぱらいの言い立てたことだからと大目にみる。そして庄右衛門の穏やかな口調に好もしさを感じるのか、交渉事は上首尾に終わることが多かった。父亡きあと、近江屋を潰すことなくここまでやってこれたのは自分ひとりの力でなく、清右衛門が居るからだ、と庄右衛門は思っている。

「鍬入の儀は四月四日と決まったが、幕府から前払いされる銭の額はわかったのか」

「わたしが請負額の二割を前払いしてほしいと神尾さまにお頼みしたこと、清右衛は覚えているだろう」

「おおよく覚えている。六千両の二割、つまり千二百両」

「その額は出して貰えなかった」

「で、幾らなんだ」

「千両」

「ケチな幕府としちゃ上出来。普請を始めるにゃ千両あればなんとかなる。でいつ貰えるんだ」

「明後日、幕府勘定方の役人が近江屋に届けてくださるそうだ」

庄右衛門も清右衛門も千両という大金を見たことがない。

だがその銭は普請に欠かせない人足小屋築造費、木材、縄等の購入費さらには鋤鍬モッコなどの普請用具（土木用具）を買い揃えれば、たちまち霧散してしまうだろうと庄右衛門は思う。

「こちらでの準備がととのい次第、千両を携え近江屋の手下《てか》（人足）三十人の中から都合のつく二十名を引き連れて羽村に向かう。そして羽村から四谷大木戸まで上水堀が仕上がるまでわたしは江戸には戻らぬ覚悟だ」

「兄じゃ、そんなに思い詰めるこたぁねぇ。肩の力を抜いてのらりくらりといこうじゃねぇか」

「のらりくらり？　十里余（約四十二キロ）の上水堀を掘り通すのは容易なことではない。わたしらの前には思いもよらぬ様々な難題が待ちかまえているはずだ。掘り割りはうまく作れるのか。うまく作れたとして水は四谷大木戸まで流れてくれるのか。野分に襲われて羽村の取水口備（施設）は流されてしまわないか。いやそれより前に取水口の備《そなえ》はうまく作れるのか。玉川上水普請のすべてなにもかもが茫洋として先を見通せるものは何一つない。のらりくらりなどと甘い気持ちで臨めばこの普請は不首尾に終わる。いい加減な気持ちを捨て、必ずや近江屋の手によって玉川上水普請をやり遂げる、そうした覚悟を持たねばならない」

「兄じゃはまるで戦《いくさ》に臨む大将のようだな。だがな、普請は戦とは違う」

「以前、五組に選ばれた折、請負人に指名されるにはほかの四組を敵と見なして戦わねばならぬと言ったのは誰だ」

「言ったさ。だがオレらはその敵を倒したんだ。だからもう戦う相手はいねぇ」

「四組との戦は終わった。これから戦う相手は人でなく土と水だ」

「兄じゃが大将じゃ、まあ負け戦だな。仕方がねぇ、そうまで言うならおれが大将になって兄じゃは今まで通り、銭勘定と御上との交渉ごとにまわってくれ」

「いや、おまえののらりくらりではこの戦は勝てん」

「兄じゃは大将の器じゃねぇ」

ふたりのやりとりの声が大きくなる。行き交う人々がそんなふたりを振り返る。

「何もかも先が見通せねぇ難題だらけの玉川上水普請。その難題を兄じゃの決死の覚悟か、それともオレののらりくらり、どちらで乗り切れるのか、今から楽しみだ」

上野の不忍池を左に見ながらふたりは浅草の相模屋市次郎の屋敷へと道を進む。池越しに上野の小高い森、忍《しのぶ》ヶ岡が望める。その岡の中腹に寛永寺の大屋根が見える。初夏になれば繁茂した木々で大屋根は隠れてしまうが、今はわずかに芽吹いた木々の間から陽光に照らされて黒々と光る庇が不忍池を覆うかのように張り出して見えた。

庄右衛門は立ち止まり、寛永寺に向かって深々と頭をさげた。その姿を清右衛門は黙って眺めていた。

前編　完

西野 喬（にしの たかし）
一九四三年 東京都生まれ

著書
「防鴨河使異聞」（二〇一二年）
「壺切りの剣」（二〇一五年）
「黎明の仏師 康尚」（二〇一六年）
「うたかたの城」（二〇一八年）
「まぼろしの城」（二〇一八年）
「空蝉の城」（二〇一九年）
「保津川」（二〇二一年）
「高瀬川」（二〇二二年）
（発行所はいずれも郁朋社）

玉川上水傳《たまがわじょうすいでん》 前編《ぜんぺん》
―江戸《えど》を世界一《せかいいち》の百万都市《ひゃくまんとし》にした者《もの》たち―

令和五年二月十九日 第一刷発行

著 者 西野《にしの》 喬《たかし》
発行者 佐藤 聡
発行所 株式会社 郁朋社《いくほうしゃ》
東京都千代田区神田三崎町二―二〇―四
郵便番号 一〇一―〇〇六一
電 話 〇三（三二三四）八九二三（代表）
FAX 〇三（三二三四）三九四八
振 替 〇〇一六〇―五―一〇〇三二八
印 刷
製 本 日本ハイコム株式会社
落丁、乱丁本はお取替え致します。
郁朋社ホームページアドレス http://www.ikuhousha.com
この本に関するご意見・ご感想をメールでお寄せいただく際は、
comment@ikuhousha.com までお願い致します。

ISBN978-4-87302-785-2 C0093

西野喬　既刊本のご案内

うたかたの城

穴太者異聞《あのうものいぶん》

坂本城、長浜城、安土城、姫路城……
信長、秀吉のもと、これまでの城にない堅牢で高い石垣を築いた穴太衆。戦国の世に突如現れた石積みの手《て》練《だ》れ達の苦闘を活写する。

四六・上製 400 頁　本体 1,600 円+税

まぼろしの城

穴太者異聞《あのうものいぶん》

秀吉の命を受け、十五年の歳月をかけて大坂城の石垣を築いた穴太者。秀吉亡き後、何ゆえ大坂城は、まぼろしの城と化したのか。
大好評「穴太者異聞シリーズ」第二弾。

四六・上製 390 頁　本体 1,600 円+税

空蝉《うつせみ》の城

穴太者異聞《あのうものいぶん》

加藤清正と穴太者と肥後侍・領民が心血注いで築いた天下一の堅城。円弧を描く城石・武者返しは如何に組まれたのか。阿蘇樹海へ続く抜道に秘められた清正の想いとは。
大好評「穴太者異聞シリーズ」第三弾。

四六・上製 354 頁　本体 1,600 円+税

西野喬　既刊本のご案内

防鴨河使異聞《ぼうがしいぶん》

賀茂川の氾濫や疫病から平安の都を守るために設立された防鴨河使庁。そこに働く人々の姿を生き生きと描く。
第13回「歴史浪漫文学賞」創作部門優秀賞。

四六・上製 312頁　本体 1,600円+税

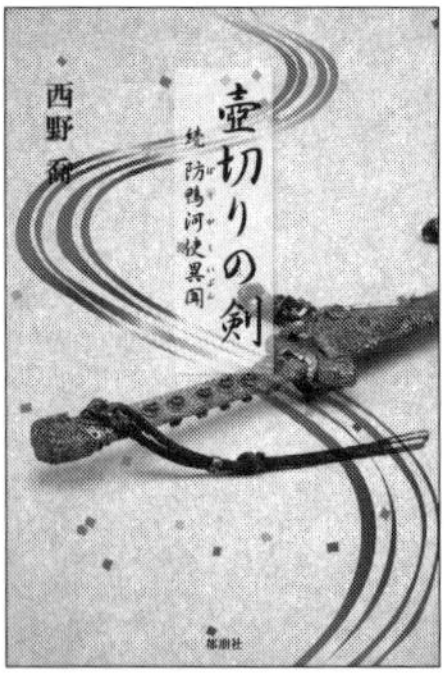

壺切りの剣

続 防鴨河使異聞《ぼうがしいぶん》

平安中期、皇太子所蔵の神器《じんき》「壺切りの剣」をめぐって大盗賊袴垂保輔《はかまだれやすすけ》、和泉式部、冷泉天皇、藤原道長等が絡み合い、意表をついた結末をむかえる。

四六・上製 400頁　本体 1,600円+税

黎明の仏師 康尚

防鴨河使異聞《ぼうがしいぶん》（三）

大陸の模倣《もほう》仏から日本独自の仏像へ移行する黎明期。その時代を駆け抜けた大仏師・康尚の知られざる半生を描く。
第16回「歴史浪漫文学賞」特別賞受賞作品。

四六・上製 352頁　本体 1,600円+税